metro

metro wird
herausgegeben von
Thomas Wörtche

Zu diesem Buch

Als die junge Lehrerin Elena in einem sizilianischen Bergdorf eine Stelle antritt, wird sie über Nacht zur Respektsperson. Wer sie beleidigt, wird am nächsten Morgen tot auf der Piazza gefunden. Ein undurchschaubares, unerklärliches Netz ist um sie gesponnen. Sie steht unter dem Schutz »ehrenwerter« Leute und weiß nicht warum. Das Dorf wird ihr zum Alptraum.

Ein Kriminalroman ohne Täter, ohne beruhigende Aufklärung der Morde, ohne sichtbare Motive. Ein Schlüssel zum absurden Gesetz des Schweigens.

»Wie hätte Fava authentischer und unterhaltsamer die Wurzeln mafioser Strukturen aufdecken können als in einem exzellent geschriebenen und durchgehend spannenden Kriminalroman?« *Deutschlandfunk*

Der Autor

Giuseppe Fava, 1925 in Palazzolo (Provinz Sirakus) geboren, wurde am 5. Januar 1984 vor dem von ihm gegründeten Theater, in dem sein Anti-Mafia-Stück »L'ultima violenza« (Die letzte Gewalttat) aufgeführt wurde, ermordet. Als Romancier, Dramatiker und Journalist hatte er sich mit der mafiosen Gesellschaft seiner Heimat auseinandergesetzt. »Ehrenwerte Leute« schrieb Fava 1975. Der Roman wurde unter dem Titel »Werkzeug der Mächtigen« von Luigi Zampa verfilmt (mit James Mason).

Im Unionsverlag ist außerdem lieferbar: »Bevor sie Euch töten«.

Mehr über Buch und Autor im Anhang
und auf *www.unionsverlag.com*

Giuseppe Fava
Ehrenwerte Leute

Aus dem Italienischen
von Peter O. Chotjewitz

Unionsverlag

Die italienische Originalausgabe erschien 1975
unter dem Titel *Gente di rispetto* bei Gruppo Editoriale Fabbri,
Bompiani, Sonzogno, Milano.

Die deutsche Erstausgabe erschien 1990
im Verlag Beck & Glückler, Freiburg.

Im Internet
Aktuelle Informationen,
Dokumente, Materialien
www.unionsverlag.com

Unionsverlag Taschenbuch 253
Die Taschenbuchausgabe erscheint mit freundlicher Genehmigung
des Verlags Beck & Glückler, Freiburg

Rieterstrasse 18, CH-8027 Zürich
Telefon 0041-1-281 14 00, Fax 0041-1-281 14 40

Umschlaggestaltung: Heinz Unternährer, Zürich
Foto: The Image Bank
Druck und Bindung: Clausen & Bosse, Leck
ISBN 3-293-20253-5

Die äußeren Zahlen geben die aktuelle Auflage
und deren Erscheinungsjahr an:
1 2 3 4 5 - 06 05 04 03

Der Beamte des Schulamts ließ den Finger über das Register gleiten. Er war ein erstaunlich kleiner Mann mit winzigen Händen und zwei wunderschönen weißen Haarsträhnen. Seine Gesten wirkten gereizt, und er bekam einen Wutanfall, als er ihren Namen nicht auf Anhieb fand: Elena Vizzini. Er klappte das Register zu, öffnete es wieder und warf ihr einen geringschätzigen Blick zu.

»Also noch mal!«

Als er den Namen schließlich gefunden hatte, seufzte er ungnädig:

»Elena Vizzini, versetzt nach Montenero Valdemone …«

»Wieso Montenero? Das ist zu weit. Ich hatte mich für Ragusa oder Enna beworben …«

»So ist es, Signorina! Sie können ablehnen.«

Ja, ablehnen. Noch ein Jahr ohne Arbeit, dann noch eins und noch eins … Sie besah sich im Spiegel, während sie im Fahrstuhl hinabfuhr, und strich sich leicht über die Schläfen. Ihr war zum Weinen zumute: Elena Vizzini, 31 Jahre alt, Halbwaise, Volksschullehrerin ohne Anstellung, Platz 492 im Einstellungswettbewerb, ein bleiches Gesicht, das schon sanft zu verblühen begann, eine einzige Liebschaft bisher, die drei Jahre gedauert hatte, mit einem verheirateten Mann, der zum Schluß doch zu seiner Frau zurückgekehrt war. Eine Weile hatte sie ein Vakuum empfunden, eine körperliche Leere, so als habe man ihr nicht nur die Gefühle, sondern auch die Geschlechtsorgane aus dem Leib gerissen. Zwei Jahre lang hatte sie als Hilfslehrerin an einer Dorfschule bei Catania unterrichtet, danach zwei Jahre in einem Anwaltsbüro gearbeitet und schließlich an dem Wettbewerb teilgenommen.

Wie sollte sie jetzt ihrer Mutter begreiflich machen, daß sie nach Montenero fahren mußte, wo sich Montenero Valdemone befand, was für Menschen dort lebten, wie lange sie dort bleiben würde und wie sie es überhaupt schaffen wollte, alleine zurechtzukommen? Die Mutter hatte ihr jene Liebesgeschichte nie verziehen – den Taumel und das Unglück dieser drei verzweifelten Jahre, die doch das einzig Wichtige in ihrem Leben gewesen waren. Für die Mutter war es obszön gewesen, und sie hegte seither einen stillen Groll, als ob alles sich nur ereignet hätte, um sie zu kränken.

Vor vierzig Jahren hatte ihr Mann, ein Wachtmeister bei der Forstpolizei, sie von Turin nach Sizilien geholt, und auch das hatte sie nur als unerträgliche Anmaßung empfunden. Für sie waren die sizilianischen Männer eitel, streitsüchtig und dumm, ihre Frauen vulgär und ungebildet und ihre Kinder schmutzig. Vierzig Jahre lang hatte sie ihren piemontesischen Dialekt gesprochen – mit jedem und überall, im Haus und draußen. Immer sprach sie mit lauter Stimme, vor allem seit ihr Gehör nachgelassen hatte. Als größten Verrat hatte sie es empfunden, daß Elena ihrem Vater ähnelte, die etwas rauhe Stimme, die schwarzen Haare und Augen und die Schweigsamkeit der Sizilianer besaß und zu einer derart wilden und gewöhnlichen Leidenschaft fähig gewesen war.

Mit den Jahren war sie etwas ängstlich geworden. Zuweilen weinte sie, wenn die Tochter sich gegen sie auflehnte, aber das verging rasch, und sie begann wieder zu zetern. Stundenlang erörterte sie alle Schmach, die sie in ihrem Leben erlitten, und die Opfer, die sie ihrem Mann gebracht hatte, die Schande, die sie einer undankbaren Tochter verdankte, und die Abscheu, die sie gegenüber all diesen Sizilianern empfand.

»Als ich deinen Vater kennenlernte, hätte ich gewarnt sein müssen … Er hatte Haare in der Nase. Hör mir auf mit diesem widerlichen Wachtmeister. Du siehst genauso arabisch aus wie er …«

Nie war sie krank gewesen. Klein, zierlich, immer schwarz gekleidet, mit einem Krägelchen aus weißer Spitze, einem goldenen Kettchen, schneeweißem Haar und einem Stöckchen aus schwarzem Metall, das einen silbernen Knauf hatte. Seit mindestens zwanzig Jahren kleidete sie sich auf diese Weise, und ihr Leben kreiste wie ein Uhrwerk um drei feste Punkte: das stets etwas verächtliche Andenken an ihren Mann, den Wachtmeister, die säuerliche und bedrückende Liebe zu ihrer Tochter und die Zumutungen ihrer Schwägerin Agatina, der Schwester ihres

Mannes, einer alten Bäuerin, die seit zwölf Jahren bei ihnen lebte und in der sie alle Abscheulichkeiten der Südländer vereint sah. Agatina, die ein bißchen dumm, stockreligiös und eine halbe Analphabetin war, redete nur in ihrem Cataneser Dialekt und reagierte nie. Zwischen der alten Piemontesin und der alten Sizilianerin entwickelten sich unglaubliche Dialoge.

»Da, schau, diese aufgeblasene Schlampe ... Diese alte Kuh, Tochter eines Hohlkopfs ...«

»Wer versteht schon, was du sagst, meine Tochter ...?«

Es kam so, wie Elena es vorausgesehen hatte. Ihre Mutter redete eine Stunde lang laut mit sich selbst, wobei sie von einem Zimmer ins nächste lief, behauptete, daß sie mit Sicherheit sterben werde, während Elena fort sei, versank dann zwei Tage lang in tiefes Schweigen und sprach nicht einmal mehr mit ihrer Schwägerin. Erst am Bahnhof, wenige Minuten vor der Abfahrt, begann sie zu zittern, brach in Tränen aus und wollte ihrer Tochter sogar die Hände küssen. Schwarz und verloren blieb sie schließlich auf dem Bahnsteig zurück, und Elena fürchtete, der Luftzug der Waggons könnte sie davonwehen.

Sieben Stunden Fahrt, erst mit dem Zug bis Palermo, danach mit dem Autobus. Das Meer verschwand urplötzlich zwischen den Hügeln, dann waren auch die Hügel weg und mit ihnen die Orangenhaine, die sanften Farben der Küste, das Blau, das Gelb, das Grün, und alles wurde grau und öde. Weite Taler, durch die der Wind strich und Staubwolken aufwirbelte, und steinerne Berge ohne Baum oder Strauch. Manchmal schien es, als müßte die Straße in eine grüne Ebene oder an einen Strand führen, doch es kamen immer nur neue wüste Taler oder nackte Berge.

Mit ihr im Bus fuhren acht Personen. Eine Bäuerin mit ihrem schwachsinnigen Sohn, der verträumt die Landschaft betrachtete, sich besabberte und von der Mutter geduldig mit dem Taschentuch gesäubert wurde. Drei Bürger, der eine fett und jung mit Brille, der zweite, der ein Filzhütchen und einen Schnurrbart trug, stutzerhaft und der dritte mit einer ledernen Tasche, freundlichen blauen Augen und langen Haaren, die fast grau waren. Dann gab es zwei Studenten, fast noch Jungen, die auf der Oberlippe ein albernes Bärtchen hatten, pausenlos redeten, rauchten und ständig lachten. Schließlich ein hochgewachsener, noch junger Mann mit einem großen schwarzen Kopf. Schnurrbart, Augen, Augenbrauen und Haare – alles war schwarz. Er hatte muskulöse Hände, trug eine prächtige Krawatte und wirkte unruhig, rauchte, las, stand auf und wechselte den Platz. Schließlich setzte er sich fast direkt vor Elena und schaute sie herausfordernd an. Er betrachtete ihre Beine, blickte spöttisch, starrte sie unverschämt an, sah wieder auf ihre Beine, ihren Schoß, den Nacken und schaute ihr abermals voll ins Gesicht.

»Störe ich?«

»Ja!«

Er lachte unterdrückt, tat überrascht und sagte vertraulich:

»Wir werden bestimmt gute Freunde! Frauen wie Sie gefallen mir …«

Elena stand auf und setzte sich neben den schwachsinnigen Jungen. Der Mann lachte, kniete sich auf den Sitz und blickte amüsiert in die Runde, als wollte er die anderen auffordern, sich mit ihm zu amüsieren. Nur der Herr mit den grauen Haaren lächelte beschwichtigend.

Ein neues Tal und neue Berge. Langsam dämmerte es, und abermals begannen die Dinge ihre Farben zu wechseln. Das weite Tal schimmerte in einem zarten blaugrauen Ton, der Himmel färbte die Berge erst rosa, dann violett, schließlich versank alles im Dunkel. Noch eine Stunde Fahrt. Im Bus begann man zu schlafen. Elena hatte das beängstigende Gefühl, sich unwiderruflich von allem zu entfernen, was ihr Leben ausmachte. Endlich erschienen in der Ferne die gelblichen Lichter einer Ortschaft. Der Bus schwankte auf der kurvenreichen Abfahrt von einer Straßenseite zur anderen, und es schien, als würde er den Ort, der immer wieder zwischen den Bergen verschwand, niemals erreichen.

An der Haltestelle auf einer einsamen Straße wurde Elena vom Schuldiener erwartet, der sich in eine Art schwarzen Schal gewickelt hatte und auf dessen Kopf ein lustiges Militärkäppi saß. Auch sein Name war lustig: Allegrezza.

Er war äußerst zuvorkommend, übermittelte ihr die Grüße des Rektors und trug schweigsam ihren Koffer bis zu der Wohnung, die die

Schuldirektion für sie gemietet hatte. Eine Seitenstraße, die unbewohnt wirkte, eine schmale Pforte, ein kleiner Innenhof, eine Außenstiege, noch eine Tür und dahinter ein eiskaltes Zimmer. Elena war dermaßen erledigt, daß sie nicht einmal mehr den Koffer auspacken mochte, sich angekleidet, wie sie war, auf dem Bett ausstreckte und die Decke über sich zog.

Sie schlief schlecht und hatte die ganze Nacht über ein Gefühl der Kälte und Angst. In der Morgendämmerung erwachte sie und verwendete zwei Stunden darauf, ihr Zimmer herzurichten. Es war groß und ungemütlich. Ein breites Bett mit einem eisernen Kopfteil, ein alter, verspiegelter Kleiderschrank, ein Tisch, vier Stühle, ein Lavabo und vier verschossene Stiche an den Wänden. Den stärksten Eindruck machte ein Kamin, in dem Asche und verkohlte Holzstücke lagen. Daneben waren Holzscheite aufgeschichtet. Vom Balkon aus sah man die Berghänge oberhalb des Ortes, bedrohlich im Schatten über dem Tal, die grauen Dächer der Häuser, auf denen Grasbüschel wuchsen, die feuchten Fassaden und eine Treppe, auf der gelegentlich ein Reittier bergwärts kletterte.

Dieses ärmliche Bild überragte ein gewaltiger, weißer Glockenturm, der aus all diesem Grau zu wachsen schien und das Tal beherrschte.

Der Großteil der Ortschaft erstreckte sich in der entgegengesetzten Richtung, nach Süden hin, und auch er machte auf Elena, als sie später das Haus verließ, fast den Eindruck eines Bühnenbilds. Drei große, grauweiße Kirchen erhoben sich, der Höhe nach gestaffelt, über dem Ganzen, und so verschieden ihr Stil war, erzeugten sie doch ein phantastisches Bild. Die Wohnhäuser waren klein und gedrungen, allesamt aus dem gleichen grauen Stein erbaut, und die Balkone aus Schmiedeeisen. Die ärmeren Häuser hatten rosa- und elfenbeinfarbene Fassaden, aber die Farben waren verblichen und wirkten zart und kostbar. Der Morgen war klar, der Ort wimmelte von Menschen, und der Eindruck des Gewimmels wurde noch dadurch verstärkt, daß sie alle schwarz gekleidet waren.

Die Schule befand sich in einem alten Gebäude oberhalb der Ortschaft und mochte zur Zeit der Bourbonen ein Gefängnis gewesen sein, denn es gab nur einen großen Balkon, und die Fenster waren mit eisernen Gittern versperrt. Aber vielleicht war es auch ein Adelspalast gewesen, der aus der Zeit stammte, als die reichen Familien sich nachts in ihren Häusern verbarrikadierten. Sogar die Türen des Portals waren mit Eisenbändern verstärkt, und seitlich des Balkons sah man Schießscharten. Das Innere war feucht, die Korridore dunkel, die Einrichtung veraltet. Schulbänke und Katheder, Schiefertafeln und Landkarten verströmten einen Modergeruch, als hätte sich der Atem vieler tausend Schüler eingenistet und mit Staub vermischt.

Der Lehrkörper schien nicht anders zu sein als andere, die Elena erlebt hatte, nur daß hier allesamt, Männer wie Frauen, ärmlicher und schlechter gekleidet wirkten. Eines fiel ihr auf: Wenn sie miteinander sprachen, ging es vor allem um Krankheiten, Ratenkäufe oder das Fernsehprogramm. Gegenüber dem Rektor zeigten sie übertriebene Hochachtung. Auch er hatte einen sehr schönen Namen, Amedeo Battaglia, war jedoch eher kleinwüchsig, blaß und glatzköpfig. Er war permanent in Bewegung und unterstrich seine Rede durch kleine herrschsüchtige Zuckungen, die wie eine fortwährende Darstellung seiner Autorität und Ungeduld wirkten. Selbst wenn er stillstand, blieb sein rechtes Bein noch angespannt und vibrierte.

Rektor Battaglia empfing sie kurz in seinem Büro. Die eine Hand auf dem Rücken, die Äugelchen gebieterisch, erklärte er, daß der Ort uralte kulturelle Traditionen habe und daß die Schule das kulturelle Bindeglied zwischen Vergangenheit und Gegenwart bilde. Es dauerte fünf oder sechs Minuten. Elena, fast in Habtachtstellung, versuchte so beflissen wie möglich zu wirken, und Rektor Battaglia seinerseits fragte sich, während er sprach, ob er ihre Beflissenheit ernst nehmen dürfe. Zum Schluß sagte er:

»Die Schulleitung hat sich um Ihre Unterbringung ab gestern abend gekümmert.«

Elena bedankte sich, er schien ehrlich erfreut zu sein und sagte:

»Die kleine Wohnung ist von Herrn Rechtsanwalt Bellocampo zur Verfügung gestellt worden, und ich hielte es für tunlich, wenn Sie sich persönlich bei ihm bedanken würden. Er ist ein wichtiger Mann …«

»Ich werde es noch heute tun, Herr Direktor.«

»Vorzüglich, vorzüglich.«

Er bestand darauf, sie zu ihrem Klassenzimmer zu begleiten, wo die vierte Klasse seit einer Woche auf ihre neue Lehrerin wartete. Elena hatte zweiundvierzig Schüler, die sich in acht Schulbänken drängten und so stark nach Ziege stanken, daß ihr schlecht wurde. Allesamt gleich schmutzig und unruhig, zappelten sie fortgesetzt, schwätzten und lachten. Einige waren fast noch Kleinkinder, andere hatten schon Bartwuchs und wirkten groß und kräftig. Die Anwesenheit der jungen, unbekannten Lehrerin schien sie für den Rest des Vormittags in Erregung zu halten, doch sobald Elena sie anschaute, verstummten das Lachen und das Getuschel, und sie verkrochen sich fast unter den Bänken.

Elena versuchte einige Fragen zu stellen, erkundigte sich nach Namen, Vornamen, elementaren Kenntnissen und machte eine niederschmetternde Entdeckung. Fast alle konnten sich nur im Dialekt ausdrücken, und etliche wirkten regelrecht schwachsinnig, starrten sie schweigend an, lächelten verwirrt und antworteten nicht einmal.

Während der Pause stellte Elena etwas Seltsames fest: Fast alle Kollegen schienen davon beeindruckt zu sein, daß Rechtsanwalt Bellocampo ihr die kleine Wohnung vermietet hatte. Der Name rief undefinierbare Reaktionen hervor, die irgendwo zwischen Bewunderung und Abneigung lagen. Eine ältliche Lehrerin namens Giustolisi sagte: »Seit fünfzehn Jahren lebe ich in diesem Ort und habe ihn noch nie gesehen ...« Ein Lehrer namens Solarino fügte hinzu: »Er verläßt das Haus nur in der Morgendämmerung und geht auf dem Corso spazieren. Ein Diener folgt ihm ehrfürchtig mit zehn Schritten Abstand. Er will niemand sehen ...« Ein dritter Kollege erläuterte: »Sein einziger Sohn ist im Krieg gefallen, und die Tochter ist vor fünfzehn Jahren mit einem Mann durchgebrannt und nie wiedergekommen ...« Ein Junglehrer, kaum zwanzig und mit Schnurrbart, sagte lediglich: »Der Mann ist eine tragische Figur!«

Von allen Kollegen, die Elena an diesem Vormittag kennenlernte, fiel Michele Belcore ihr am meisten auf: Er lächelte, einerlei, was geschah oder gesagt wurde, schien jedem mit Aufmerksamkeit und Höflichkeit zu begegnen, machte aber den Eindruck eines Melancholikers. Seine Bewegungen, seine Stimme und sein Lächeln wirkten müde und resigniert, aber er hatte einen wunderschönen Kopf, langes, lockiges Haar mit ein paar weißen Fäden darin, eine klassische Nase, einen ebensolchen Mund und sanfte, schwarze Augen. Er wirkte ein bißchen ungepflegt, aber das mochte an der Art liegen, wie er sich kleidete, ohne Krawatte, die Bleistifte und Kugelschreiber in der Brusttasche, den Schal locker über die Jacke gehängt und die Haare ungekämmt.

Er schien der intelligenteste und menschlichste von allen zu sein, und Elena fragte sich, ob sein Lächeln wirklich nur Sanftmut ausdrückte oder ob es auch eine kaum merkliche Ironie enthielt. Sie wechselten einige belanglose Sätze:

»Ich habe mir heute morgen ein wenig den Ort angeschaut ... Wie sind die Leute hier?«

»Arm und ungebildet. Aber das soll Sie nicht kümmern. Sie müssen nur ein Jahr hierbleiben!«

»Ein Jahr ist lang ...«

»Man muß nur den Winter überstehen. Das Frühjahr ist wunderbar, das ganze Tal färbt sich grün ... Werden Sie mit den Kindern eine archäologische Wanderung machen? ... Wir haben sogar noch Reste eines kleinen griechischen Theaters auf dem Hügel ...«

»Das würde ich gerne sehen! Ich habe sowieso nichts anderes vor.«

»Ich kann Sie begleiten. Heute nachmittag. Oben auf dem Hügel sind auch die Ruinen der normannischen Burg.«

Belcore, der sie am Nachmittag abholte, hatte einen kleinen Fiat und einen eigenwilligen Fahrstil. Er hielt das Steuerrad fest, als hätte er Angst, es zu verlieren, schaute starr auf die Fahrbahn, und seine Augen flackerten. Elena fiel auf, daß er einen Umweg machte, um nicht durch den Ort fahren zu müssen. Während der Fahrt war er so erregt, daß er nicht einmal wagte, die Gangschaltung zu betätigen, aus Angst, ihr Knie zu berühren. Während sie den Fußweg hinaufgingen, hielt er stets einige Schritte Abstand. Er sagte nur einen, dafür um so angenehmeren Satz:

»Sie sind die schönste Lehrerin, die wir je hatten ...«

Von der Kuppe des Hügels aus betrachtet, wirkte das Tal noch größer. Im Hintergrund schimmerte weiß und grün ein Fluß, aber das Land war leer. Kein Gutshof, kein Haus. Nur der Ort überragte grau die Leere, und auch er schien plötzlich unbewohnt zu sein.

Sie setzten sich auf eine der Bastionen der Burg und plauderten:

»Dreimal ist der Ort völlig zerstört worden, zuerst von den Sarazenen, dann von den Staufern und zum Schluß durch das Erdbeben ... Jedesmal sind die Überlebenden zurückgekehrt und haben ihn an der gleichen Stelle wiederaufgebaut ...«

»Das muß einen Grund haben.«

»Vielleicht die Angst, der Aberglaube, wer weiß ...?«

Die Sonne berührte die Berge am Horizont, und hinten im Tal begann es gespenstisch zu dunkeln. Ein schneidender Wind kam auf. Sie fuhren zurück. Elena bat, bei den ersten Häusern abgesetzt zu werden, um ihn nicht abermals in Verlegenheit zu bringen und um zu vermeiden, daß er von ihrem Besuch bei Rechtsanwalt Bellocampo erfuhr. Sie sagte:

»Ich will ein bißchen herumlaufen und mir die Straßen anschauen.«

Der Ort bestand aus einem Labyrinth von Gassen, Querstraßen und Treppchen, das vom Corso durchschnitten wurde, der, etwa einen Kilometer lang, leicht anstieg und die einzige wirkliche Straße war. An seinem oberen Ende, wo er sich zur Piazza weitete, führte eine schwindelerregende Freitreppe hinauf zur Kathedrale mit drei großen Bronzetüren und zwei Reihen weißer Säulen. Hoch und einsam beherrschte sie Ort und Tal wie ein Phantom. Die zweite Kirche stand etwa in der Hälfte des Corso und besaß zwei kleine Glockentürme, die von drei Statuen überragt wurden. Die dritte erhob sich an der tiefsten Stelle über den flachen Dächern mit einer hübschen, bleigedeckten Kuppel und einem schmächtigen, ungemein zerbrechlich wirkenden Campanile.

Alle drei Kirchen zusammen fügten sich zu einer Perspektive, die man gewahrte, sobald man den Corso betrat, und verliehen dem Ort den wundersamen Ausdruck verschwundener Städte. Die kleinen Häuser aus gelbem Stein mit ihrem Bossenwerk, den Karyatiden und den geschmiedeten Balkongeländern verstärkten noch den Eindruck des

Verfalls und der Verlassenheit durch ihre verblaßten Farben, die zerbröckelnden Simse und die Hinfälligkeit, die die Zeit bewirkt hatte.

Wieder, wie schon am Morgen, war der Corso voller Menschen. An der Straße lagen die Kaserne der Carabinieri, die wenigen Geschäfte und Verkaufsstände, drei Bars und eine Unmenge Vereinslokale. Über fast jeder Tür hing ein Wappenschild, so als wäre die ganze Bevölkerung in Gruppen, Sektionen und Vereinigungen aufgeteilt, je nach Einkommen, Beruf, politischer Einstellung, Erfolg und persönlichem Ansehen. Am bedeutendsten wirkte der Kulturverein, der sogar ein altes Billard, einen Lesesaal und ein Spielzimmer mit großen, grünen Lampenschirmen besaß, in dem sich die sogenannten Bürger trafen – Geschäftsleute, Beamte und Landbesitzer. Daneben gab es eine Vereinigung der Landpächter und eine der Kriegsveteranen, der Zivilinvaliden und der Maurer, der Arbeiter und der Handwerker. Auch die Gewerkschaften und Parteien hatten hier ihren Sitz: ein großes Zimmer zu ebener Erde, an der Wand eine Fahne, die Porträts ihrer Gründer und ein paar Plakate und mittendrin die Tische und Stühle für die Kartenspieler. Es gab sogar eine Vereinigung, deren Zweck nur darin bestand, daß die Mitglieder auf dem Friedhof ein gemeinsames Mausoleum besaßen, in dem sie feierlich bestattet wurden und zehn Jahre lang ruhen durften, bevor sie in eines der üblichen Grabfächer kamen. Auch sie hatten eine Fahne, eine lange Galerie ihrer verstorbenen Vereinskameraden, vier Tische und zwei Dutzend Stühle.

In Wirklichkeit waren die Alten und Jungen, die Professoren und Kriegsversehrten, Arbeiter und Handlanger, die in all diesen Lokalen verkehrten, Müßiggänger: Sie spielten Karten, saßen in einer Reihe auf dem Bürgersteig vor ihrem Lokal, spazierten in Gruppen auf und ab oder verließen ihren Vereinssitz, um sich in einen anderen zu begeben, und es war dieses Hin und Her, das den Eindruck erzeugte, als ob die Straße voller Menschen sei, die hier ihren Geschäften und Besorgungen nachgingen.

Elena spazierte den Bürgersteig entlang, besichtigte die unterste Kirche und ging dann den Corso hinauf. Einmal betrat sie ein Bekleidungsgeschäft, um sich umzuschauen und nach dem Preis zu fragen.

Im Laden stand eine fettleibige, dunkelhäutige Frau mit einem grauen Dutt im Nacken. Einsilbig beantwortete sie Elenas Fragen, verschwendete kein Wort auf das Lob ihrer Ware, starrte die Kundin nur an und grüßte auch nicht, als sie hinausging. Als Elena noch einmal zurückkam, um sich das Haus von Rechtsanwalt Bellocampo zeigen zu lassen, schien sie jedoch schlagartig aufzuwachen und seufzte schuldbewußt. Sie lächelte diensteifrig und lief rasch zur Tür.

»Dort! Das Haus dort drüben ... es sind keine fünfzig Meter!«

Das Haus stand direkt gegenüber, praktisch an der Ecke der Piazza – grau, schwer und mit drei schmiedeeisernen Balkonen, die Ecken aus grobbehauenem Lavagestein. Durch die verschlossenen Balkontüren drang kein Lichtschimmer. Die Fassadenmitte bildete ein enormes, zweiflügliges Eisentor mit einem Türchen darin, das nur angelehnt war. Elena trat ein und stand in einer phantastischen Halle aus blankem, weißem Stein, über der sich eine himmelhohe Decke wölbte, in die kleine, runde Fenster eingelassen waren. Ein Geruch, der aus der Tiefe zu kommen schien und an Kirchen erinnerte, lag in der Luft. In einigen Steinvasen, die im Halbdunkel standen, wucherten Begonien. Ihre großen, roten Blätter waren die einzigen Farbflecke in dieser weißen, ausgedehnten Totenhalle.

Elena beschlich das Gefühl, von irgendwo aus der Kuppel beobachtet zu werden, vielleicht aus einem der blinden Fenster, und tatsächlich öffnete sich, als sie die riesige Treppe erklommen hatte, sofort die Eingangstür, in der ein winziger, kahlköpfiger Mensch erschien, der sie kopfnickend begrüßte, dann zurücktrat, um sie vorbeizulassen, und nicht einmal nach ihrem Namen fragte.

»Nach Ihnen, meine Dame.«

Sie durchquerten ein kleines düsteres Vorzimmer, danach ein zweites, etwas größeres, bis sie in einen Salon kamen, der von großer architektonischer Einfachheit war: vier Türen, die von grauen Samtvorhängen verdeckt wurden, vier riesige Sofas in den Ecken des Zimmers und die Wände bedeckt mit alten Regalen, in denen einige tausend ledergebundene Bücher standen. Die Decke war mit einem rötlichen Fresko geschmückt, von dem ein kristallener Lüster herabhing, der den Raum schwach beleuchtete. In der Mitte lag ein Teppich, auf dem ein Holzsessel und ein Lesepult aus Ebenholz standen. Es roch durchdringend nach altem Holz und Wachs. Kein Lichtstrahl drang von draußen herein, und der ganze Raum wirkte dermaßen abgeschlossen, daß Elena das absurde Gefühl hatte, sich unter der Erde zu befinden und von der Außenwelt abgeschnitten zu sein. Die große Sonne über dem Tal und die Kathedrale, die Menschen und die vom Wind durchfegten Straßen, all das schien weit weg und hoch über ihr zu liegen. Die Tür vor ihr öffnete sich, und ein lächelnder Alter erschien, der ihr unmerklich zunickte.

»Ich bin Antonio Bellocampo ...«

Rechtsanwalt Bellocampo war zierlich, schwarz gekleidet, hatte langes, weißes Haar und hielt einen Stock mit Metallknauf in der Hand. Den schwarzen, fiebrigen Augen nach zu urteilen, mochte er fünfzig sein, aber wenn man die Schmächtigkeit seines Körpers und seine wachsbleiche Haut betrachtete, hätte man ihn auf neunzig geschätzt. Mit seinem weißen Haupt, den feinen Gesichtszügen und den zarten Linien der Nase und des Mundes konnte man ihn schön nennen. Elena zögerte und nickte dann ebenfalls.

»Ich bin Elena Vizzini, die Lehrerin ... Ich wollte Ihnen danken ...«

Sie nahm seine Hand, und ein Schauder durchlief sie. Die Hand war dermaßen klein und die Haut so dünn, daß man jedes Knöchelchen und sogar die Blutgefäße zu spüren meinte.

»Mir danken, wofür? Ich bitte Sie ...«

Er hielt ihre Hand und führte sie ins angrenzende Zimmer, mit den Gesten eines Kavaliers, der seine Dame zum Tanzparkett geleitet. Der Raum, den sie betraten, wirkte noch märchenhafter als die anderen. Elena erinnerte sich nicht, je etwas Derartiges gesehen zu haben. Er war überladen mit einer Vielfalt von Gegenständen: ein schwarzes Piano, ein Schreibtisch mit silbernen Schreibutensilien, ein kleines schwarzes Ledersofa, zwei enorme Sessel, ein Schachtisch mit einer angefangenen Partie. Eine Wand wurde völlig von zwei riesigen Ölbildern mit religiösen Themen bedeckt, die Taufe am Jordan und die Erleuchtung des

Paulus auf der Straße nach Damaskus. An zwei Wänden standen Vitrinen, die prall gefüllt waren: Teller, Leuchter, Miniaturen, Säbel, Bücher, Kandelaber, Statuetten, alte Handfeuerwaffen, Münzen, Fächer, Musikinstrumente. An der vierten Wand schließlich verbargen zwei Samtvorhänge die verschlossenen Balkontüren. Auch hier ein starker Geruch nach Holz und Wachs und kein anderes Licht als das des Lüsters in der Mitte des Zimmers.

Sie setzten sich, Elena auf eines der Sofas, der Alte ihr gegenüber auf den Rand des Sessels, hoch aufgerichtet, die Beine geschlossen und eine Hand auf den Stock gestützt. Er betrachtete sie lächelnd, zugleich abschätzend, und Elena fühlte sich unwohl. Sie versuchte, etwas zu sagen:

»Sie haben ein wundervolles Haus … und so viele Bücher, mindestens ein paar tausend …«

»Dreizehntausend, um genau zu sein … Meine Familie ist stolz darauf, die reichste Bibliothek der Provinz zu besitzen. Alles, was je über Sizilien geschrieben wurde … Geschichte, Traditionen, Legenden … Wir haben es! Meine Familie hütet dieses Erbe seit Jahrhunderten mit größter Sorgfalt … Selbstverständlich stehen alle diese Bücher zu Ihrer Verfügung, wenn Sie möchten …«

Sein schwarzer Anzug war offensichtlich zu weit für seinen schmächtigen Körper, so daß der Eindruck entstand, er sei in diesen Kleidern alt geworden und langsam geschrumpft. Zugleich wirkte er, vielleicht aus demselben Grund, wie ein als alter Mann verkleidetes Kind. Elena sagte:

»Ich wollte mich nicht nur bei Ihnen bedanken, sondern auch fragen, was ich Ihnen schulde … Ich meine die Miete.«

Er unterbrach sie.

»Es gibt keine Miete … Ich besitze diese kleine Wohnung, und das ließ mir keine Ruhe … Eine unbenutzte Wohnung stirbt langsam vor sich hin. Ich bin dankbar, daß Ihre Anwesenheit sie wieder mit Leben erfüllt, und hoffe nur, daß sie Ihnen gefällt. Sie werden sich sicher und wohl darin fühlen …«

Er lächelte.

»Oder irre ich mich?«

»Nein, nein … die Wohnung ist sehr schön. Ich hätte nie geträumt, eine so angenehme Bleibe zu finden, sie ist wie geschaffen für eine alleinstehende Frau …«

Der Alte strahlte.

»Ja, für eine Frau, die die Einsamkeit liebt, die Heiterkeit der Gedanken … genau wie meine Schwester Giovanna. Die Wohnung wurde eigens für sie gebaut. Sie wollte alleine sein und nur ihrer Berufung folgen.«

Er sah jetzt wirklich aus wie ein lächelndes Kind.

»Ich möchte Ihnen einen ganz besonderen Likör anbieten. Auch er eine Spezialität meiner Familie. Sie werden es nicht glauben, aber mein Vater hütete ihn so eifersüchtig und stolz wie seine Bücher.«

Er stand auf, entnahm einem Schränkchen ein zerbrechliches Fläschchen und zwei Kristallgläser, stellte sie auf den Tisch, füllte sie mit einem grünen Likör, der stark nach Minze roch, reichte Elena eines der Gläser und hob das seine: »Geben Sie acht. Sie dürfen nur die Lippen benetzen. Man muß ihn einatmen, schauen Sie. Er soll eine starke erotische Wirkung haben …«

Elena dachte:

›Sieh an, der Alte. Dabei würde er auseinanderbrechen, wenn eine Frau ihn anfaßt.‹

Sie prosteten sich zu und lächelten wieder. Bellocampo benetzte sich tatsächlich nur die Lippen.

»Wissen Sie, dieses Zimmer, das Sie jetzt beherbergt, gehörte meiner Schwester Giovanna. Sie war eben achtzehn, als sie sich berufen fühlte, nur noch der Andacht zu leben und Hausnonne zu werden. Mein Vater betete sie an. Sie war unerhört schön und lieblich, hatte langes tiefschwarzes Haar, eine schneeweiße Haut und Augen wie Samt … sehr klein und zierlich. Eine Stimme wie Musik … Als mein Vater hörte, daß sie Nonne werden wollte, wurde er fast verrückt vor Zorn, aber es gelang ihm nicht, dieses so sanfte und gefühlvolle Persönchen umzustimmen. Sie war ebenso hartnäckig wie schön.«

Sie tranken sich abermals zu, wobei sie nur die Zungenspitzen befeuchteten. Elena dachte:

›Was für leidenschaftliche Worte! Er redet über seine Schwester so sehnsuchtsvoll wie ein verlassener Liebhaber. Dieser Likör ist tückisch, er lähmt einem die Zunge. Hoffentlich vergiftet der Alte mich nicht!‹

Bellocampo stellte sein Glas vorsichtig auf den Tisch zurück wie eine Kostbarkeit, vollführte eine wehmütige Geste und seufzte leise.

»So kam es, daß mein Vater diese kleine Wohnung bauen ließ, damit Schwester Giovanna in Abgeschiedenheit leben konnte, nur mit ihren Gedanken.«

»Und Schwester Giovanna?«

»Starb mit sechsunddreißig Jahren. Sie war nicht krank, auch nicht unglücklich, aber in ihrem Inneren war etwas, das sie zerfraß. Eine Art Leidenschaft für Jesus Christus. Sie kniete stundenlang vor dem Kruzifix. Gott mag mir vergeben, aber manchmal schien mir, sie wäre in Jesus verliebt. Immer kleiner und schmächtiger wurde sie, zugleich aber schien sie immer glücklicher und ekstatischer zu werden und aß fast nichts mehr. Eines Morgens fand man sie. Tot.«

Elena zitterte ein wenig.

»Was geschah mit der Wohnung?«

»Auch mein Vater begann, eine große Frömmigkeit zu entwickeln. Jeden Abend ging er hinüber in das Zimmer, kniete vor Giovannas Bett nieder und betete. Nach einem Jahr war er tot. So blieb die Wohnung vierzig Jahre lang leer, aber jetzt bin ich froh, daß sie wieder zu leben begonnen hat.«

Er stand auf, als hätte er Elenas Müdigkeit bemerkt.

»Ich würde mich glücklich schätzen, wenn Sie mir in den nächsten Tagen die Ehre geben würden, mein Gast zu sein und mit mir zu speisen …«

Er küßte flüchtig ihre Hand, und Elena errötete heftig. Einen Moment lang fürchtete sie, in ein albernes Lachen auszubrechen, denn es war das erste Mal, daß ein Mann ihr die Hand küßte. Sie stotterte:

»Ich weiß nicht, wie ich Ihnen für Ihre Großzügigkeit danken soll …«

»Ihre Jugend ist mir der schönste Dank.«

Er bestand darauf, sie bis an die Eingangshalle zu begleiten, und wartete oben auf der großen Treppe, bis Elena das Haus verlassen hatte. Es dämmerte bereits, und die Straßenlaternen waren schon eingeschaltet. Ein Herr, der mit anderen vor dem Kulturverein saß, grüßte höflich. Es war der hochgewachsene, kurzsichtige Mann, den sie im Bus gesehen hatte. Er stand auf, zog den Hut und verharrte in dieser Haltung, bis Elena das Lokal passiert hatte.

Die Piazza war das eigentliche Zentrum der Ortschaft. Hier standen die herrliche Kirche aus dem 17. Jahrhundert, das Rathaus und zwei kleine, graue und rosafarbene Paläste sowie ein Dutzend Oleanderbäume und ebenso viele kreisförmige eiserne Bänke. Der Platz war so voller Menschen, daß Elena zögerte, ihn zu überqueren. In diesem Augenblick ereignete sich ein grotesker und zugleich bedrohlicher Vorfall: Hinter einer der Bänke tauchte plötzlich der junge Mann mit dem großen schwarzen Kopf und der prachtvollen Krawatte auf und versperrte ihr den Weg.

»Ich habe auf Sie gewartet. Wie finden Sie das?«

Elena versuchte, ihm auszuweichen, aber er lief rückwärts vor ihr her und schaute sie spöttisch an.

»Wenn Sie mir das Vergnügen machen würden, mit mir einen Cognac zu trinken … Ich warte schon den ganzen Nachmittag auf Sie …«

Elena wechselte die Richtung und versuchte, die andere Straßenseite zu erreichen, aber der Mann lief neben ihr her, beugte sich zu ihr, während er sprach, und tat vertraulich.

»Sie gefallen mir, mir gefällt alles an Ihnen … auch das, was man nicht sieht.«

Elena wandte sich ihm abrupt zu und schrie wütend:

»Gehen Sie weg, Sie Verbrecher!«

Er blieb an ihrer Seite und kam ihr diesmal so nahe, daß sie seinen Atem spürte und seine Lippen fast ihr Haar berührten. Elena war angewidert und lief zitternd davon:

»Sie Schwein, Sie Schwein!«

Er blieb stehen und lachte, schaute in die Runde, damit alle an seinem Spaß teilhaben konnten, legte schließlich die Arme auf das Dach eines Autos und hörte nicht auf, zu lachen und sie anzugaffen. Innerhalb weniger Augenblicke sammelte sich eine kleine Menschenmenge, die Leute kamen aus den Vereinslokalen und Bars, standen schweigend um sie herum und machten erst Platz, als Elena schreckensbleich weiterging. Sie sah zwei Carabinieri, zögerte etwas und lief dann in das Sträßchen hinter der Kirche. Die letzten dreißig Meter legte sie rennend zurück. Einige Minuten lang saß sie voller Haß auf ihrem Bettrand in der Dunkelheit.

»Bastarde! Feiglinge … alles Feiglinge! Scheißkaff! Affenhorde!«

Sie fühlte sich plötzlich todmüde und niedergeschlagen, streckte sich aus und verharrte über eine Stunde lang ohne Bewegung.

›Meine Mutter hatte recht‹, dachte sie, ›es sind Wilde … Nicht weil sie arm sind oder unwissend. Es liegt ihnen im Blut. Diese Bastarde und Feiglinge haben keinen Finger für mich gerührt.‹

Der Gedanke an die zierliche, schwatzhafte und unbeugsame Mutter steigerte noch ihre Niedergeschlagenheit und das Gefühl der Verlorenheit, doch zugleich mußte sie lachen.

›Sie hätte mit dem Stock auf ihn eingeschlagen, wenn sie dabeigewesen wäre, mitten auf der Straße. Alle hätte sie mit dem Stock verprügelt, auch die Feiglinge, die zugeschaut haben. Ihr Hundesöhne, euch will ich lehren, eine Dame zu beleidigen!‹

Sie schlummerte nur ein paar Minuten, machte sich dann einen Kaffee, rauchte eine Zigarette, wusch sich mit eiskaltem Wasser und ging zur Schule, um das Klassenbuch abzuholen. Alle schienen bereits zu wissen, was vorgefallen war, aber niemand sprach sie auf das Ereignis an, und das empfand Elena als die größte Feigheit. Sie fühlte sich ausgeliefert. Nur Belcore zeigte Mitgefühl.

»Es tut mir leid. Ich hätte Sie vorhin nach Hause begleiten sollen.«

Er wollte noch etwas sagen, fand jedoch keine Worte und sagte nur mit einem kleinen traurigen Lächeln:

»Dann bis morgen.«

Am anderen Morgen, es dämmerte eben, fanden zwei Bauern, die mit ihren Lasttieren vorbeikamen, den Mann mit dem großen schwarzen Kopf und der prächtigen Krawatte mitten auf dem Platz. Er hatte fünf Revolverschüsse abbekommen, einen in den Bauch, drei in die Brust, einen in den Nacken, und ebendieser mußte der letzte gewesen sein. Er war aus solcher Nähe abgegeben worden, daß die Haare versengt waren. Man hatte ihn auf einen Stuhl aus einer der Bars gesetzt und ihm eine Wiesenblume in den Mund gesteckt. Am erstaunlichsten war, daß seine Kleidung trotz der fünf Einschüsse nicht einen Blutstropfen aufwies.

Die zwei Bauern grüßten im Vorbeigehen:

»Küß die Hand, küß die Hand …«

Am Ende des Platzes machten sie halt, plauderten ein wenig und gingen wieder zurück:

»Küß die Hand, küß die Hand …«

Er wirkte lebendig, wie er im Schein einer Lampe mitten auf dem Platz ruhig dasaß, aufrecht und mit übergeschlagenen Beinen. Die Bauern richteten sich an der dunkelsten Stelle des Platzes ein und warteten. Nach einer Viertelstunde kam, in eine Art schwarzen Schal gehüllt, eiligst der Kanonikus Leone vorbei.

»Kalt, kalt heute«, murmelte er statt einer Begrüßung, wunderte sich, daß er keine Antwort bekam, verlangsamte seine Schritte, machte einen großen Bogen, kehrte vorsichtig zurück, verharrte einige Schritte vor dem Toten und schaute ihn schweigend an.

»Signor Villarà …«, rief er halblaut, »Signor Villarà?« Er tat zwei Schritte nach hinten und lief dann rasch auf seine Kirche zu. In diesem Moment sah er die beiden Bauern in der Dunkelheit stehen, änderte schlagartig seine Richtung, rannte die hundert Meter den Corso hinunter und klopfte an der Kaserne der Carabinieri.

Um sieben Uhr war der halbe Ort auf den Beinen. Der Tote saß in unveränderter Haltung mitten auf der Piazza, denn der Wachtmeister der Carabinieri hatte angeordnet, ihn nicht zu berühren und auf den Ermittlungsrichter zu warten. So standen die Leute ordentlich und schweigend im Kreis um ihn herum. Die älteren Herren hatten sich aus dem Vereinslokal oder einer der Bars einen Stuhl geholt und saßen dicht an dicht. Auch Wachtmeister Orofino, der seit zwei Tagen fieberte, hatte sich einen Stuhl bringen lassen, in zehn Metern Entfernung von dem Toten hingesetzt und wartete.

Als Elena um acht Uhr morgens das Haus verließ, um zur Schule zu gehen, war sie vermutlich der einzige Mensch im Ort, der nicht wußte, was vorgefallen war. Sie bemerkte nur einige Verhaltensänderungen. Der Schuldiener Allegrezza verbrannte sich fast die Finger am Streichholz, mit dem er seine Zigarette anzünden wollte, und riß sich die Mütze vom Kopf, als Elena vorbeiging. Zwei ältere Kollegen, denen sie auf dem Gang begegnete, grüßten sie eilig und schenkten ihr ein langes Lächeln. Rektor Battaglia machte erst eine Verbeugung, dann einen putzigen Schlenker, um sie vorbeizulassen, obwohl ausreichend Platz war, und im Lehrerzimmer schließlich verstummten schlagartig die Gespräche, als sie hereinkam.

Vielleicht unbeabsichtigt blickten alle gleichzeitig zur Tür und schauten sie schweigend an. Elena ging bis zur Mitte des Zimmers und wußte nicht, wohin mit den Augen. Zum Glück schellte die Pausenglocke, und der Raum leerte sich rasch. Belcore, der als letzter hinausging, begleitete sie bis zu ihrer Klasse, sagte jedoch nur:

»Was für ein herrlicher Tag heute morgen ...«

»Wirklich herrlich!«

Um zehn erschien ein Carabiniere und bat sie mitzukommen. Elena fürchtete, ihrer Mutter sei etwas zugestoßen, aber der Mann sagte nur:

»Ich weiß nicht. Ich habe den Auftrag, Sie in die Kaserne zu begleiten.«

Elena schlüpfte nervös in den Mantel, aus den Klassenzimmern wurden Köpfe gestreckt, und der Rektor begleitete sie mit unterwürfiger Miene und kleinen, schnellen Schritten zum Ausgang. Die Piazza war schwarz von Menschen, doch Elena dachte, dort finde ein Fest oder eine Versammlung statt, und stieg die Stufen zur Kaserne hinauf. Ihr Herz klopfte, als sie unverzüglich in die Wachstube geführt wurde. Wachtmeister Orofino hatte mindestens 39 Fieber und saß, in einen schwarzen Schal gehüllt, die Pelerine auf den Schultern, vor einem Kohlenbecken. Sein Atem glich einem Wimmern. Mit einer kleinen Handbewegung schnitt er ihre aufgeregten Fragen ab und sagte nur:

»Was soll das, Signorina? Darum geht es nicht.«

Ein Carabiniere hatte ihm einen heißen Kaffee gebracht, den er andächtig schlürfte. Bei jedem Schluck gab er einen heiseren Seufzer von sich, als spürte er die Wärme bis in die Lungenflügel. Zum Schluß löffelte er auch den Zucker vom Boden der kleinen Tasse und wickelte sich tiefer in seinen Umhang.

»Ich bitte um Verzeihung, Signorina, aber es geht vorerst nur um einige Fragen. Kannten Sie Calògero Villarà?«

»Herr Wachtmeister, ich bin seit zwei Tagen hier im Ort und kenne niemand ...«

»Aber diesen Villarà kannten Sie mit Sicherheit ...«

Elena unterdrückte einen Wutanfall. Es war wirklich das dümmste und letzte Kaff, in das sie geraten war. Der Wachtmeister schaute sie neugierig an und zeichnete mit sparsamen Gesten die Umrisse einer Figur in die Luft.

»Ein Mann, hochgewachsen, dunkle Gesichtsfarbe, Haare und Schnäuzer schwarz ... elegant, trug auffällige Krawatten ...«

Sie zögerte etwas. ›Dieser unflätige, schmutzige, ekelhafte Mann?‹ dachte sie. Der Wachtmeister bemerkte ihre Unsicherheit, und seine Augen verengten sich.

»Sie kennen ihn wirklich nicht, Signorina?«

»Herr Wachtmeister, ich kenne hier niemand. Warum fragen Sie mich?«

»Weil er heute nacht mit fünf Revolverschüssen ermordet wurde. Das weiß jeder!«

Eine Weile blickten sie sich schweigend an. Die Augen des Wachtmeisters glänzten, Elena rührte sich nicht und vergaß fast zu atmen. Er sagte mit einer Geste, als legte er einen Gegenstand vor sich auf den Tisch:

»Jemand hat ihn erschossen und mitten auf die Piazza gesetzt ... Wollen Sie behaupten, Sie wußten das nicht?«

Er erhob sich mühsam, bevor sie aufbegehren konnte, winkte sie mit vorsichtiger Handbewegung zum Balkonfenster und wies auf die Piazza, wo inmitten der schwarz gekleideten Menge noch immer der Tote saß. Elena erkannte die Umrisse des großen, dunklen Kopfes, den grauen Anzug, die Krawatte, und es schauderte sie. Sie drehte sich weg, und ihr Gesicht berührte fast das des Wachtmeisters.

»Ich bin von meiner Wohnung direkt zur Schule gegangen, und mir hat auch niemand etwas gesagt ...«

Die Nähe des kranken Mannes, sein saurer Atem, der nach Tabakrauch und Kaffee roch, und sein vom Fieber angegriffenes Gesicht waren ihr unerträglich. Sie begann zu zittern, doch der Wachtmeister rührte sich nicht von der Stelle.

»Sehen Sie, daß Sie ihn kennen? Der Mann ist Calògero Villarà, der Sie gestern in aller Öffentlichkeit beleidigt hat ...«

Elena versuchte an ihm vorbeizukommen.

»Bitte, lassen Sie mich ...«

»Stimmt es oder nicht?«

»Natürlich stimmt es ...«

Ihre Stimme wurde schrill. Sie fühlte sich gedemütigt und war wütend.

»Natürlich stimmt es, weil in diesem Ort hier nur Wüstlinge wohnen. Ein Wüstling kann einer Frau nachstellen, und nichts passiert. Alle schauen zu und lachen darüber. Wo waren Sie, Herr Wachtmeister, wo hatten Sie Ihre Leute?«

Sie stieß instinktiv ihren Stuhl beiseite, um zu zeigen, daß sie es ablehnte, sich weiter verhören zu lassen.

»Jawohl, mein Herr! Dieser Mann hat mich in aller Öffentlichkeit beleidigt, aber ich kenne ihn nicht und wußte auch nicht, wie er heißt. Ich sah ihn zum ersten Mal, und er führte sich auf wie ein Verbrecher.«

Der Wachtmeister wurde bleich, riß sich den Umhang und die Mütze herunter und warf beide auf einen Stuhl. Unter der Mütze kam ein bleicher Schädel zum Vorschein, an dem ein paar Haare klebten.

»Aber nun ist der Mann umgebracht worden!«

»Was habe ich damit zu tun: Wollen Sie noch etwas von mir wissen?«

Ein Gefreiter kam keuchend herein. Er war so breit und groß, daß er eine Ecke des Zimmers einnahm. Am komischsten war, daß er trotz seines Leibesumfangs und trotz der Treppe, die er im Laufschritt genommen hatte, auf Zehenspitzen ging, so als wollte er seine Anwesenheit irgendwie geheimhalten. Er näherte sich dem Wachtmeister und murmelte mit unterdrückter Stimme:

»Ermittlungsrichter Occhipinti ist da.«

Der Wachtmeister legte den Schal ab, ließ sich in den Mantel helfen, setzte die Mütze auf und nestelte fiebrig an seinen Knöpfen.

»Sie können gehen, Signorina. Wir lassen Sie holen, wenn wir Sie brauchen.«

Die etwa halbstündige Untersuchung, die der Richter auf dem Platz anstellte, war bühnenreif. Er war jung und schmächtig, hatte schwarzes Haar, trug eine Brille, einen langen Mantel, einen Filzhut, hatte zwei winzige Hände und war Kettenraucher. Höflich gab er sämtlichen Carabinieri die Hand. Den Bericht des Wachtmeisters begleitete er mit den zufriedenen Gesten und dem Lächeln eines Vorgesetzten. Den Toten umkreiste er langsam und begutachtete ihn sorgfältig. Der Wachtmeister ging mit dem gebotenen Anstandsabstand von zwei Schritten hinterher, so daß er, wann immer der Richter ihn etwas fragte, die zwei Schritte rasch aufholen mußte, sich herabbeugte, um die gewünschte Antwort zu geben, und anschließend wieder zwei Schritte zurückfiel.

»Wie heißt er?«

»Calògero Villarà, 31 Jahre alt, von Beruf Vermittler.«

»Was vermittelt er?«

»Alles, was man kaufen oder verkaufen kann. Autos, Grundstücke, Häuser, Apfelsinen ...«

»Vorstrafen?«

»Bestechung, Menschenhandel, unerlaubte Vermittlung von Arbeitskräften, Betrug, Körperverletzung ... Neun Freisprüche, zwei Verurteilungen, vier Jahre wegen Bandenbildung und das andere Mal zwei Jahre wegen Hehlerei.«

»Politische Betätigungen?«

»Hat an der Wahlkampagne für den Abgeordneten Zampulla teilgenommen.«

»Verhalten?«

»Gewalttätig und anmaßend. Uns gegenüber immer korrekt.«

Der Ermittlungsrichter beklopfte den Anzug des Toten, und der Wachtmeister erläuterte leise:

»Nichts, er war unbewaffnet. In der rechten Tasche hat er eine Geldbörse mit fünfzigtausend Lire. Das heißt kein Raubmord.«

Der Wächter hob einen Arm der Leiche und ließ ihn wieder fallen. In der Ausbildung hatte er gehört, daß man auf diese Weise den Grad der Leichenstarre und damit den etwaigen Todeszeitpunkt feststellen könne, aber der Tote verlor das Gleichgewicht und begann, langsam vom Stuhl zu rutschen.

»Vorsichtig!«

Der Gefreite erwischte ihn gerade noch rechtzeitig und brachte ihn wieder in seine alte Lage. Der Richter beäugte sorgsam die Schuhe, die Hose und die Fingernägel, ob sie Spuren von Schmutz oder Staub aufwiesen. Sogar das Haar wurde untersucht. Danach ging er die Ränder der Piazza ab, gefolgt vom Wachtmeister, dem Protokollanten und dem Gefreiten, um herauszufinden, von wo die Mörder mit ihrem Bündel gekommen waren. Langsam wich die Menge vor ihnen zurück, alle schwiegen gespannt, sogar die Kinder, um nichts zu verpassen.

Gegen Mittag traf ein Auto ein, aus dem eine Frau und ein Mann kletterten, die einem Dritten vorsichtig beim Aussteigen halfen. Er wirkte steinalt, hatte ein großes Tuch umhängen und trug einen schwarzen Hut, dessen Krempe fast die Augen bedeckte. In seinen winzigen Augen standen Tränen, und seine Lippen waren blutleer. Sie hakten ihn unter und führten ihn mit kleinen Schritten bis vor die Leiche in der Mitte der Piazza. Der Alte betrachtete den Toten und weinte lautlos. Jemand brachte einen Stuhl aus einer der Bars. Der Alte stützte die Hände auf seinen Stock und hörte nicht auf zu weinen, bis seine Begleiter ihn vorsichtig wegführten. Hinter einer Balkontür in der Kaserne erklärte Wachtmeister Orofino dem Richter:

»Der Vater des Toten! Er leidet unter einer Art Rheuma, das die Knochen auffrißt. Bis vor fünf Jahren hat er noch auf dem Feld gearbeitet.«

Richter Occhipinti und der Wachtmeister redeten drei Stunden lang miteinander und verhörten mindestens dreißig Zeugen, einschließlich des Kanonikus, des Kaffeehausbesitzers und der zwei Bauern, die den Toten zuerst gesehen hatten. Nach und nach klärte sich vollständig, wer oder was Calògero Villarà zu Lebzeiten gewesen war, und wurde ins Protokoll diktiert. Man mußte nur noch herausfinden, wer ihn ermordet hatte und warum.

Zu beiden Seiten des Kohlenbeckens sitzend, redeten Richter und Wachtmeister weitere zwei Stunden, verzehrten Reisbälle und Wurstbrote, tranken vier oder fünf Tassen Kaffee und rauchten ununterbrochen. Der Wachtmeister hatte inzwischen mindestens 40 Fieber, seine Augen tränten, und seine Hustenanfälle, die in Wellen auftraten, wurden jeweils durch ein tiefes Gegrummel in der Brust angekündigt. Von Zeit zu Zeit rührte er mit einem alten Eisenlöffel in der Glut, um sich gleich wieder in seinen Mantel zu hüllen.

»Sie halten also ein Eifersuchtsdelikt für ausgeschlossen, Wachtmeister …«

»Völlig ausgeschlossen! Villarà hatte im letzten Jahr drei Liebschaften. Der Mann der einen Frau ist Buchhalter bei der Stadt und könnte kein Kaninchen erschießen, der Mann der zweiten Frau sitzt wegen Betrugs im Gefängnis, und der dritte Ehemann lebt seit zwei Jahren in Deutschland.«

»Gibt es ein finanzielles Motiv?«

»Schwer zu sagen. Villarà verlieh kein Geld und ließ sich nichts leihen. Er besaß zwei Häuser, eine Tankstelle und machte nur in Palermo Geschäfte.«

»Und wenn die Mörder aus Palermo waren?«

»Unmöglich. Unsere Einheit kontrolliert nachts die Zufahrtsstraßen. Von Mitternacht bis Sonnenaufgang ist nicht ein Auto vorbeigekommen ...«

»Dann war es ein Racheakt! Aber aus welchem Grund?«

»Hier im Ort hatten mindestens hundert Leute einen Grund dafür. Villarà war eine Art Urvieh, großzügig und brutal. Er kam in eine Bar und zahlte für alle, aber wegen einer falschen Bemerkung oder sonst einer Kleinigkeit fing er sofort eine Schlägerei an. Er spottete, provozierte und beleidigte ... Aber da sind zwei Dinge ...«

»Und zwar?«

»Villarà hatte sich vor zwei Monaten das Bein gebrochen. Bis letzte Woche hatte er einen Gips und ging am Stock. Wie alle Großmäuler war er auch ein bißchen feige. Deshalb war er brav wie ein Lamm, stritt sich nicht, beleidigte keinen ... Wenn ihm wirklich einer ans Fell wollte, hätte er es wahrscheinlich gemacht, während Villarà am Stock ging.«

»Sie sagten: zwei Dinge?«

»Das andere ist diese Blume, die er im Mund hatte.«

»Ein Symbol ...«

»Versteht sich. Nur, Blümchen hatten wir noch nie ... Normalerweise stecken sie ihren Opfern einen Stein in den Mund, was soviel bedeutet wie: ›Du hast zuviel geredet.‹ Oder sie brennen ihm mit der Schrotflinte eine Ladung alte Nägel in den Leib. Das heißt: ›Du bist ein kleiner Gauner.‹ Oder kastrieren ... den Penis abschneiden ...«

»Kastrieren? ...«

»... und in den Mund stecken, das bedeutet, daß der Tote die Ehre eines anderen verletzt hat. Wir kennen mindestens fünfzehn dieser Symbole, aber nie hat man etwas von einer Blume im Mund gehört!«

»Es ist eine Zärtlichkeit, wenn man so will ...«

»So ist es! Ein alter Bauer hat es uns schließlich erklärt. Man nennt es die ›Blumenrache‹. Villarà hat eine Blume beleidigt, und die Blume hat ihn getötet.«

»Hübsch. Aber ich verstehe es nicht.«

»Denken Sie nach. Was ist eine Blume? Etwas Zartes, Schönes, nicht wahr? Und was ist die Krone der Schöpfung?«

»Die Musik.«

»Aber nicht doch, Herr Richter ... Die Frau ist die Krone der Schöpfung ... Calògero Villarà hat eine Frau beleidigt und belästigt, ihr nachgestellt ... Deshalb ist er umgebracht worden.«

Der Ermittlungsrichter nahm die Brille ab, putzte sie sorgfältig mit seinem Seidentüchlein, starrte den Wachtmeister an und bekam den Mund nicht wieder zu. Der Wachtmeister röchelte aus der Tiefe seines Leibes, und das Dröhnen eines Hustenanfalls schien ihn förmlich in Stücke zu reißen. Als er sich schließlich ausgehustet hatte, schwieg er erschöpft, aber unter seiner blauen Pelerine hörte man den Katarrh zischen und knurren. Er rührte sorgfältig in der Glut und wartete geduckt, bis er Luft hatte, um weiterzureden. Der Richter lächelte entnervt, beugte sich vor und sagte:

»Hat Villarà wirklich eine Frau beleidigt? Hat er ihr wirklich nachgestellt und sie belästigt?«

Der Wachtmeister räusperte sich lautstark und sagte vorsichtig, um keinen neuen Hustenanfall auszulösen:

»Gestern abend! Vielleicht war es ein Zufall ... Aber ausgerechnet gestern abend hat Villarà in Anwesenheit von mindestens zweihundert Personen eine Frau belästigt, sie über den ganzen Platz verfolgt und ihr zweideutige Angebote gemacht.«

»Wie heißt die Frau?«

»Elena Vizzini, 31 Jahre alt, Lehrerin an der hiesigen Volksschule, vor zwei Tagen angekommen.«

»Muß sofort vernommen werden, Wachtmeister!«

»Schon geschehen. Sie weiß nichts, kannte weder den Mann noch seinen Namen und wußte nicht einmal, daß er tot war. Steht alles im Protokoll ...«

»Dann vernehme ich sie noch einmal, und zwar sofort!«

Als Elena zum zweiten Mal an diesem Tag die Kaserne verließ, war es sechs Uhr. Sie war erledigt, todmüde und fühlte sich gedemütigt. Zwei Stunden lang hatte der Richter die gleichen Fragen gestellt wie der Wachtmeister. Wann sie angekommen sei, weshalb sie ausgerechnet diese Schule genommen habe, wer ihre Verwandten seien und wo sie lebten, ob sie Bekannte im Ort habe, wo sie wohne, was der Mann im Autobus zu ihr gesagt habe und was auf der Piazza, mit wem sie gestern abend zuletzt zusammengewesen sei und mit wem heute morgen als erstes … Zuweilen blieb er stehen, nahm die Brille ab und schaute ins Leere, dann wieder ging er minutenlang schweigsam hin und her und begann noch einmal von vorne. Geduldig, höflich und lächelnd. Nur einmal stieß er einen kleinen, triumphierenden Schrei aus, wirbelte auf dem Absatz herum und pflanzte sich dicht vor ihr auf, als Elena sagte:

»Villarà legte mir die Hand auf die Schulter.«

»Woher wissen Sie, daß er Villarà hieß? Sie sagten vorhin, Sie hätten nie von ihm gehört.«

Elena verschlug es einen Moment lang die Sprache. Dann schrie sie wütend:

»Der Wachtmeister hat es mir heute morgen gesagt. Sie haben den Namen erwähnt. Stimmt es oder nicht?«

Der Wachtmeister nickte schweigend. Seit zwei Stunden hörte er nur zu, sagte nichts, hockte wie ein Lumpensack in einer Ecke des Zimmers und kroch fast in das Kohlenbecken. Seine Augen waren trüb. Schließlich ließ der Wächter Elena ins Nebenzimmer bringen und fragte ihn:

»Was halten Sie von ihr?«

Der Wachtmeister breitete die Arme aus.

»Die Frau ist schlau, aber sie war es nicht.«

»Was heißt das?«

»Villarà wurde splitternackt ausgezogen, umgebracht, wieder angezogen, auf den Platz transportiert und auf einen Stuhl gesetzt. Eine Frau allein würde das nicht schaffen …«

»So viel habe ich begriffen, Wachtmeister.«

»Also, was wollen Sie dann von mir wissen?«

»Jemand könnte es für sie ausgeführt haben …«

»Aber sie ist ganze zwei Tage hier, kennt keinen, ist das erste Mal da …«

Sie waren derart erschöpft, daß sie sich gegenseitig zu hassen begannen. Der riesige Gefreite, der Habtachtstellung einnahm, sobald jemand hinschaute, versuchte den Eindruck zu erwecken, als stimmte er beiden zu. Der Wächter atmete geräuschvoll durch die Nase aus:

»Wie viele Vorbestrafte gibt es in diesem Kaff?«

»Hundertneunundfünfzig.«

»Suchen Sie die zehn gefährlichsten aus. Ich will wissen, was sie heute nacht gemacht haben ... Sie sind vorläufig festgenommen.«

»Und die Signorina?«

»Kann gehen! Sie darf den Ort vorläufig nicht verlassen.«

Elena fühlte sich wie betäubt, als sie endlich wieder im Freien stand. Sie schwankte zwischen Wut und Belustigung. ›Eine Scheißgeschichte!‹ dachte sie. Es machte ihr Spaß, gelegentlich vulgäre Wörter zu denken, die sie niemals laut gesagt hätte. ›Was zum Teufel hat mich in diese stumpfsinnige Gegend verschlagen? Völlig allein mit diesen Menschen, die wie die Schweine leben? Was ist das für eine beschissene Geschichte? Vorgestern war ich noch in Catania bei meiner Mutter mit ihrem silbernen Stöckchen ...‹

Der Corso war voller Menschen, die Geschäfte waren beleuchtet, und auf den Bürgersteigen saßen dicht gedrängt die Männer. Sie lief eilig die Straße hinauf. Passanten traten beiseite, um sie durchzulassen, und sie merkte, wie sie von allen Seiten begafft wurde. Vor dem Kulturverein erhob sich ein Herr, der in einer Gruppe saß, grüßte höflich und verbeugte sich leicht. Es war der Herr mit den weißen Haaren und den blauen Augen. Er lächelte wohlerzogen und ein wenig schüchtern.

»Signorina, Sie erinnern sich vielleicht an mich aus dem Bus. Mein Name ist Ermanno Sanguedolce, ich bin der Gemeindearzt. Ich wollte Ihnen unsere Betroffenheit über die Vorfälle ausdrücken.«

Auch die anderen Herren erhoben sich artig. Nur einer blieb sitzen – ein komischer kleiner Mann mit langer, grauer Mähne wie Mazzini und einem Kneifer, der Elena durchdringend und neugierig fixierte, wobei er herausfordernd grinste. Die übrigen stellten sich der Reihe nach vor: Doktor Ignazio Sapienza, blasses, ausdrucksloses Gesicht, ebenfalls Arzt, Stadtrat Emanuele Crucillà, klein, fett, ein spärlicher Schnurrbart, Francesco Amodio, Geometer, öffentliche Bauaufträge, groß, hager, schiefe

Schultern, den Kopf voller Haare, und der Bürgermeister, Rechtsanwalt Domenico Liolà, hübsches rundes Gesicht, graue Koteletten, blauer Zweireiher, kleine schwächliche Hände. Elena bedankte sich mit einer etwas linkischen Geste und verabschiedete sich rasch:

»Ich bin sehr müde und möchte Sie nicht länger stören.«

Die fünf verbeugten sich und setzten sich erst wieder hin, nachdem Elena die andere Straßenseite erreicht hatte. Sie lief schneller, überquerte die Piazza und bog in das Sträßchen ein, das zu ihrem Haus führte. Sie war noch etwa zwanzig Meter davon entfernt, als sie erschrak und unwillkürlich den Schritt verlangsamte. Ein merkwürdiger Mensch lehnte an der Gassenpforte. Er hatte einen langen, weißen Regenmantel an, eine schwarze Baskenmütze auf dem Kopf und trug eine Brille. Elenas erste Reaktion war davonzulaufen, aber dafür war es zu spät, und die Gasse hinter ihr war menschenleer. Sie ging langsam weiter und sah ihm dabei fest ins Gesicht, um herauszufinden, was er vorhatte.

Auch der Mann schaute sie an. Er hatte ein langes, ovales Gesicht und einen winzigen Mund. Die Gläser seiner Brille waren so dick, daß die Augen dahinter zwei kleine Punkte bildeten. Elena spürte, wie ihre Beine nachgaben, als sie den Schlüssel ins Schloß steckte und er direkt hinter ihr stand. Sie begann aufzuschließen, einmal, zweimal, dreimal. Er sagte:

»Guten Abend.«

Sie antwortete nicht und wandte sich nicht um. Eine törichte Angst kam in ihr hoch. Dieses verfluchte Schloß! Sie warf sich mit aller Kraft gegen die Tür, aber der Schlüssel brauchte noch eine Umdrehung. Wieder die Stimme des Mannes:

»Ich muß mit Ihnen reden. Es ist wichtig ...«

Die Tür sprang auf, und Elena fuhr herum. Ein greller Blitz blendete sie, und Elena hatte das Gefühl zu sterben. Es dauerte einige Sekunden, bis sie begriff, daß der Mann sie fotografiert hatte. Sie wollte etwas sagen, aber der Blitz hatte ihr den Atem verschlagen. Der Mann stand jetzt auf der Gasse und hielt den Fotoapparat in der Hand.

»Ich bin Agostino Profumo, Mitarbeiter beim Rundfunk und Korrespondent der Tageszeitung von Palermo. Kann ich Ihnen einige Fragen stellen?«

Elena warf die Tür zu, schob den Riegel vor, lief die Treppe hinauf und verriegelte auch das Fenster. Das alles in blinder Hast. Zum Schluß ließ sie sich aufs Bett fallen und begann zu lachen: Noch so ein Scheißer! Mitarbeiter beim Rundfunk und der Tageszeitung von Palermo! Langsam ließen Furcht und Wut in ihr nach. Sie briet sich zwei Eier auf der elektrischen Kochplatte, aß ein paar Mandelkekse und einen Apfel, machte sich einen anständigen Kaffee, kauerte sich dann ins Dunkel und rauchte.

Am folgenden Vormittag ereigneten sich nur ein paar Kleinigkeiten, die dem Anschein nach unbedeutend waren, zusammengenommen jedoch ein paradoxes Bild ergaben. Neben ihrem Haus saßen zwei Frauen, die gleichzeitig »Gott beschütze Euch« sagten, als sie die Wohnung verließ. Der Tabakhändler, ein kahlköpfiges Männlein in einem grauen Hausmantel, bediente sie mit ungewöhnlicher Eilfertigkeit: »Zu Diensten, Signorina!« Sie ging in die Bar an der Piazza, um einen Kaffee zu trinken, und ließ versehentlich die Geldbörse fallen, als sie die fünfzig Lire hinlegen wollte. Drei Leute bückten sich gleichzeitig, um sie aufzuheben.

Auch in der Schule war manches anders. Die Kinder, die auf dem Schulhof lärmten, verstummten, als Elena erschien, und grüßten brav. Der Schuldiener tat ein übriges: Er nahm die Mütze vom Kopf, riß die Tür auf, um sie vorbeizulassen, und schien sehr bemüht, einen guten Eindruck zu machen.

Elena ging sofort in das noch leere Klassenzimmer. Nach einigen Augenblicken wurde die Tür vorsichtig geöffnet. Der Direktor trat ein, verbeugte sich und kam rasch näher.

»Es ist mir ein Bedürfnis, Ihnen das Mitgefühl des gesamten Lehrkörpers zu übermitteln …«

Er vollführte lauter kleine ängstliche Zuckungen mit dem Nacken und den Schultern, als fühlte er sich nicht wohl in seinem Anzug.

»Wenn Sie es für angebracht halten, dem Unterricht für ein paar Tage fernzubleiben, dann sehe ich kein Problem …«

Sie verstand ihn nicht richtig.

»Sie meinen, es wäre besser, ich käme ein paar Tage nicht zur Schule?«

»Aber nicht doch«, sagte er hastig, »wir schätzen uns glücklich ...«

Die Schulglocke ertönte. Er blieb an der Tür stehen, die Hände hinter dem Rücken verschränkt, das Kinn hoch in die Luft gereckt, und gab acht, daß die Kinder ordentlich eintraten und beim Hinsetzen nicht schwätzten. Dann verbeugte er sich noch einmal und schloß sorgfältig die Tür.

Durch die Fenster des Klassenzimmers sah man die Felder, den weißen, prachtvollen Campanile und die Umrisse der fast blauen Berge. Es war einer jener sonnendurchfluteten Oktobertage, an denen das kahle und verbrannte Land unerwartete, ständig wechselnde Farben annimmt und dieser Anblick das Gemüt bewegt. Elena öffnete ein Fenster und hörte Belcore, der mit lauter Stimme einen Begriff aus der Geographie erklärte. Fast gleichzeitig sah sie ihn am gegenüberliegenden Fenster auftauchen und winkte ihm freundlich zu. Er zögerte einen Moment, verbeugte sich dann ebenso freundlich und verschwand wieder.

›Geh zum Teufel!‹ dachte Elena und kehrte zum Pult zurück. Sie hatte keine Lust, zu unterrichten oder zu reden, und schaute die Kinder an, die schweigend vor ihr saßen.

›Ihr könnt euch auch zum Teufel scheren! Ihr seid schmuddelig, könnt nicht mal Italienisch, und in ein paar Jahren habt ihr auch das Lesen und Schreiben wieder verlernt. Ihr heiratet eine Analphabetin und werdet wie eure Väter. Eine miese Arbeit, Karten spielen, vor dem Vereinslokal oder auf dem Platz herumsitzen, und sonntags geht ihr im schwarzen Anzug zur Messe. Dann werdet ihr alt und sterbt. Was soll ich euch beibringen? Was habt ihr davon?‹

Sie deutete mit der Hand auf eines der Kinder in der ersten Reihe:

»Wie heißt du?«

»Calafiore Sebastiano.«

»Was macht dein Vater?«

»Strapazierer.«

Die Kinder lachten, und der kleine Calafiore schaute verlegen. Elena fragte verständnislos:

»Was soll das heißen ... Was bedeutet das Wort?«

Sie schlug mit der Hand auf ihr Pult, und die Kinder verstummten.

Calafiore rührte sich nicht. Jemand klopfte an die Tür, und sofort war alles mucksmäuschenstill. Es war der Rektor:

»Ich muß Sie leider noch einmal stören ...«

Im Korridor stand der gewaltige Gefreite. Er hatte den Auftrag, sie wieder in die Kaserne zu bringen.

Das Innenleben der Wachstube bildete einen erschreckenden Kontrast zu dem strahlenden Tag draußen. Überall ein unglaublicher Schmutz, erloschene Holzkohle, Zigarettenkippen, ein Berg Tassen mit angetrocknetem Kaffee und in der Luft kalter Rauch. Der Richter schien an dem Verfall teilzunehmen, seine Gesichtszüge wirkten entgleist, die Augenlider verquollen, die Zähne braun vom Nikotin, und auf seinem Kinn sprossen die Härchen. Er hieß den Gefreiten das Protokoll vom Vortag verlesen und fragte, ob sie es bestätigen könne.

»Wird bestätigt.«

Er wartete, bis Elena die vier Blätter unterschrieben hatte, und ordnete sie umständlich, während Elena an seinem Schreibtisch stand und sich fragte, warum er sie nicht gehen ließ. Schließlich lehnte er sich zurück und schaute sie provozierend an.

»Ich kann nur hoffen, daß alle Ihre Aussagen der Wahrheit entsprechen. Ich mache Sie aber darauf aufmerksam, daß von vierzig Personen, die wir dazu befragt haben, nicht eine einzige die von Ihnen behaupteten Ereignisse bestätigt hat. Niemand hat bemerkt, daß Calògero Villarà Ihnen nachgelaufen ist und Sie belästigt hat. Genau gesagt, hat man auch Sie nicht gesehen und weiß nicht, wer Sie sind oder wie Sie heißen. Sie existieren nicht, und es hat nichts stattgefunden.«

Er nahm seine Brille ab, schaute sie schweigend an, als erwarte er eine Antwort, und verabschiedete sie mit einem leisen Lächeln.

»Sie können gehen.«

Am Fuß der Treppe reichte Elena dem Gefreiten, der sie begleitet hatte, höflich die Hand.

»Wie heißen Sie, Gefreiter?«

»Gefreiter Giovanni Ferraù!«

»Schöner sarazenischer Name ...«

»Zu Befehl! Sarazenisch …«

»Und der Wachtmeister?«

»Erkrankt. 40 Fieber.«

»Gute Besserung.«

Zweierlei war auffällig: Der Gefreite hatte eine Hand so schwer wie ein Ziegelstein, und er stand vor ihr stramm. Sie hatte das Gefühl, aus dem Dunkel zu kommen, als sie die Kaserne verließ. Ein milder Wind spielte mit der Wäsche auf den Balkonen, dem Gras auf den Dächern, den Oleandern und dem gelben Vorhang der Bar, und Elena hatte den seltsamen Eindruck, das grelle Licht werde vom Wind durch die Straßen getragen.

Sie bemerkte, daß alle sie anstarrten: aus den Geschäften, der Bar, den Vereinslokalen. In der Mitte des Platzes begegnete ihr der Bürgermeister, der seinen Hut schon zog, als er noch zehn Meter entfernt war. Alles an ihm flatterte – die Haare, der Mantel, die Krawatte. Er verbeugte sich mehrfach, während er an ihr vorbeiging, und hielt die ganze Zeit den Hut in die Höhe. Am Ende des Platzes begegnete ihr ein großer, dicker Priester mit leichtem Buckel, weißen Haaren und einer schwarzen Schärpe um den Leib. Sie war sicher, ihn nie gesehen zu haben, doch er grüßte sie mit einem leichten Kopfnicken.

Unvermittelt trat ihr der Mann mit dem bodenlangen weißen Regenmantel, der Baskenmütze und den dicken Augengläsern entgegen. Er sah abgerissen aus. Sein Mantel war speckig und zerrissen, die Mütze saß tief auf dem Kopf, und um den Hals hatte er ein schmutziges weißes Seidentuch geschlungen. In seinem fast augenlosen Gesicht flimmerten zwei kleine Punkte hinter den dicken Gläsern. Er sagte, ohne zu grüßen:

»Haben Sie gesehen?«

Er hielt die Zeitung hoch, in der das Foto abgebildet war, das er am Vorabend geschossen hatte: Elena vor ihrer Haustür mit etwas dümmlichem Gesichtsausdruck. Wie er es geschafft hatte, den Film noch in der Nacht nach Palermo zu schicken, war unbegreiflich. Eine Weile standen sie sich so gegenüber. Profumo hielt ihr die zusammengefaltete Zeitung entgegen, und Elena betrachtete ihr Foto. Schließlich machte er den Hals lang, als müßte er über den Zeitungsrand hinwegblicken, und grinste.

»Wollen Sie jetzt mit mir reden?«

Elena schlug ihm mit einer Bewegung, die wie eine Ohrfeige aussah, die Zeitung aus der Hand. Er krümmte sich etwas, und die Pünktchen hinter den Gläsern irrlichterten. Elena blickte ihn verächtlich an, schob ihn dann mit einem Schlag beiseite und ging Richtung Schule.

Im Korridor traf sie Belcore, und beide zögerten, wer wen vorbeilassen sollte. Er blieb stehen und lächelte:

»Ich wollte mit den Kindern einen Spaziergang machen, aber jetzt ist es zu windig ... Abwarten.«

Er lächelte abermals sein sanftes Lächeln, und Elena hatte plötzlich den verzweifelten Wunsch, jemand zu sprechen und um Hilfe zu bitten. Es war unglaublich, wie sanft und zart dieser Mann aussehen konnte.

»Ist die Mutterkirche wirklich so eindrucksvoll, wie Sie gesagt haben?«

»Ja, sie ist wunderbar ...«

»Sie haben versprochen, sie mir zu zeigen.«

Belcore wurde verlegen.

»Wenn Sie möchten ...«

»Oder meinen Sie, es schickt sich nicht, wenn man uns sieht?«

In dem Augenblick bog der Rektor um die Ecke des Korridors. Als er sie bemerkte, änderte er seinen Schritt auf kuriose Weise, als hätte er einen kleineren Gang eingelegt. Die letzten drei Schritte ging er auf Zehenspitzen. Er wußte nicht, was er sagen sollte, und so begnügte er sich mit einem zufriedenen Gesichtsausdruck und den Worten:

»Sehr schön, daß Sie wieder da sind.«

Er begleitete sie bis zum Klassenzimmer, verschränkte die Hände hinter dem Rücken, schaute die Kinder durchdringend an, während sie aufstanden und grüßten, und zog sich dann katzbuckelnd zurück.

Am Nachmittag besichtigte sie mit Belcore die Mutterkirche. Sie war dreischiffig, mit zwei Reihen Marmorsäulen, die hohe Bögen bildeten, und prächtiger, als Elena erwartet hatte. Entlang der Seitenschiffe befanden sich je vier Nebenaltäre aus rotem und grünem Marmor, die von riesigen Tafelbildern aus dem 17. Jahrhundert überragt wurden. Über dem Hauptaltar, zu dem drei Stufen führten, schwebte eine kleine Madonna, die völlig mit Gold, Silber und Edelsteinen bedeckt war. Alles besaß die Pracht des Alters und zeugte zugleich von einem paradoxen Reichtum: der Marmor auf den Böden, den Säulen und den Altären, die riesigen kristallenen Lüster, die von den Bögen der Säulen hingen, die gewaltigen Bilder und die Teppiche, die den Altar umgaben. Die blauen Glasfenster in der Kuppel erzeugten eine unirdische Beleuchtung, die jeden Gegenstand, jedes Ornament und alle Farben in ein dämmeriges Licht tauchte und doch vollständig sichtbar machte. Das einzig Lebendige in diesem Halbschatten waren die unzähligen Kerzen, die überall brannten. Der Geruch nach Wachs, fauligen Blumen und Weihrauch, die Gesichter der Heiligen auf den Bildern und die totale Stille kündeten von einer mysteriösen Macht.

Mit leichtem Schauder sah Elena, daß in den Marmorsockeln der Altäre Glasfenster eingelassen waren, hinter denen Tote lagen. Vier Altäre standen in jedem Seitenschiff, und es gab ebenso viele Leute, die dem Ort Ehre gemacht hatten. Der erste war ein mittelalterlicher Krieger, die Rüstung verfallen, die Kleidung zerfetzt, zwischen den Schenkeln ein Langschwert. Der Kopf steckte in einem Helm und war nicht größer als eine Faust. In den folgenden Gräbern lagen zwei Geistliche, deren Köpfe bandagiert waren. Ihre vergilbten Kutten hatten sich dem Skelett angepaßt, was ihnen ein obszönes Aussehen verlieh. Der letzte in dieser Reihe war ein Edelmann, in einen schwarzen Mantel gehüllt, der einen Zylinder auf seinem Bauch liegen hatte, lederne Stiefeletten trug und einen Spazierstock mit Elfenbeinknauf besaß.

Im anderen Seitenschiff lag im ersten Grab eine Adlige, die in ein weißes Nachthemd gehüllt war und langes, graues Haar hatte. Man erkannte noch die Nase, die Augenhöhlen und die Form ihres Mundes. Sie wirkte entsetzlich alt, und Elena hatte den Eindruck, daß es grauenhafter sei, so alt zu werden, als zu sterben. Im zweiten Grab ruhte das Söhnchen eines Barons, ein zweijähriges Kind, bei dessen Tod sich zahlreiche Wunder ereignet hatten. Es war in ein langes Nachthemd gekleidet, hielt einen Rosenkranz in seinen kleinen, dunklen Händen und sah aus wie ein Engel aus Gips, der langsam zu zerfallen beginnt. Der nächste war ebenfalls ein Ritter mit einem gigantischen Helm, Eisenhandschuhen und Sporen. Er war während des zweiten Kreuzzuges zur Eroberung der heiligen Stätten von den Ungläubigen erschlagen worden.

»Dieser Ritter hieß Michele Angelo Belcore, wie ich.«

»War er ein Vorfahr von Ihnen?«

»Wer weiß das schon, aber es könnte sein! Er ist beinahe heilig: der selige Michele Angelo Belcore ...«

»Schau an! Was hat er gemacht?«

»Er muß ein seltsamer Mensch gewesen sein. Nach einem mystischen Erlebnis verkaufte er seinen gesamten Besitz, bewaffnete eine Rotte Abenteurer und brach auf, um an der Eroberung des Heiligen Grabes teilzunehmen. Während der Reise wurde er von Seeräubern überfallen, die ihn folterten und samt seinen Gefährten umbrachten ... Jahre vergingen, bevor die Nachricht hier ankam. Um seinen verehrten Leichnam auszulösen, veranstaltete das Volk auf seinen Latifundien eine Kollekte und spendete alles, was es besaß: Ringe, Ketten, Ohrringe, sogar Öl und Getreide. Der ganze Reichtum wurde einem Kaufmann in Catania übergeben, der ihn seinerseits den Emissären der Sarazenen anvertraute, die dafür den Leichnam einschließlich der verbeulten Rüstung herausgaben. Aber wer weiß, ob die Sarazenen wirklich den Körper des armen Belcore herausgaben und nicht eine andere Leiche.«

»Er trug doch die Rüstung?«

»Wer sollte sich an die erinnern? Inzwischen waren fünfzig Jahre vergangen, und alle, die Belcore und seine Gefährten bei der Abreise gesehen hatten, waren längst tot oder senil. Vielleicht hat der Kaufmann aus Catania auf einem Friedhof einen Toten ausgegraben, eine alte Rüstung gekauft, sie ihm übergezogen und das Geschäft alleine gemacht.«

»Armer Michele Angelo ... Welch ein Schicksal!«

»Dafür hat man ihn seliggesprochen. Er soll zahllose Wunder vollbracht haben. Um das Jahr vierzehnhundert fand ein Erdbeben statt. Die Bevölkerung wurde von Panik ergriffen und flüchtete sich in die Kirche, um den Schutz Belcores zu erflehen. Beim nächsten Erdstoß stürzte die Kirche ein und begrub alle unter sich ...«

»Ein seltsames Wunder ...«

»Die kirchlichen Behörden befanden, daß es sich um ein neuerliches Zeichen seines wohltätigen Wirkens gehandelt habe. Alle achthundert Einwohner, die in der Kirche ums Leben kamen, erhielten den Ablaß der Sünden. Der selige Belcore hatte das Erdbeben dazu ausgenutzt, sie vereint ins Paradies zu führen.«

»Wie romantisch! Bestimmt haben sie im Jenseits eine kleine sizilianische Kolonie gegründet ... eine Art himmlisches Brooklyn!«

»Vielleicht fühlte sich der selige Belcore einsam. Ich habe ihm allerdings immer mißtraut.«

Er lachte. Wenn Belcore lachte, pflegte er zum Schluß durch die Nase zu brummen und die Brille abzunehmen und zu putzen, als wäre sie beschlagen. Sie waren am letzten Grab angekommen. Die Kammer war mit rotem Atlas ausgelegt, und in der Mitte erkannte man an einer Vertiefung, wo der Leichnam gelegen hatte. Elena hob fragend den Kopf, und Michele zog die Schultern hoch, um anzudeuten, daß er nichts damit zu tun habe.

»Hier hat früher der Bruder Ihres Hauswirts gelegen, der Arzt Arnaldo Maria Bellocampo; ein Gelehrter, Dichter, Astronom und Essayist, der fünfzehn Jahre lang Bürgermeister der Gemeinde war. Er war in Uniform begraben worden und trug den Fez, das schwarze Hemd, die Stiefel und den Dolch. Als die Amerikaner den Ort 1943 besetzten, wurde er von der wütenden Menge aus dem Grab gezerrt und auf den Platz geschleift. Zum Schluß warfen sie ihn ins Armengrab auf dem Friedhof.«

»War er so verhaßt?«

Michele machte eine unbestimmte Handbewegung und sagte etwas, das keinen Sinn zu haben schien.

»Es ging nicht um Haß.«

Ein Meer schwarz gekleideter Menschen bewegte sich langsam die Treppen herauf, als sie die Kirche verließen. In ihrer Mitte ging eine Gruppe, die einen Sarg trug. Elena begriff blitzartig, wer da bestattet wurde, als sie die Carabinieri sah, die den Sarg eskortierten, noch bevor Belcore mit leicht zitternder Stimme sagte:

»Sie bringen den Leichnam von Calògero Villarà in die Kirche.«

Der Leichenzug war beeindruckend, und es schien, als ob sämtliche Männer der Ortschaft dem Toten das letzte Geleit gaben. Die Fahnen der Vereine und Verbände waren mit Trauerflor verziert, und unter den Trauernden waren der Bürgermeister, der Gemeindearzt mit den blauen Augen und Signor Sapienza, der andere Mediziner. Elena hatte Lust, einen Schrei der Empörung auszustoßen oder die Fäuste in die Luft zu recken und höhnisch zu lachen: In der Menge schritten sogar der Rektor und mindestens zwei Dutzend Lehrer ihrer Schule. Langsam, schweigend, mit Leichenbittermienen gingen sie dicht gedrängt in dieser Menge dunkler Gesichter, die immer näher und näher kamen.

Elena wurde von dem Trauerzug aufgesogen, der jetzt stehenblieb, um zu warten, bis die Kirchenportale geöffnet wurden und die Gruppe mit dem Sarg im Inneren war. Hinter dem Sarg sah Elena den alten Mann, der nur noch ein menschlicher Schatten war. Er trug einen komischen Schlapphut auf dem Kopf und war wieder in den großen Schal gehüllt. Zwei Frauen stützten ihn zu beiden Seiten, und er schien kaum die Kraft zu haben, alleine zu gehen. Sein Gesicht verschwand fast völlig unter dem Schlapphut, aber einen Moment lang fühlte Elena einen bösen Blick aus dem Dunkel unter der Krempe. Dann öffnete sich langsam das Portal, und die Menschen sahen reglos zu, wie der Alte und die zwei Frauen im Kirchenschiff verschwanden.

Elena ging weiter, und sofort machten die Leute ihr Platz. Sie stieg einige Stufen hinab und wandte sich dann um. Belcore kam jetzt ebenfalls die Treppe herunter. Er schwieg und ging ein wenig schief. Doktor Sanguedolce und der Bürgermeister zogen ihre Hüte, der Rektor und Doktor Sapienza machten es ihnen nach, und schließlich nahmen auch einige alte Bauern höflich die Mützen ab. Elena erwiderte ihren Gruß nicht, überquerte den Platz und ging zu ihrem Gäßchen. Neben sich hörte sie den Schritt Belcores. Sie sagte, ohne ihn anzusehen:

»Begleiten Sie mich bitte nach Hause ...«

Michele antwortete nicht und kam an ihre Seite. Wortlos gingen sie die kleine, menschenleere Straße entlang, die zu ihrem Haus führte.

»Möchten Sie, daß ich jetzt gehe?«

»Ich möchte nicht, daß Sie gehen ...«

Es war so klar, daß alles sich ohne weitere Worte ereignete. Elena machte einen Kaffee, Belcore schlich träge im Zimmer umher, blieb schließlich am Fenster stehen und schaute hinaus. Gelegentlich wechselten sie belanglose Worte, als hätten sie entschieden, was zu tun sei, und wollten es nur noch ein wenig hinauszögern. Elena schaltete die kleine Tischlampe an und löschte die Deckenbeleuchtung.

»Damit es nicht heißt, ich würde mir Männer ins Haus holen ...« Sie trat neben ihn ans Fenster. Es war dunkel geworden. Dort, wo die Piazza lag, sah man das Licht der Laternen und darüber die Silhouette der Kathedrale, die in der feuchten Luft von einem hellen Schein umgeben war. Elena wischte über die Fensterscheibe, auf der sich ihr Atem niederschlug.

»Was ist das nur für ein Ort: Haben Sie die Menschen beobachtet, ihre Augen gesehen? Man schaut sie an und begreift nicht, was sie sich denken.«

Auch Michele wischte mit dem Handballen über die Fensterscheibe. Er druckste herum, und als er antwortete, wirkten seine Worte um so brutaler, trotz seiner leisen Stimme und des höflichen Tonfalls:

»Die Leute denken, Sie hätten Calògero Villarà ermordet.«

Elena lachte.

»Natürlich! Ich war es.«

Sie schloß die Augen und lehnte die Stirn gegen die feuchte Scheibe.

»Ich habe gewartet, bis es dunkel war, und ihn dann erschossen. Danach habe ich ihn auf den Platz gesetzt und ihm ein Blümchen in den Mund gesteckt … So war es doch, oder nicht?«

»Jemand hat all das getan.«

»Und er hat in meinem Auftrag gehandelt. Denken Sie das auch?«

»Ich weiß es nicht …«

Elena fuhr herum und schlug ihm beide Fäuste auf die Brust, so daß er schwankte.

»Was wissen Sie nicht? … Sie Dummkopf!«

Belcore rückte seine Brille zurecht, die sich verschoben hatte, schaute sie an, nahm wortlos seinen Schal und die Bücher, die er auf den Tisch gelegt hatte, aber Elena riß sie ihm aus der Hand.

»Und wo willst du jetzt hin? Bist du beleidigt, oder kriegst du es mit der Angst? Natürlich: Du warst unhöflich zu mir, und wenn du rauskommst, jagen sie dir fünf Revolverkugeln in den Leib …«

Sie warf Bücher und Schal auf den Tisch und wandte sich wieder dem dunklen Fenster zu.

»Schon gut, schon gut, hau ab!«

Sie fühlte seine warme, schwere Hand, die sich auf ihre Schulter legte und über ihren Nacken strich, und wandte sich ihm zu. Sie betrachtete sein Haar, das ihm ins Gesicht hing, seine Augen und spürte seinen Atem, als er näher kam. Schließlich öffnete sie die Lippen und preßte sich an ihn. Sein Körper war kräftiger und stärker, als sie erwartet hatte. Sie war froh, endlich ein menschliches Wesen gefunden zu haben, an das sie sich klammern konnte, und ergriff ihn mit allem, was sie als Frau besaß: mit den Lippen, den Armen und ihrem Schoß.

Es dauerte einen Moment, bis sie bemerkte, daß er sie hochgehoben hatte. Ihre Füße schleiften über den Boden, schließlich fiel sie rücklings unter ihm aufs Bett. Sie bäumte sich auf und versuchte heftig, sich zu befreien. Sie war wütend darüber, so schnell nachgegeben zu haben und von ihm genommen zu werden, ohne auch nur entkleidet zu sein. Aber gleich erschöpfte ihr Widerstand sich, und sein Kuß nahm ihr fast den Atem. Sie packte sein Haar, zerrte seinen Kopf an ihren heran und hatte nur noch den Wunsch, es schnell zu machen. Sie fühlte seine Hand, mit der er sie auszog, half ihm keuchend, sich der Kleider zu entledigen, bis ihr Schoß und ihre Beine und auch sein Unterleib und seine Beine nackt waren. Als sie spürte, wie er in sie eindrang, wurde ihr Zittern stärker, sie bäumte sich abermals auf und schlug auf seine Schultern und seinen Nacken. Es war ewig her, seit ein Mann so in sie eingedrungen war, und sie hatte das Gefühl, aufgerissen zu werden, aber der schreckliche Schmerz der ersten Augenblicke verschwand rasch, und sie fühlte ein Brennen, das immer süßer und tiefer wurde. Sie schämte sich, so vollständig schwach zu werden, aber gleich fiel auch diese letzte Hemmung von ihr ab, und sie begann immer heftiger, seinen Bewegungen zu folgen. Plötzlich empfand sie eine so tiefe und fast unerträgliche Lust, daß sie nur noch daliegen und ein langgezogenes Wimmern von sich geben konnte. Sie verharrte mit weit geöffneten Armen, wie tot, während seine Zunge zuckend in ihrem Mund umherfuhr und sie fast erstickte.

Es war kurz vor Mitternacht, als Belcore sie verließ. Die Straßen waren menschenleer, und es ging ein schneidender Wind, der überall durchdrang. Michele wartete einen Moment in der halboffenen Pforte, um sich an die eisige Luft zu gewöhnen, dann wickelte er sich den Schal um den Kopf und schloß leise die Tür hinter sich. Sofort durchfuhr ihn das Gefühl, daß im Schatten der Häuser jemand lauerte und ihn beobachtete. Er drückte sich beim Gehen an die Hauswände und drehte sich um. Deutlich erkannte er eine Gestalt, die an der anderen Straßenseite entlangstrich. Er lief schneller, bog um die Ecke, blieb mit angehaltenem Atem stehen und hörte nun auch die Schritte hinter sich. Sofort lief er weiter, erreichte den Platz, rannte keuchend die Stufen der Kathedrale hinauf und verbarg sich im Dunkel der Säulen. Das Laufen hatte ihn so erschöpft, daß er den Kopf einige Augenblicke lang gegen den Stein legen mußte. Als er sich wieder dem hellerleuchteten Platz zuwandte, sah er zunächst niemand. Dann kam aus der Seitenstraße ein Mann gelaufen, auch er fast torkelnd vor Anstrengung, blieb stehen, erschöpft und schwer atmend, wie es schien, und schaute sich um.

Es war unverkennbar Agostino Profumo: der weiße Regenmantel, der seine Knöchel umflatterte, das Mützchen auf dem Kopf, die Brille, das lange Tuch, das wie ein Lumpen an ihm herabhing. Belcore mußte lachen.

»Dieser Idiot! Er ist noch kurzsichtiger als ich … Was zum Teufel soll das?«

Profumo hechelte mit vorgestrecktem Kopf die vier Seiten der Piazza entlang und ging dann langsam und auf Zehenspitzen Richtung Treppe. Belcore wich noch tiefer in den Schatten zurück, hob ein Steinchen auf und warf es ihm zu. Profumo bemerkte den Stein erst, als er in seiner Nähe vom Pflaster abprallte, und machte einen komischen Hüpfer. Reglos blieb er stehen und bewegte nur ruckhaft den Kopf. Ein zweiter Stein spritzte neben ihm hoch. Wieder machte er einen Satz und wich diesmal einige Meter zurück. Er stand kaum, als ein dritter Stein ihn am Wadenbein traf und er abermals einen Luftsprung tat. Er humpelte zur Mitte der Piazza, massierte sich hastig die Wade und spähte ins Dunkel der Seitenstraßen. Er wußte offenbar nicht einmal, woher die Steinwürfe kamen. Urplötzlich begann er zu rennen und suchte Zuflucht in einer Bar. Belcore wartete ein paar Minuten, bevor er ging.

»Diese verdammte Blindschleiche! Aber er hat mich nicht erkannt … Dieser schmierige Hurensohn!«

Am Sonntagmorgen um zehn, nach Ablauf der gesetzlich vorgeschriebenen achtundvierzig Stunden, wurden die zehn Vorbestraften, die man im Zuge der Ermittlungen festgesetzt hatte, wieder freigelassen. Viele gingen direkt in die Bar, setzten sich auf einen der Stühle, die am Bürgersteig aufgereiht waren, bestellten einen Kaffee und begannen zu rauchen, zu reden und zu lachen.

Um elf wurde Elena abermals in die Kaserne gerufen. Der Wachtmeister war noch krank, aber der Ermittlungsrichter schien gut gelaunt zu sein, war frisch rasiert, wirkte ausgeschlafen und trug einen hübschen grauen Zweireiher. Sogar seine Art zu rauchen war entspannt und heiter. Er hielt die Zigarette in seinen kleinen Händen wie einen Wertgegenstand und streifte die Asche mit gekünstelter Geste ab. Die wenigen Fragen, die er hatte, waren offenkundig sinnlos: ob sie sich an die Personen erinnere, die mit ihr im Zug gesessen hätten, wer ihr dabei geholfen habe, die Wohnung zu finden, und mit wem sie in diesen Tagen gesprochen habe.

Er fragte, ob ihr noch jemand zu nahe getreten sei, bot ihr einen Kaffee und zwei Zigaretten an und begleitete sie am Ende der Vernehmung hinaus.

»Ich wünsche Ihnen einen schönen Sonntag!«

Auf dem Corso und der Piazza war Sonntagsbetrieb. Die Männer, meist schwarz gekleidet, eine Mütze oder den schwarzen Hut auf dem Kopf, drängten sich auf den Bürgersteigen und den Bänken rund um die Oleander oder hockten auf den Stühlen vor den Bars und den Vereinen. Die älteren saßen in einer Reihe an der Balustrade der Kathedrale. Erstmals waren auch die Frauen zu sehen, als hätte der herrliche Sonntagvormittag sie aus den Häusern getrieben. Elena hatte den absurden Gedanken, daß sie alle gleich aussähen – schwarze Haare, dichte Augenbrauen und kleine Äuglein in länglichen, blassen Gesichtern. Sie kamen in Grüppchen zu dritt oder zu viert den Corso herauf, drehten eine Runde über die Piazza, liefen den einen Kilometer wieder hinunter, machten kehrt und bummelten nach einer Weile abermals den Corso herauf. Sie redeten wenig, hielten sich untergehakt und würdigten die Männer auf den Bürgersteigen keines Blickes, während diese nur gekommen zu sein schienen, um die Spaziergängerinnen zu betrachten.

Elena bemerkte den Mann nicht gleich, der sich neben sie schob. Erst als etwas Helles nicht von ihrer Seite wich, sah sie sich um, wechselte die Richtung und strebte dem anderen Bürgersteig zu. Agostino Profumo folgte ihr und lief wieder neben ihr her. Seine Augen rotierten hinter den dicken Gläsern, und ein unbestimmbarer Gestank ging von ihm aus. Elena fragte sich, warum sie an verfaulte Eier denken mußte.

Sie brauchte nicht hinzusehen, um zu wissen, wie er aussah: die unvermeidliche Baskenmütze tief in die Stirn gezogen, in seinen verlotterten, weißen Regenmantel gekleidet, einen alten Fotoapparat um den Hals, das Hemd voller Fettflecke, ein Brillenglas zersprungen und ein dicker Packen Zeitungen in der Tasche. Er lief lächelnd neben ihr her.

»Kann ich Sie einen Moment sprechen, Signorina?«

Elena überquerte abermals die Straße, um ihn abzuschütteln, aber Profumo blieb neben ihr. Die Leute begannen aufmerksam zu werden.

»Signorina, es ist mir klar … Aber ich tue nur meine Arbeit …«

»Ich will nicht mit Ihnen reden, gehen Sie!«

Sie warf ihm einen kurzen, haßerfüllten Blick zu, aber das reichte, um ihr optisches Gedächtnis mit weiteren Einzelheiten zu füllen. Er hatte zahllose Mitesser auf dem Kinn, und aus der Nase sprossen die Haare büschelweise.

»Ich weiß, daß Sie heute vormittag wieder vernommen worden sind. Aber der Ermittlungsrichter hat etwas sehr Wichtiges entdeckt, wovon Sie nichts wissen …«

Elena hatte das Gefühl, von einigen hundert Männern begafft zu werden. Sie blieb abrupt stehen und schrie Profumo an:

»Ich will nicht mit Ihnen reden! Gehen Sie endlich!«

Er blieb neben ihr, lächelte und verbeugte sich galant. Mit gedämpfter Stimme sagte er:

»Um fünf vor zwölf gestern nacht ist ein Mann aus Ihrem Haus gekommen, Signorina. Ich habe ihn gesehen! Er trug einen dunklen Mantel, einen Schal und eine Brille … Das können Sie nicht abstreiten …«

Er schaute sich argwöhnisch um, ob jemand in ihrer Nähe wäre, der sie hören könnte.

»Signorina, sagen Sie mir, wer der Mann war, dann sage ich Ihnen, was der Ermittlungsrichter herausgefunden hat.«

»Sie sind ein Flegel!«

Elena beschimpfte ihn mit lauter Stimme, ohne ihn anzusehen, und überquerte abermals die Straße, wobei sie ihren Schritt beschleunigte. Einen Moment lang wurden sie in dem Gedränge voneinander getrennt, dann war Profumo wieder hinter ihr.

»Wollen Sie mir nicht sagen, wer dieser Mann ist?«

Elena drehte sich rasch um, riß ihre Handtasche hoch und schlug sie ihm mit Wucht ins Gesicht. Der Schlag war zu hören, bevor sie sehen konnte, wie seine Brille davonflog. Er schwankte kurz, und seine Augenlider flatterten. Dann bückte er sich, die Zeitungen fielen ihm aus der Tasche, und er begann, fast auf allen vieren laufend, zwischen den Füßen der Leute nach seiner Brille zu suchen. Die Menschen um sie herum schauten regungslos zu. Nach und nach standen einige der Herren vor dem Kulturverein auf, der Bürgermeister, die zwei Ärzte und andere, und grüßten Elena schweigend. Sie antwortete mit einem kaum merklichen Kopfnicken, lief die Kirchenstufen hinauf und tastete sich in der Dunkelheit durch die dichtgedrängte Menge, bis sie einen freien Stuhl fand. Sie blieb auch sitzen, als die anderen aufstanden und niederknieten, und dachte nur: ›Lieber Gott, hier drin bist du bestimmt nicht! Ich wette, an diesem Ort hat sogar dich der Mut verlassen!‹

Den ganzen Nachmittag verbrachte sie in ihrem Zimmer und wartete auf den Abend. Sie sah durch das Fenster auf das weite, sonnendurchflutete Tal und spürte eine verrückte Sehnsucht, an einem dieser kargen Hänge spazierenzugehen. Sie erträumte sich Fußwege im grellen Licht, über die der Wind fegte, und die Stimme des Windes in der Stille der Sonne. Die Dächer des Ortes senkten sich wie die Stufen eines grauen und leeren Amphitheaters von den Berghängen herab, die Grasbüschel zitterten im Wind, und Elena versuchte, sich die Menschen unter den Dächern vorzustellen: Frauen und Männer, die um kleine Holzkohlenbecken saßen, in ärmlichen Zimmern mit Heiligenbildern an den Wänden und breiten Betten, die vom Geruch der Holzkohle und des Mittagessens erfüllt waren. Was waren das für Menschen, vergraben in diesen Zimmern, in denen sie geboren wurden und starben, hinter Mauern, die ihr Haus zum Gefängnis machten, umgeben von Bergen, hinter denen die Welt zu Ende zu sein schien?

Vom Balkon aus sah man die grauweiße Kathedrale, den Glockenturm mit seiner verwitterten Balustrade und die Statue auf der Spitze. Elena beobachtete, wie dieses steinerne Massiv in der untergehenden Sonne seine Farbe wechselte, die eine Seite gelblich wurde, die andere dagegen schattig und undeutlich, wie der Stein dann auf einmal rötlich aufleuchtete und das ganze Bauwerk am Ende unmerklich in der Dämmerung zu versinken begann. Sie stellte sich die leeren und eiskalten

Kirchenschiffe vor, die merkwürdigen Toten in ihren offenen Grabstätten, die zwei schaurigen Priester mit den bandagierten Köpfen, den Ritter, dessen winziger, faustgroßer Kopf in dem Helm steckte, die Frau in ihrem weißen Hemd und malte sich schließlich aus, wie sie alle aus ihren ungemütlichen Gräbern krochen und sich in der Mitte des dunklen Mittelschiffs ebenfalls um ein Kohlenbecken scharten.

Je näher der Abend rückte, desto stärker überfiel sie eine fiebrige Sorge, daß Michele nicht kommen würde. Sie zog sich aus, wusch und kämmte sich, öffnete weit das Fenster, damit der Qualm abziehen konnte, bedeckte die Tischlampe mit einem Hemd, um das Licht zu dämpfen, zog ein Nachthemd an und legte sich hin. Sie zitterte vor Erwartung und Furcht, und obwohl sie keine Schritte gehört hatte, spürte sie seine Anwesenheit, als er endlich kam. Sie lief barfuß zur Tür, und fast gleichzeitig hörte sie leise ihren Namen rufen.

Auch er schien voller Begierde zu sein. Einen Moment lang standen sie in enger Umarmung, die Leiber aneinandergepreßt, dann zerrten sie sich, wie miteinander kämpfend, gegenseitig aufs Bett. Elena nestelte blind an seinen Kleidern und half ihm beim Ausziehen, bis er nackt und schwer auf ihr lag und sie ihn ganz verspürte: seinen warmen Körper, die Brust, die Lippen, die Haare, die Schenkel und das Glied, das langsam in sie eindrang. Ein leiser, befreiender Schrei entfuhr ihr, und sie konzentrierte sich völlig auf dieses Gefühl, auf das, was in Sekundenbruchteilen geschah, den winzigen, gelben Kreis, der vor ihren geschlossenen Augen in der Dunkelheit schwebte, und ihr Leib wurde weiter und weiter.

Erst zum Schluß redeten sie miteinander, in jenem trägen Wohlgefühl, das dem Schlaf vorausgeht. Sie machte Kaffee, schaltete ihr kleines Radio ein, gab Michele eine brennende Zigarette und legte sich noch einmal neben ihn unter die Decke. So eingehüllt in die Decke und die Dunkelheit des Zimmers, hatte sie wieder das Gefühl, von allem abgeschnitten zu sein, und nur die Musik aus dem Radio erinnerte an die Außenwelt. Sie umklammerte seine Beine mit ihren Schenkeln, preßte sich an ihn und verspürte noch einmal ein leichtes Zucken in seinem Glied, doch sie waren beide zu erschöpft.

»Wieso lebst du hier?«

»Weil ich hier zu Hause bin. Ich habe das Haus, die Stellung als Lehrer, meine Mutter … Warum sollte ich weggehen?«

»Wie ist deine Mutter?«

»Groß, mit grauem Haar, etwas kränklich und immer traurig … Sie putzt das Haus, kocht, und abends sitzt sie neben dem Kohlenbecken und betet, zwei Stunden lang …«

»Hast du ihr gesagt, daß du die halbe Nacht fortbleiben wirst?«

»Ich sage ihr nie, wohin ich gehe. Sie denkt, ich sei mit dem Auto nach Palermo gefahren oder beim Kartenspiel.«

»Oder bei einer Frau …«

»Oder bei einer Frau. Natürlich!«

Sie lagen so dicht beieinander, daß einer den Atem des anderen spürte, während sie miteinander sprachen.

»Bist du müde?«

»Ich möchte so einschlafen … Darf ich hierbleiben heut nacht?«

»Lieber nicht. Man würde dich sehen, wenn du morgen früh gehst.«

»Ich bin müde, ganz müde …«

»Dann schlaf ein bißchen. Wir haben noch etwas Zeit. Ich wecke dich ganz sanft …«

»Ich schlafe gerne, wenn jemand bei mir ist, am liebsten im Zug, wenn man das Geräusch der Räder hört und auf dem Gang Leute vorbeigehen, die nur als Schatten existieren. Der Zug rattert durch die Nacht, und der Schlaf ist wie ein langes Warten.«

»Genau wie jetzt?«

»Genauso.«

Aus dem Radio kam eine ausländische Stimme, rasch und heiter, dann plötzlich eine kleine Mazurka.

»Hör nur, wie schön!«

»Wollen wir tanzen?«

»Auf dem kalten Fußboden?«

»Komm, tanzen, tanzen!«

Sie tanzten nackt im Dunkeln und preßten ihre Körper aneinander. Elena spürte, wie sein Glied plötzlich wieder hart wurde, drückte sich noch fester an ihn und ließ sich mit ihm aufs Bett fallen. Keuchend und lachend liebten sie sich noch einmal, bis auch diese letzte Begierde verlosch.

Als Michele vorsichtig gegangen war, blieb Elena erschöpft liegen, Beine und Arme weit ausgestreckt. Sie war zu erschöpft, um sich auch nur eine Zigarette anzuzünden, und doch vor Glück außerstande einzuschlafen.

Die Luft war wie in einer Maiennacht, und der Duft von Wildkräutern strömte herein. Zuweilen hörte man im Tal die Hunde anschlagen, dann herrschte wieder kristallene Stille.

Mit einem Mal drangen Mandolinenklänge durch die Nacht, zunächst zögernd, als ob die Spieler erst ihre Instrumente stimmen müßten. Als die Melodie einsetzte, schien alles, was diese Nacht bedeutete, leicht und luftig in ihr zu schwingen. Die Musikanten waren vermutlich die Barbiere, die ihren Laden gleich neben der Kathedrale hatten. War es der Traum der Nacht oder ihr eigenes Glücksgefühl? Elena hatte plötzlich die eigenartige Vorstellung, sich nicht am Rande einer dunklen Talebene zu befinden, sondern am Meer, in dessen Spiegel weit draußen die Lichter des Ortes flimmerten. Sie hatte den unbezähmbaren Drang, durch die leeren Straßen zu gehen, zog sich an, warf die warme Jacke über, schlang sich den Schal um den Hals und lief los.

Es war niemand mehr auf den Straßen. Nur das Lokal an der Ecke zum Corso war noch beleuchtet, und durch die Fenster erkannte man die Schatten der letzten Kartenspieler. Auch die Piazza war menschenleer, aber vor dem Frisiersalon saßen in einem schmalen Lichtstreifen die Barbiere und spielten. Elena näherte sich ihnen leise im Dunkel der Säulen, setzte sich auf die Treppe und schaute andächtig zu.

Sie hatte sie bisher nie gesehen. Der erste war ein kleinwüchsiger Alter mit einem merkwürdig langen, kahlen Kopf, der zusammengesunken auf einem Schemel hockte und das Ohr beim Spielen an das Instrument hielt. Der zweite war ein aufgeschossener, magerer Jüngling mit einem giraffenhaften Hals und einem kümmerlichen Gesichtchen, das von einer gewaltigen Mähne überwuchert wurde. Er saß breitbeinig auf einem Stuhl, das Instrument im Schoß, und ließ eine große Hand über die Seiten huschen, als würde er heftig masturbieren. Der dritte, ein etwa dreißigjähriger, schmächtiger Mann mit einem zarten Köpfchen, langem Haar und Schnurrbart, hatte seine Mandoline graziös auf den Knien liegen, lauschte den Instrumenten seiner Mitspieler und wiegte seinen Kopf im Takt. Nur manchmal schlug er rasch einen Triller an, wie eine Gegenstimme, brach aber gleich wieder ab und hörte mit offenem Mund zu.

Es war vollkommen: die Musik der Barbiere, die Stille der Nacht und der Schatten der Kartenspieler hinter der grünen Scheibe der Bar. Elena zündete sich eine Zigarette an, steckte die Hände in die Taschen, lehnte sich an eine der Säulen, kreuzte die Beine und dachte: ›Wenn das meine Mutter sähe. Eine Frau allein, mitten in der Nacht, in einem Dorf voller Wilder!‹

Sie fühlte sich selig. Einmal raschelte es in ihrem Rücken, aber da war niemand. Sie rückte an die Säule und schloß die Augen.

›Vielleicht sind es die Mörder! Wenn sie mich jetzt umbringen würden, das wäre wirklich gemein!‹

In dieser Nacht wurde Agostino Profumo, der durch die Gassen um die Kathedrale schlich, von zwei Unbekannten blutig geschlagen. Sie packten ihn von hinten und rissen ihm die Brille herunter. Er stand zappelnd auf der Straße, dann traf ihn ein Faustschlag im Nacken und warf ihn zu Boden. Sie ließen ihn aufstehen, er sah die Männer nur undeutlich und wußte nicht einmal, ob es zwei oder drei waren. Der zweite Schlag traf seinen Mund, er schwankte, versuchte herauszufinden, in welche Richtung er fliehen konnte, aber jetzt trafen die Schläge ihn überall, vor allem am Kopf und im Rücken, und er sank in die Knie. Einen Augenblick lang blieb er schwer atmend am Boden, erhob sich ruckhaft, hielt die Hände schützend über sich, aber gleich begannen wieder die Schläge auf den Kopf, den Rücken, ins Gesicht, so daß er zu Boden ging.

Die ganze Zeit, während sie ihn schlugen, gab Profumo seltsamerweise nicht einen Hilferuf von sich. Sie rissen ihn an den Haaren, amüsierten sich darüber, wie er halb wahnsinnig über die Straße torkelte, und traktierten ihn mit Ohrfeigen und Schlägen mit dem Handrücken auf den Mund und ins Gesicht. Einmal verschwanden sie im Schatten der Häuser, sahen sich an, wie er in seinem verdreckten, blutverschmierten Regenmantel langsam zu sich kam, sich die Haare aus dem Gesicht strich und herauszufinden suchte, ob sie noch da seien. Sobald er sich zum Gehen wandte, waren sie wieder bei ihm und versetzten ihm Ohrfeigen. Er blieb stumm, wimmerte nur leise vor Angst und wischte sich mit dem Handrücken das Blut aus dem Gesicht.

Zum Schluß hätte er nicht sagen können, ob sie wirklich gegangen waren. Minutenlang stand er unbeweglich auf der menschenleeren Straße, schwankte wie jemand, der umzufallen droht, und zog den Kopf ein, als ob noch immer unsichtbare Schläge auf ihn einprasselten. Langsam ging er in die Knie und suchte auf allen vieren nach seiner Brille, fand sie mit zerbrochenen Gläsern und steckte sich das leere Gestell in die Tasche. Mit dem Taschentuch wischte er sich das Blut vom Mund und begann langsam und tastend, immer an der Hauswand entlang, die Gasse hinunterzugehen, dorthin, wo die Lichter der Piazza schimmerten. An den Stufen der Kirche spürte er, wie ihn die Kräfte verließen, sank auf eine der eisernen Bänke und weinte. Der Schmerz in Brust und Rücken war so schneidend, daß er nicht zu atmen wagte. Schritte näherten sich, er wollte aufstehen und fliehen, aber seine Beine waren wie gelähmt, und wohin hätte er fliehen sollen? Die Schritte verlangsamten sich und verstummten. Er sah in vier oder fünf Metern Entfernung die Silhouette eines Mannes, saß bewegungslos, das blutige Taschentuch in der Hand, und wartete, was passieren würde. Der Mann rührte sich nicht, sagte nichts und wandte sich ab. Nach einigen zögernden Schritten begann er zu rennen und verschwand.

Agostino stand auf, ging mühsam zur Häuserfront, tastete sich vorsichtig um den Platz herum, bog in den Corso ein und zählte die Türen. Die erste Tür war die Bar, die zweite das Textilgeschäft, dann der Tabakladen, der Bürgerverein und schließlich eine Tür mit drei Stufen. Er läutete die Glocke und wartete, ins Dunkel der Hauswand gedrückt, bis aus dem Haus eine weibliche Stimme zu hören war.

»Ich bin Agostino Profumo, der Journalist. Es ist eilig …«

Keine Antwort. Wieder wartete er einige Minuten, schellte abermals und hörte wieder die Stimme, die fragte, wer er sei und was er wolle.

»Agostino Profumo, der Journalist …«

Auf dem Balkon wurde ein Fensterladen geöffnet und gleich wieder geschlossen. Agostino setzte sich auf die Stufen, um zu warten, bis die Tür entriegelt wurde. Doktor Sanguedolce ließ ihn vorbei und folgte ihm schweigend in ein kleines Zimmer, in dem Licht brannte.

»Setzen Sie sich hierhin, Agostino, vorsichtig, lehnen Sie sich an …«

Agostino erahnte den Mann mehr, als er ihn sah: den Morgenrock, das vom Schlaf zerzauste Haar, den besorgten Blick.

Der Arzt half ihm schweigend, den Regenmantel auszuziehen, und betrachtete ihn erstaunt.

»Mein Gott, Sie sind ja übel zugerichtet. Wer war das denn?«

»Ich bin vom Fahrrad gefallen.«

»Um diese Uhrzeit …«

»Ja, gerade eben …«

Er wimmerte vor Schmerzen und krümmte sich auf seinem Stuhl.

»Nicht bewegen, keine Angst, ganz ruhig.«

Der Arzt reinigte sein Gesicht mit Alkohol. Die Verletzungen an Nase, Mund und Augen brannten wie Feuer. Agostino umklammerte die Stuhllehne, versuchte aber nicht, seinen Kopf wegzudrehen.

»Das sind Faustschläge, Agostino … Man hätte Sie umbringen können …«

»Ich bin vom Fahrrad gefallen.«

Der Alkohol und die Jodtinktur brannten so stark, daß sein Gesicht anzuschwellen schien und er das Gefühl hatte, es könnte platzen. Das Gesicht des Arztes war dicht vor ihm, so daß er sogar das Blau der Augen sehen konnte. Er versuchte zu lächeln.

»Ich habe mir wirklich weh getan … Doktor, wenn Sie mir nachher einen Kamm leihen könnten. Ich habe die Mütze verloren, sogar die Augengläser …«

Der Arzt wusch ihm auch das Blut aus den Haaren und den Ohren.

»Also, wer ist es gewesen?«

»Ich bin vom Fahrrad gefallen. Warum glauben Sie mir nicht?«

»Ich glaube, das nächste Mal werden Sie umgebracht! Sie sind zu neugierig.«

»Inwiefern, Doktor?«

»Gestern zum Beispiel sind Sie hinter der neuen Lehrerin hergelaufen, über den ganzen Platz, und alle haben es gesehen ...«

»Ich wollte mit ihr reden. Was ist dabei?«

Der Arzt forderte ihn auf, sich auf den Behandlungstisch zu legen, um die Lippe und die Augenwunde zu nähen. Es dauerte mindestens eine Viertelstunde, und Agostino hielt die Augen fest geschlossen. Ein stechender Schmerz erfaßte seinen Kopf, er fror bis auf die Knochen und zitterte. Doktor Sanguedolce hieß ihn aufstehen und half ihm in den Mantel.

»Soll jemand Sie nach Hause begleiten?«

»Nein, nein ...«

»Sie müssen mindestens zwei Tage das Bett hüten. Vielleicht kriegen Sie Fieber, aber das macht nichts.«

Er brachte ihn schweigend zur Tür.

»Sie sind also vom Fahrrad gefallen?«

»Jawohl, ich bin gefallen ...«

»Ich brauche keinen Bericht für die Carabinieri zu schreiben?«

»Nein, wozu?«

Tags drauf war Elena bei Rechtsanwalt Bellocampo zum Essen eingeladen. Sie wußte schon fast nicht mehr, wie er aussah, obwohl sie ihn erst vor wenigen Tagen gesehen hatte, und als er ihr im Haus entgegenkam, hatte sie den sonderbaren Eindruck, diese kleine, betagte Person sei weit entfernt von allen Dingen und Lebewesen des Ortes. Wieder schien es ihr, als lägen die kostbaren Räume des Hauses unter der Erde.

Bei Tisch saßen sie einander gegenüber, und Elena betrachtete ihn genauer. Alles an diesem Mann paßte zu ihm und erschien wie gemalt: der Anzug, das makellose Hemd, die goldenen Manschettenknöpfe, die goldene Uhrkette auf der Weste, das weiße Haar. Sogar das Bild des Alters, das er verkörperte, wirkte vollkommen. Als sie sich setzten, sagte der Alte:

»Ich lasse Ihnen ein paar sehr einfache Gerichte servieren, die zur hiesigen Küche gehören. Sie werden dergleichen an keinem anderen Ort der Welt zu essen bekommen.«

Die kleine festliche Tafel hatte man in der Bibliothek unter dem Lüster hergerichtet. Die Speisen wurden von einer bleichen alten Frau namens Nina und dem kleinen kahlköpfigen Diener gereicht, der diesmal eine blaue, hochgeschlossene Livree trug. Beide sprachen kein Wort, standen wartend an einer Wand des Salons und kamen nur, um die Teller auszuwechseln oder den Wein nachzuschenken.

Rechtsanwalt Bellocampo stellte eine Unmenge Fragen: ob sie die Ruinen der normannischen Burg und die Kathedrale schon gesehen habe, was sie in der Schule mache und ob sie Geschwister habe. Er wollte ihre Meinung über Sizilien und die Zukunft der Sizilianer wissen und fragte sogar, ob sie die Verzweiflung der Menschen bei Verga für wahrhaftiger halte als bei Lampedusa. Elenas Antworten nahm er lächelnd und mit leichtem Kopfnicken zur Kenntnis, als ob er alles, was sie sagte, hochinteressant fände. Gelegentlich seufzte er, als fühlte er sich plötzlich müde und traurig, aber gleich lächelte er wieder und stellte neue Fragen.

Es gab riesige schwarze Oliven, gesalzenen Ricotta, in Öl gedünstete Tomaten mit Basilikum, Ravioli in Zimtessenz und eine dünne, trockene Bratwurst in einer roten Pfeffersauce, die einem regelrecht den Gaumen versengte. Der Wein war dunkel und herb und wurde von Nina aus einer kleinen Kristallkaraffe nachgeschenkt. Bellocampo lobte die aromatische Ausgewogenheit der einzelnen Speisen und erläuterte, daß der einzige Wein, der dazu passe, der kräftige, sehr trockene madonische Wein sei, da er die verschiedenen Aromen hervorhebe.

Elena hörte ihm zu und dachte:

›Ist es möglich, daß er nicht weiß, was sich in diesem Ort ereignet hat? Fünfzig Meter von seinem Haus sitzt mitten auf dem Platz ein Ermordeter, ich werde dreimal in die Kaserne der Carabinieri geholt … Ist er verkalkt, oder hat er eine dermaßen gute Erziehung, daß er nichts sagt, aus Angst, mich zu beleidigen?‹

Sie forderte ihn lächelnd heraus:

»Geschehen viele Verbrechen bei Ihnen? Ich meine: Morde.«

Er antwortete nicht gleich und lächelte nur. Elena dachte:

›Jetzt mußt du über den Mord reden … Da hilft dir kein Heiliger … Ich sage kein Wort mehr. Jetzt bist du dran!‹

Schließlich sagte er leichthin:

»Zuweilen. Aber selten …«

Sie schauten sich an, und langsam erstarb das Lächeln des Alten, verlosch, als wollte er etwas sagen, ohne die richtigen Worte zu finden.

»Ich wollte, ich wäre dreißig Jahre jünger. Sie sind sehr schön, Elena.«

»Sie machen mir den Hof.«

»Wie könnte ich. Sehen Sie nicht, wie alt ich bin? Ja, wenn ich dreißig Jahre jünger wäre …«

»Was wäre dann?«

»Ich würde kämpfen, mit allen Mitteln … und wie. Bis zum Letzten, um von Ihnen geliebt zu werden!«

Elena tat geschmeichelt. Der Alte betrachtete sie bewundernd.

»In Ihren Augen ist Zärtlichkeit und Härte zugleich. Ich mag Frauen mit solchen Augen.«

Elena nickte kokett und dachte:

›Und du bist ein respektabler Süßholzraspler.‹

Sie erhoben sich gleichzeitig und gingen ins Arbeitszimmer hinüber, wo sie sich in den riesigen Sesseln niederließen und Nina den Kaffee servierte. Beide rauchten. Der Alte wollte ihr einige Bücher mit den ersten dialektalen Texten über die Figuren des Rolandsliedes zeigen, aber Elena kam von dem Gedanken nicht los: ›Kann es sein, daß er nicht weiß, was vorgefallen ist?‹

Sie versuchte es noch einmal:

»Ich wollte Sie etwas fragen: Schauen Sie nie zum Fenster hinaus?«

Er stellte die Bücher vorsichtig zurück.

»Dieser kleine Ort hat eine lange Geschichte, die oft edel, aber auch grausam war. Die Dinge, die sich heutzutage abspielen, und die Menschen, die jetzt hier leben, machen ihn nur noch öde und traurig. Ich halte die Fensterläden immer geschlossen und stelle mir vor, daß sich dort draußen etwas anderes ereignet, so, wie ich es gerne hätte.«

»Und Sie schauen nie hinaus, um zu erfahren, was sich wirklich ereignet?«

»Nur wenn ich Lust habe zu beobachten, wie die Menschen sich in Szene setzen. Dann sitze ich hinter den Fensterläden und genieße das Schauspiel.«

Er zog den Vorhang beiseite. Durch die halboffenen Lamellen der Klappläden sah man den ganzen Platz von der Einmündung des Corso bis zu den Stufen der Kathedrale, und Elena hatte den Eindruck, wirklich eine Bühne zu sehen, mit Schauspielern, die nur auf ihr Stichwort warteten: ein paar alte Bauern auf den Treppenstufen der Kirche, andere auf den Bänken um die Oleander, der Kanonikus Leone, ins Gebet versunken vor seinem Portal, der Gefreite Ferraù und der Wachtmeister in der Platzmitte, der Journalist Agostino, der humpelnd davonschlich. Auf dem Bürgersteig vor dem Kulturverein hockten wie Hühner auf der Stange Doktor Sanguedolce, Bürgermeister Liolà und Richter Occhipinti, ohne sich anzuschauen oder miteinander zu reden, obwohl sie kaum einen Meter voneinander entfernt saßen. Sanguedolce hatte sich in seinen Stuhl zurückgelehnt, die Zeitung sinken lassen und schaute ins Leere, Bürgermeister Liolà bewegte fortgesetzt den Kopf hin und her, als müßte er alles unter Kontrolle halten, und der kleine Richter rauchte gierig. Über den Platz schlenderte einsam, die Hände auf dem Rücken, wie in Gedanken vertieft, Lehrer Belcore.

Bellocampo schien Elenas Gedanken zu erraten.

»Ich kenne jeden einzelnen von ihnen, beobachte sie seit Jahren und weiß alles über sie. Ich habe viel Zeit. Ich sitze hinter dieser Balkontür, schaue hinaus und denke nach. Eine Art Spiel. Ich versuche mir vorzustellen, was sie tun, und manchmal auch, was sie denken ... Als wäre es eine Theateraufführung ... Sehen Sie den Mann dort?«

Er schob den Zeigefinger durch die Lamellen und deutete auf den kleinen und feisten Stadtrat Emanuele Crucillà, der eiligen Schrittes den Platz betrat und Haken schlug.

»Schauen Sie genau hin ... Gleich wird er den Kopf heben, zu dem Balkon über dem Kaffeehaus hinaufblicken und mit dem Kopf ein Zeichen geben. Dann wird er stehenbleiben, sich eine Zigarette anzünden und das Zeichen wiederholen. Hinter der geschlossenen Blende befindet sich in diesem Moment die Frau des Stadtbaumeisters, eine gewisse Rosalia Guglielmino, die seit sieben Jahren Crucillàs Geliebte ist.«

Tatsächlich ereigneten sich gleich darauf alle die Dinge, die der Rechtsanwalt vorhergesagt hatte.

»Kennen Sie Signora Guglielmino?«

»Nie gesehen.«

»Aufregende Frau, vierunddreißig oder fünfunddreißig Jahre alt, ziemlich klein mit einem gewaltigen Busen, die Haare schwarz und nach hinten gekämmt, trägt Ohrgehänge wie eine Zigeunerin. Die Männer laufen ihr nach, aber sie ist strohdumm ... Vor drei Jahren ist sie mit ihm nach Palermo durchgebrannt. Was für ein Abenteuer! Ein kleiner, aufgeblasener Winkeladvokat wie er kann hier im Ort ganz gut überleben, weil die Leute Wichtigtuerei mit Intelligenz verwechseln. Aber sobald er den Ort verläßt, ist er eine Null. Sie ist, wie gesagt, strohdumm. Wenn man ihr die Familie nimmt, wird sie zur Dreigroschendirne … Schon am zweiten Tag nach ihrer Flucht kriegten sie es mit der Angst und kehrten zurück.«

»Und ihr Mann?«

»Verzieh ihr … Er ist freundlich und hilfsbereit, der Ärmste … Sollte er sie vielleicht erschießen? Rosalia behauptete, sie habe ihre Schwester in Bagheria besucht, und er tat so, als glaubte er ihr.«

Elena dachte staunend:

›Mit drei Sätzen vernichtet er drei Menschen: Der Liebhaber ist ein Hanswurst, die Frau eine arme Hure und ihr Mann ein Feigling.‹

Bellocampo lächelte vertraulich.

»Es gibt schlimmere Geschichten …«

»Noch schlimmere?«

»Doktor Sanguedolce …«

Elena schaute ihn ungläubig an.

»So ein freundlicher, stiller Mensch … wie ist das möglich?«

»Die Geschichte ist in der Tat unglaublich. Als er dreißig war, heiratete er eine außergewöhnlich reizvolle junge Frau aus der Familie der Capodieci, die zu den reichsten von Bagheria gehörte. Sie hieß Elisabetta und war zweiundzwanzig. Eine hochgewachsene Frau mit dunklem Teint, pechschwarzem Haar und Augen wie Feuer. Die Männer verliebten sich reihenweise in sie, und halb Palermo lag ihr zu Füßen … Es war eine unvergeßliche Hochzeit im Dom zu Monreale, der Malteserorden war angetreten, und Ermanno Sanguedolce bot ein Bild strahlender Männlichkeit … Sie hätten ihn vor zwanzig Jahren sehen müssen: groß, herrliche blaue Augen und blond. Natürlich war er auch ein Wunder an Gelehrsamkeit und Intelligenz: alle Examen summa cum laude, Assistent am Lehrstuhl für Chirurgie … Man muß sich das vorstellen: ein Mann, gut betucht, gutaussehend, und eine Frau, die jeden Mann vor Aufregung tot umfallen läßt, wenn er nur daran denkt, nackt in ihren Armen zu liegen …«

Er machte eine entschuldigende Kopfbewegung.

»Es war ein riesiger Skandal, als Elisabetta Capodieci ihren Mann Ermanno Sanguedolce nach nur zwei Ehejahren verließ, und in der Palermitaner Gesellschaft gab es ein halbes Jahr lang nur ein Thema. Je mehr die beiden Familien versuchten, den Skandal zu vertuschen, desto größer wurde er ... Es hieß, Elisabetta sei mit einem amerikanischen Offizier durchgebrannt ... Dann hörte man, Sanguedolce habe sich unsterblich in eine Opernsängerin verliebt ... Sechs Monate lang wurde in den Salons jede nur denkbare Möglichkeit erwogen. Mal hieß es, Elisabetta sei verrückt geworden, und manch einer wollte gesehen haben, wie diese herrliche dunkelhäutige Frau mit wehendem Haar über die Terrasse einer Villa am Monte Pellegrino gegangen sei, wo die Eltern sie gefangenhielten ... Dann wieder sagte man, sie hätten Spielschulden und hielten sich deshalb versteckt, oder auch, Sanguedolce leide an einer geheimnisvollen Krankheit und dämmere in einer Schweizer Klinik vor sich hin ... Aber das stimmte alles nicht, und in Wirklichkeit war es viel schlimmer!«

Er wies galant auf den Diwan und fragte:

»Möchten Sie etwas zu trinken?«

Elena verneinte wortlos. Er zog ein großes Zigarettenetui aus der Tasche, rollte die Zigarette zwischen den Fingern, um den Tabak zu lockern, und steckte sie sorgsam in die Spitze. Dann, die Spitze zwischen den Lippen, suchte er in seinen Taschen umständlich nach dem Feuerzeug und sagte schließlich, wobei er mit dem Kinn auf die Piazza wies:

»Da, er ist noch immer ein attraktiver Mann, groß, elegant, mit weichen Zügen ... Er tut unbeschwert, obwohl er weiß, daß alle wissen, was damals wirklich geschah.«

Er zündete sich endlich die Zigarette an. Elena dachte: ›Du bist ein Hurensohn, aber erzählen kannst du.‹

Aus seinen Nasenlöchern strömten zwei dünne Rauchfäden. Er kostete den Rauch mehr, als wirklich zu rauchen.

»Zum Schluß kam heraus ... Zwei derart vollkommene Lebewesen, die dafür geschaffen schienen, sich gegenseitig glücklich zu machen ... Eines Tages kam Elisabetta in ein Landhaus nahe ihrer Villa in Monreale und fand ihren Mann ... Wie soll ich sagen: Er lag auf dem Fußboden, nackt, und stöhnte ... unter einem anderen, ebenfalls nackten Mann. Ein Jüngling ... ein Diener ...«

Elena gab einen kleinen Schrei von sich, bekam den Mund nicht wieder zu und brach in lautes Lachen aus, das immer krampfhafter wurde. Sie konnte sich nicht mehr halten, klatschte in die Hände und ließ sich gegen die Jalousie sinken. Da unten auf der Piazza, vor der Tür des Kulturvereins saß eindrucksvoll und behäbig Doktor Sanguedolce, freundlich, liebenswürdig und blond, und fächelte sich mit seiner Zeitung Wind zu ... Je länger Elena ihn betrachtete, desto mehr mußte sie lachen. Zum Schluß konnte sie nur noch erschöpft wimmern und wandte sich wieder Bellocampo zu.

»O nein!«

Der Alte hatte die ganze Zeit keine Miene verzogen, und nur um seine Augen schimmerte ein vergnügliches Lächeln. Er tat so, als sei ihm ihr Heiterkeitsausbruch unbegreiflich, und bewegte vorwurfsvoll den Zeigefinger.

»Sie lachen, aber es war eine schreckliche Tragödie ...«

»Ja, ja, gewiß doch ... Verzeihen Sie, es war stärker als ich. Diese beiden großen Familien, die durch zwei vollkommene Wesen zusammenfinden ... diese herrliche, dunkle Frau, ein Weltwunder ... er groß und blond, wie ein normannischer Eroberer und statt dessen ...«

»Es vergingen zwei Jahre, und alle dachten, Sanguedolce habe die Schande so erschüttert, daß er sich erschossen oder in einem Kloster vergraben hätte. Aber eines Tages tauchte er wieder auf. Er war dicker geworden, trug eine Brille. Ein behäbiger, trauriger Mann, der freundlich und immer als erster grüßte ... Heute lebt er mit einer alten Tante in seinem Haus am Corso, hat das Ambulatorium, und man sagt, es gebe keinen geduldigeren Arzt als ihn. Sogar von auswärts kommen die Leute, um sich von ihm untersuchen zu lassen.«

»Und der da, wer ist das?«

Elena nahm Bellocampo bei der Hand und führte ihn zu der Stelle des Balkonfensters, wo man die Person sehen konnte.

»Der da ... der ganz in Schwarz, der aussieht wie Mazzini ...«

»Der aussieht wie Mazzini?«

Bellocampo lachte, als er die Person endlich entdeckt hatte – ein Männchen mit wehendem Haar und einem Kneifer, das sich kerzengerade hielt und den Platz mit eiligen Schritten überquerte. Zuweilen blieb es stehen, nahm die Hände auf den Rücken, sah sich verächtlich mit zuckendem Kopf um und ging weiter. Bellocampo imitierte seinen Gang, ohne ihn aus dem Auge zu verlieren.

»Carlo Rolando Annibale Spadafora, genannt ›Savutavanchi‹. Es heißt soviel wie Marktschreier, Zirkusclown. Er ist Jurist, Französischlehrer und Marxist. Zwölf Jahre Gefängnis, oft verprügelt worden, zwei Verletzungen im Duell, mehrfach angeschossen, neun Direktstimmen bei der letzten Wahl zum Abgeordnetenhaus …«

»Der Arme …«

»Wieso arm? Er spielt auch nur seine Rolle. Seit fünfzig Jahren kleidet er sich als Revolutionär, läuft herum, predigt, organisiert Versammlungen, beleidigt die Leute und wird verprügelt. Ich glaube, im Grunde macht es ihm Spaß, genau wie den anderen …«

»Was heißt: wie den anderen?«

»Seinen Zuschauern! In den ersten Monaten nach dem Krieg beteiligte er sich an der Organisation der Landbesetzungen, zog fahnenschwenkend mit ein paar hundert Bauern durch die Gegend und verteilte Land. Nach einer Stunde kam es zu einem Handgemenge mit Sensen und Sicheln … Carlo Rolando erlitt einen Schädelbruch, wurde zu drei Jahren Gefängnis verurteilt und verlor seine Stellung am Gymnasium in Bagheria. Seither ist er ein bißchen verrückt. Er will die Menschheit erlösen und fühlt sich gleichzeitig von ihr verfolgt. Vorigen Monat wollte er auf dem Platz eine Rede halten …«

»Worüber?«

»Wer weiß. Es war drei Uhr nachts, und keiner kam. Wie es scheint, wollte er den ganzen Ort niederbrennen. Als die Carabinieri eintrafen, saß er auf einer Bank unter den Oleandern und weinte … Sie mußten ihn die halbe Nacht lang trösten.«

Bellocampo unterbrach sich abrupt.

»Da, schauen Sie!«

Er steckte einen Finger durch den Fensterladen und deutete auf Agostino Profumo, der wiederaufgetaucht war. Profumo humpelte eilig den Bürgersteig entlang, als fühlte er sich verfolgt, lief im Zickzack bis zur

Platzmitte, sah sich suchend und mit ruckhaften Kopfbewegungen um, machte kehrt und verschwand wieder. Bellocampo, der jede seiner Bewegungen verfolgt hatte, lachte höhnisch.

»Was mag er jetzt wieder gewittert haben?«

»Sie meinen den Journalisten?«

»Eine unglaubliche Figur! Er ist fast Analphabet, schreibt aber für die Zeitung in Palermo und publiziert Nachrichten in mindestens zehn weiteren Blättern.«

»Er ist ein armer Irrer.«

»Der rücksichtsloseste Mann im ganzen Ort, aber er ist nicht nur verschlagen, sondern auch feige, besitzt also die beiden auffälligsten Eigenschaften des Schakals. Wo es Leichen zu fleddern gibt, ist er dabei.«

Agostino war wiederaufgetaucht und lief diesmal bis auf die Piazza, wo er reglos stehenblieb und nur einmal ruckhaft hinter sich schaute. Bellocampo amüsierte sich, als wäre Agostino eine Marionette in seinen Händen.

»Ein widerlicher Mensch! Obwohl er fast blind ist, sieht er alles, und trotz seines Schwachsinns entgeht ihm nichts. Den ganzen Tag lang steckt er seine Nase in die Angelegenheiten anderer Leute, redet mit diesem und jenem, läuft unentwegt von einem Ort zum andern, reimt sich wer weiß was zusammen, stochert in allem herum, was man sagt oder was sich ereignet, und wühlt in jedem Dreck ... Belauscht, schleicht nach, taucht auf und verschwindet wieder. Sogar sein Äußeres ist widerwärtig.«

»Der Mann scheint Ihnen Angst einzujagen ...«

»Ich und Angst?«

Er sah sie verblüfft an.

»Das ist ein lustiger Einfall. Vor wem sollte ich Angst haben? Ich bin ein wehrloser alter Mann. Vielleicht amüsiere ich mich deshalb über diesen rastlosen Menschen.«

Eine neue Figur tauchte auf, und der Alte rief mit gespielter Heiterkeit.

»Schauen Sie ihn an, schön und imposant ...«

Bürgermeister Liolà ging, Haken schlagend, über den Platz.

»Domenico Liolà, Jurist, genannt ›Sparaganasci‹. Das ist eine Unterart der Barbe; ein wertloser Fisch, der ständig die Richtung wechselt ...«

»Ein gerissener Fisch?«

»Das ist nicht ganz klar. Er könnte einfach ein Dummkopf sein, der Glück hat. Er ist das, was wir hierzulande einen ›Tragediante‹ nennen. Alles, was er tut, ist übertrieben. Er ist im Nu erschüttert, spricht zu laut und lacht zu oft ...«

»Und arbeitet als Anwalt ...«

»Nicht doch. Das wäre eine zu schwierige Tätigkeit.«

»Dann hat er Geld?«

»Er ist mit der Tochter des Cavaliere Santocono verheiratet, eine scheußliche Person, die mehrere Häuser, Grundbesitz und einen Palast in Castellamare mit in die Ehe gebracht hat. Der Cavaliere Santocono hatte den Spitznamen – verzeihen Sie mir die Offenheit – ›Vorricamerda‹, was soviel heißt wie ›Fäkalienvergräber‹. Man sagt das zu Leuten, die besonders geizig und habgierig sind: Er vergräbt den eigenen Kot, um Dünger daraus zu machen. Auf die Weise raffte er für seine einzige Tochter, die wirklich schauderhaft häßlich ist und sogar einen Schnauzbart hat, eine gigantische Mitgift zusammen, und unser Liolà heiratete sie. Erst war er ein Liberaler, dann wurde er Monarchist, dann Sozialist, und schließlich landete er bei den Christdemokraten und wurde Bürgermeister.«

»Dann ist er gar nicht so dumm ...«

»Wer weiß.«

Bürgermeister Liolà hatte inzwischen mindestens zehnmal mit großer Geste den Hut gezogen, um ebenso viele Begrüßungen zu erwidern, und verschwand in seinem Rathaus. Elena fragte:

»Und Michele Belcore, was ist das für ein Mensch?«

Der Alte verzog keine Miene und sah nur unbewegt auf den Lehrer, der unten auf der Piazza seine einsamen Kreise zog.

»Michele Belcore, genannt ›Philosophie-Michele‹, weil er immer philosophieren und alles drehen und wenden muß. Er umgibt sich mit der Aura eines traurigen Menschen, der im Besitz der Wahrheit ist und darunter leidet, daß die anderen es nicht sind.«

Elena lächelte über dieses vernichtende Urteil und dachte: ›Michele kann er auch nicht leiden.‹

Der Alte fuhr freundlich fort:

»In Wahrheit ist er ein Nichts. Ich glaube es jedenfalls. Er bildet sich ein, von der Familie der Belcore abzustammen, den adligen Kreuzfahrern, zu deren Ahnen der selige Michele Angelo gehört, der in der Kathedrale begraben liegt … Aber es gibt keine Beweise. Vielleicht ist er der Abkömmling eines Bastards. Die Adligen nahmen sich früher die Frauen, die bei ihnen dienten: Zofen, Wäscherinnen, Bauersfrauen. Es gehörte zu ihren Privilegien, und so gab es zahllose Bastarde. Manchmal bekam ein Adliger Angst vor dem Fegefeuer, wenn es ans Sterben ging, legalisierte ein paar von ihnen, gab ihnen seinen Namen und ein paar Acker Land … Aber das änderte nichts an ihrem Stand, sie blieben Bauern …«

Er schaute sie prüfend an, um festzustellen, wie sie die Geschichte aufgenommen hatte. Elena lächelte gleichmütig.

»Bestimmt ist er ein Bastard!«

Dabei dachte sie:

›Aber du bist der größere Bastard. Alles weißt du, was in diesem Kaff passiert … Du weißt, wer den Mann auf der Piazza erschossen hat, daß Belcore mich nachts besuchen kommt und das Bett von Schwester Giovanna schändet … Alles. Du machst dich über mich lustig, alter, impotenter Bastard!‹

Er nahm graziös ihre Hand, lächelte bescheiden, als wollte er sich für seine Kühnheit entschuldigen, und führte sie ins Zimmer zurück. Elena nickte ihm zu.

»Ja, dann. Ich danke Ihnen für alles, auch die ungewöhnlichen Geschichten, die Sie mir erzählt haben. Aber jetzt muß ich wirklich gehen.«

Der Alte hielt noch einen Augenblick lang ihre Hand und betrachtete sie schweigend. Er wollte etwas sagen, begnügte sich aber damit, ihre Fingerspitzen sanft zu küssen. Wie schon bei Elenas erstem Besuch begleitete er sie bis zur Eingangshalle und winkte ihr von der Höhe der Treppe mit melancholischer Geste zu.

Es war fast drei Uhr nachmittags, als Elena wieder ihre Wohnung betrat. Um ihre Müdigkeit zu überwinden, schrieb sie einen ausführlichen Brief an ihre Mutter. Sie begann mit der Beschreibung von Montenero Valdemone, das sie als angenehmen Ort inmitten von Hügeln darstellte. Ihre Kollegen schilderte sie als freundlich und zuvorkommend, die Bewohner des Ortes als anständig und ehrenhaft. Sie beschrieb den Corso, auf dem junge Mädchen fröhlich und lachend spazierengingen, die antiken, heiteren Paläste, die Kirchen und die Kathedrale, für die sie eine phantastische Geschichte erfand: Die ersten Christen hätten den hier befindlichen griechischen Tempel in eine Basilika verwandelt, aus der die normannischen Eroberer wiederum eine majestätische Befestigungsanlage gemacht hätten, um das ganze Tal zu überwachen. Nach ihnen hätten die Sarazenen das Bollwerk nach einer schrecklichen Belagerung und einem furchtbaren Gemetzel erobert, und noch heute erinnerten die Körper der Hauptleute und seligen Märtyrer, die in Reliquiaren verwahrt und vom Volk verehrt würden, an den Mut und die Glaubensstärke der Verteidiger.

›Arme Alte aus Piemont‹, dachte sie bei sich, ›sie glaubt alles.‹ Es stimmte sie froh, daß sie den Satz in ihrem heimatlichen Dialekt gedacht hatte. Die angesehenen und einflußreichen Persönlichkeiten des Ortes behandelten sie durchweg mit der gebotenen Ehrerbietung, schrieb sie weiter, und auch die Kinder ihrer Klasse seien gut erzogen und reinlich. »Sie sind alle sehr lern- und wißbegierig. Du solltest sie sehen, wie sie mich mit ihren großen, intelligenten Augen anblicken, wenn ich etwas erkläre. Jeden Morgen werden sie von ihren Müttern an der Hand zur Schule begleitet, tragen schmucke Schulkittel, blaue Schleifen im Haar, und jedes besitzt ein Frühstückskörbchen …«

Vor allem diese letzte Lüge war für ihren Geschmack die gelungenste des ganzen Briefes und machte sie neugierig, ins Dorf zu gehen und nachzuschauen, was sich jenseits der Piazza und der kleinen, alten Bürgerhäuser befinden mochte. Sie zog die Matrosenjacke über, die vom Flohmarkt in Catania stammte, band sich ein Kopftuch um, setzte die Sonnenbrille auf und verließ das Haus.

Die Piazza war fast leer um diese Nachmittagsstunde. Elena bog in ein Gäßchen ein, das zu einer steilen Treppe führte, überquerte eine weitere Treppe, die zweimal scharf abbog, und stand plötzlich vor einer unglaublichen Müllhalde. Der Hügel, auf dem die Stadt lag, ging hier in einen grauen Abhang über, auf dem ein Haufen Häuser wucherte, wie Pilze. Sie waren allesamt winzig, einstöckig, lehmfarben und klebten aneinander, als hätte ein Erdbeben sie durcheinandergeworfen. Es gab weder befestigte Straßen und Wege noch Treppen oder Bürgersteige zwischen den Häusern, nur Zwischenräume, die der Regen ausgewaschen hatte und in deren Mitte der Dreck sich staute. Über dem Ganzen lag ein unerträglicher Gestank, in den sich die Ausdünstungen der Rinnsale, Abfallberge, fauligen Pfützen und austretenden Kloaken mischten, die aus dem oberhalb gelegenen Ort stammten. Überall lagen Scherben, Schrott, Abfälle, Unrat und Dreck, und es wimmelte nur so von Frauen und Kindern, wohin man den Blick auch wandte.

Die Frauen saßen in ihren Hauseingängen oder auf den Stufen, unterhielten sich, putzten Gemüse oder kochten. Kleine Kinder scharten sich um ihre Mütter und kauerten in der Sonne, die größeren liefen herum, spielten, und wohin man schaute, sah man verwahrloste Hunde, die umhersprangen oder hechelnd auf den Abfallhaufen standen. Darüber Fliegenschwärme, ein Wind, der Gestank und Dreck vor sich hertrieb, und das gleißende Licht der Nachmittagssonne.

Inmitten der Kinder erkannte Elena ihren kleinen Schüler Calafiore mit seinen runden wilden Augen, seinem alten roten Unterhemd und den krausen Haaren.

»Ciao, Calafiore!«

Der Junge blieb stehen und schaute sie an, ohne sie zu grüßen. Er war naßgeschwitzt, das Haar staubig. Elena legte ihm die Hand auf den Kopf, wagte jedoch nicht, ihn zu streicheln.

»Komm, zeig mir, wo du wohnst …«

Er führte sie die Böschung hinunter bis zu einer Gasse, und die Frauen, die vor den Türen hockten, verstummten, als sie näher kamen. Eine grauhaarige Frau sagte rasch:

»Sind Sie die Lehrerin?«

»Ja, ich bin die Lehrerin.«

Auf einem Stühlchen saß ein Junge, der ein altes Trikothemd, eine Wollmütze und einen Schal trug. Seine erschreckend dünnen Beinchen baumelten vom Sitz herab, und auch seine Arme wirkten kraftlos. Er schaute sie mit geöffnetem Mund an und griente. Auf seinem Gesicht saßen dicke Fliegen, die ihn nicht zu stören schienen. Der kleine Calafiore blieb neben ihm stehen.

»Das ist mein großer Bruder Salvatore. Er ist dumm und braucht nicht zur Schule!«

Auf der Schwelle saß ein kleines Mädchen mit einem wunderschönen Köpfchen voller Locken und einem Schnuller im Mund.

»Das ist meine Schwester. Die zwei auch ...«

Er deutete auf zwei Kinder, die essend auf den Stufen hockten. Aus der Tür trat eine kleine, magere Frau mit dunkler Gesichtsfarbe, grauem Haar und runden, tiefbraunen Augen, die sie mißtrauisch ansahen. Sie hatte ein schmutziges Kleinkind im Arm, das fast keine Haare auf dem Kopf hatte und dessen Mund mit aufgeweichtem Brot verschmiert war. Elena begrüßte sie mit einer Handbewegung und lächelte ihr zu.

»Ich kam zufällig vorbei und sah den Jungen. Sind Sie die Mutter ...?«

»Die bin ich!«

»Ich bin Elena Vizzini. Sebastianos Lehrerin ...«

Die Frau starrte sie verständnislos an. Hinter ihr schaute eine alte Frau aus der Tür. Sie hatte die gleichen dunklen und mißtrauischen Augen. Elena lächelte ihr ebenfalls zu und strich dem Jungen jetzt doch übers Haar.

»Er wird bestimmt versetzt! Er ist so aufmerksam ...«

Sie wußte nicht, was sie noch sagen sollte.

»Haben Sie noch mehr Kinder?«

»Noch neun.«

Die Alte hob vier Finger.

»Vier sind schon gestorben an Kinderlähmung und Hirnhautentzündung.«

»Die Ärmsten. Das tut mir leid!«

Der Säugling begann zu greinen, und die Mutter wiegte ihn sanft im Arm, ohne den Blick von Elena zu lassen. Sie wollte offensichtlich etwas sagen, schien aber nicht die Worte zu finden. Durch die kleinen runden Augen geisterten Furcht, Wut und Hoffnung. Plötzlich sagte sie stotternd:

»Frau Lehrerin, beschaffen Sie mir eine Unterstützung?«

»Was für eine Unterstützung?«

Die Worte überstürzten sich jetzt.

»Eine Unterstützung von der Gemeinde. Mein Mann hat schon dreimal eine beantragt, aber nichts, keine Antwort. Sie geben nur denen, die zu ihnen gehören, auch wenn einer genug hat oder verdient ...«

Plötzlich begann sie zu zucken, als hätte sie einen Schlag bekommen. Sie hielt den Säugling mit einer Hand und vollführte mit der anderen große Gesten, so daß das Kind auf und ab hüpfte.

»Auf Anhieb zehn könnte ich Ihnen nennen, die am Tag tausend Lire von der Armenhilfe kriegen, der eine ist Schuldiener, der andere kriegt sogar Pension ... Was muß man tun, um als Mutter mit einer großen Familie Armenhilfe zu kriegen? Mein Mann kann nicht schreiben, das nutzen sie aus, auswandern können wir auch nicht, weil ihm drei Finger fehlen. Ein Glück, daß die Frau Lehrerin gekommen ist, bitte schreiben Sie auf, wie wir heißen. Familie Calafiore, wohnhaft Siedlung Fiumara, hier kennt uns jeder und kann bestätigen, daß wir arm sind. Mein Mann war fünf Monate krank wegen Typhus, und in der Zeit ist uns ein zweijähriges Kind gestorben an Kinderlähmung ... Können Sie mir erklären, Frau Lehrerin, warum die Armen keine Unterstützung kriegen, und statt dessen geben sie die Unterstützung dem Schuldiener und denen, die genug haben ...?«

Sie begann Elena am Ärmel zu zupfen.

»Kommen Sie, Frau Lehrerin, ich zeige Ihnen meinen Mann, damit Sie sehen, daß ich nicht lüge ... seit zwei Wochen liegt er krank im Bett.«

Sie schob Elena zur Tür, und alles rückte ein paar Schritte vor: die Frau, die Alte, die anderen Frauen und die Kinder, dicht gedrängt. Im

Dunkel der Kammer lag ein Mann im Bett, das Gesicht blutleer, auf dem Kopf eine Mütze, der Elena mit erschrockenen Augen ansah, während seine Frau weiterredete:

»Fünf kleine Kinder, ein kranker Mann, ein Kleinkind von vier Monaten, was muß eine Frau noch alles tun, um eine Unterstützung zu bekommen?«

Der Mann erhob sich und kniete jetzt aufrecht inmitten der vielen Decken. Der Gestank in der Kammer war unerträglich. Elena trat einige Schritte zurück.

»Ich will sehen, was ich für Sie tun kann. Es tut mir sehr leid …«

Plötzlich stand eine dicke schwarze Frau mit Ohrringen vor ihr.

»Frau Lehrerin, schreiben Sie meinen Namen auch auf, Papalia Rosaria, sieben Kinder, mein Mann heißt Papalia Sebastiano, lebt in der Schweiz als Hilfsarbeiter …«

Es war unglaublich. Der Abhang stand voller Frauen, die alle gleichzeitig redeten, von überall liefen die Kinder herbei, und Elena verstand nicht einmal, was sie wollten.

»Moment, Moment … Erst wollen wir sehen, was ich für Frau Calafiore tun kann …«

Sie versuchte, sich Platz zu machen.

»Ich verspreche euch, ich komme wieder und schreibe mir auch die anderen Namen auf.«

Sie fuhr dem Säugling über das Köpfchen. Er war trotz des Krachs an der Brust seiner Mutter eingeschlafen. Die Frau schob ihren älteren Sohn nach vorne und sagte:

»Begleite die Frau Lehrerin …«

Sie stiegen die Halde wieder nach oben, umringt von Kindern, die unentwegt schwätzten und lachten. Ein struppiger Hund sprang ihnen entgegen, und Elena wich ängstlich zurück, aber der kleine Calafiore verscheuchte ihn mit einem Steinwurf.

»Die tun nichts.«

Der Hund blieb stehen, und sofort bombardierten die Kinder ihn mit Steinen und alten Büchsen. Er sprang hoch, lief zwischen zwei Abfallhaufen davon und der Schwarm der Kinder hinterher.

An der Tür zum Rathaus stieß Elena auf zwei Männer der Stadtwache. Beide waren schon älter, der eine vierschrötig und dick, der andere krumm, mit einer Adlernase und einem Bärtchen. Militärisch wirkten sie beide nicht, und man sah, wie ihre bescheidene Bürgerlichkeit sich im Laufe der Jahre über ihre abgetragenen Uniformen hinweggesetzt und sie in eine normale Bekleidung verwandelt hatte, nur etwas farbiger. Hemden und Schlipse paßten nicht zueinander, der eine hatte mindestens ein halbes Dutzend Bleistifte in der Brusttasche stecken, und der andere trug sogar einen gelben Schal. Sie sprangen auf und standen stramm, obwohl Elena sie nie zuvor gesehen hatte.

»Ich muß den Bürgermeister sprechen.«

»Zu Befehl, einen Augenblick.«

Aus dem kleinen dunklen Korridor tauchte Bürgermeister Liolà auf, knöpfte sich hektisch den Zweireiher zu und verbeugte sich bei jedem Schritt. Er geleitete Elena in sein Arbeitszimmer, wo sich bereits drei Personen befanden: ein grimmiger, großer Mann um die Fünfzig im schwarzen Anzug, ein bebrilltes Männchen und ein fast kahler, kurzsichtiger Jüngling mit hellem Teint. Alle drei grüßten, wie es Landessitte zu sein schien, indem sie ihr wortlos zunickten und dabei den Kopf zwischen den Schultern einzogen.

»Stadtrat Emanuele Tuttobene, Bauamt, Herr Carmelo Indelicato, unser Gemeindesekretär, und Stadtrat Alfredo Bonafé, Sozialamt. Bitte, Signorina, wir stehen zu Ihrer Verfügung ... Möchten Sie einen Kaffee, eine Limonade ... oder lieber einen Likör?«

Die beiden Stadtpolizisten standen in strammer Haltung an der Tür und warteten auf Order. Man einigte sich auf Kaffee mit Cognac, und die Polizisten traten ab. Der Raum war riesig. Ein Schreibtisch war überhäuft mit Papieren, Akten, Tintenfässern, einer Lampe, Kugelschreibern, Löschpapier. In der Ecke stand eine zusammengerollte Fahne, an einer Wand hingen ein großes Kruzifix und zwei Plakate mit dem Aufruf, sich zum Wehrdienst zu melden. An der anderen Wand standen ein Regal voller Akten und an die zwanzig Stühle. Von der hohen Decke hing eine nackte Glühbirne. Der Raum roch wie ein Eisenbahnabteil oder eine leere Schulklasse. Elena lächelte verlegen, da sie nicht wußte, wo sie anfangen sollte.

»Ich habe mir den Ort angeschaut, da ich bisher nur den Corso und die Piazza kannte, und war in der Siedlung Fiumara. Ich glaube, sie wird so genannt.«

Bürgermeister Liolà sah sie aufmerksam an und begleitete ihre Worte mit zustimmenden Gesten, die sein Bedauern ausdrücken sollten. Elena unterbrach sich. Die anderen drei zeigten keine Regung.

»Ich hätte nicht erwartet, daß so viele Menschen in so elenden Verhältnissen leben … vor allem die Kinder … Ein Kind geht in meine Klasse, Calafiore Sebastiano … Fünf Kinder, die in eine armselige Hütte gepfercht sind, dazu der kranke Vater …«

Liolà hatte die Lider geschlossen und seufzte ergeben, als liefe die schreckliche Szene vor seinem inneren Auge ab: die armen Kinder, der kranke Mann in seinem Bett, die Elendshütten, die Hunde … Er hob den Finger und fragte:

»Sagten Sie Calafiore?«

»Ja, der Junge heißt Sebastiano. Er besucht die dritte Grundschulklasse.«

Der Bürgermeister blickte die Stadträte und den Sekretär fragend an. Stadtrat Bonafé verzog das Gesicht, um seine Verachtung auszudrücken.

»Vermutlich Minchialenta …«

Der Sekretär sagte:

»Jawohl, Minchialenta. Laut Akte lautet der richtige Name Calafiore.«

Der Bürgermeister wandte sich Elena zu.

»Ein Spitzname, verstehen Sie … Die armen Leute kennt man nur unter ihren Spitznamen. Die Familien schleppen sie über Generationen mit sich herum … Er muß es sein, ich meine den Vater. Er ist Handlanger …«

»Ja, richtig, Handlanger, aber zur Zeit ist er krank. Ich habe nicht genau verstanden, ob er Typhus hat oder Rippenfellentzündung, und ich hatte auch nicht die Kraft hineinzugehen. Die Frau hat zu weinen angefangen, weil sie nicht einmal eine Armenhilfe bekommt, obwohl sie vor Hunger sterben. Ich weiß nicht, was man in solchen Fällen beanspruchen kann …«

Stadtrat Tuttobene hörte teilnahmslos zu. Er hatte ein Pferdegesicht, verzog keine Miene, rauchte und äußerte sich nicht. Stadtrat Bonafé wiederholte sein verächtliches Grinsen.

»Verehrtes Fräulein, diese Leute verstellen sich … man darf ihnen nicht alles glauben …«

Schließlich öffnete auch Stadtrat Tuttobene den Mund und stieß eine Rauchwolke aus.

»Dieser Calafiore, wenn es der ist, den Sie meinen, sollte einmal drei Tage bei mir auf dem Feld arbeiten. Ich bot ihm zweitausend Lire am Tag, aber er wollte viertausend. Das war angeblich der Tariflohn. Ich sagte zu ihm: Also, dann brauchst du keine Arbeit? Verstehen Sie, Signorina? Und dann wollen sie Armenhilfe.«

Elena empfand einen so heftigen Haß gegen die drei Männer, daß ihr übel wurde. Sie hatte mit eigenen Augen gesehen, daß die Leute wie die Tiere zusammengepfercht lebten, die Kinder inmitten von Schlamm und Kot spielten, hatte die stinkenden Abwässer aus dem Ort gesehen, die zwischen den Hütten versickerten, den kranken Mann, der leichenblaß in seiner dunklen Kammer lag. War es möglich, ein solches Elend vorzutäuschen? Ihre Stimme bebte vor Zorn.

»Was schlagen Sie dann vor? Wollen wir den Mann sterben lassen, weil ihm zweitausend Lire als Lohn zuwenig waren? Wollen wir auch seine Kinder sterben lassen und unter einem der Abfallhaufen auf dieser Müllkippe begraben?«

Stadtrat Bonafé sah aus wie betäubt. Der Sekretär machte ein Gesicht, als hätte er nichts verstanden. Stadtrat Tuttobene verzog keine Miene. Nur der Bürgermeister säuselte zuvorkommend:

»Aber ganz im Gegenteil, Signorina, ganz im Gegenteil. Persönliche Motive haben hier nichts zu suchen. Sobald die erforderlichen Unterlagen vorliegen, erhält die Familie ihre Unterstützung. Spätestens morgen abend … Auch die ärztliche Behandlung und Arzneimittel sind kostenlos …«

Stadtrat Tuttobene war blaß geworden, ließ sich aber nichts anmerken. Langsam nahm er die Zigarette aus dem Mund.

»Wir sollten berücksichtigen, daß wir eine arme Gemeinde sind und kein Geld für Almosen haben.«

Stadtrat Bonafé nahm eine komische, unterwürfige Haltung ein und verschränkte die Finger vor den Beinen.

»Tatsache ist, daß von den fünftausend gemeldeten Einwohnern mindestens zweitausend eine Unterstützung beantragt haben. Viele sind Betrüger.«

Der Bürgermeister schrieb unterdessen mit großen Buchstaben auf ein leeres Stück Papier den Namen Calafiore und sagte stolz: »So, das hätten wir.«

Elena erhob sich, auch die vier Herren standen auf, Liolà knöpfte sich wieder den Zweireiher zu, strich sich die Schultern glatt, streckte die Hand etwas vor und verbeugte sich leicht. Elena sagte:

»Ich danke Ihnen, Herr Bürgermeister … Verzeihen Sie mein Eindringen …«

»Wir haben Ihnen zu danken … Auf weitere gute Zusammenarbeit …«

Auch die anderen schüttelten ihre Hand, wobei sie wieder diesen Buckel machten, als wollten sie kleiner wirken. Liolà brachte sie bis zur Tür, und die zwei Stadtpolizisten grüßten militärisch.

Ein eisiger Wind fegte über die Piazza und trieb Regenschauer vor sich her. Es war noch früh am Abend, aber der Ort machte einen unbewohnten Eindruck. Türen und Fenster waren verschlossen, und nur durch die Scheiben der Bars und Vereinslokale schimmerte gelbliches Licht. In der dunkelsten Ecke der Piazza sah man einige Männer stehen, die sich in ihre Schals gehüllt hatten.

Elena schlug den Kragen hoch, kuschelte sich in ihre Jacke und ging schneller. Aus einer Gasse vor ihr tauchte ein schweres Motorrad auf, raste donnernd auf sie zu und blendete sie mit seinem grellen Scheinwerferlicht. Sie erschrak und suchte auf dem Bürgersteig Zuflucht, aber die Maschine nahm mit einem Sprung die Bordsteinkante. Elena fühlte sich bei den Haaren gepackt, zu Boden gezerrt und mitgerissen. Alles ereignete sich binnen weniger Sekunden, und sie wußte nicht einmal, was ihr geschah. Sie fühlte nur den Schmerz in der Kopfhaut, die Faust, die ihr Haar festhielt und fast ausriß, und die Schläge gegen die Beine, die über das Pflaster geschleift wurden. Sie hatte nicht einmal die Kraft und die Zeit zu schreien. So plötzlich, wie man sie gepackt hatte, ließ die Hand wieder los, und Elena stürzte, sich überschlagend, zu Boden.

Sie begriff noch immer nicht, daß sie überfallen wurde, und erhob sich langsam, erst auf allen vieren, dann kniend. Sofort war das Dröhnen wieder hinter ihr, und sie hatte eben die Zeit, den Mann auf dem Rücksitz zu sehen, der die Hand nach ihren Haaren ausstreckte, bevor der grelle Scheinwerfer sie blendete. Alles, was sie in diesen Sekundenbruchteilen sah, waren diese Hand und zwei Augen, die aus den Sehschlitzen einer über das ganze Gesicht gezogenen gelben Strumpfmütze hervorschauten. Wieder wurde sie über den Boden geschleift, erst auf den Knien, dann fast auf dem Bauch liegend. Sie hielt sich die Hände vor das Gesicht, bis sie auch dazu nicht mehr imstande war. Abermals rollte sie über das Pflaster, und minutenlang hatte sie nicht einmal die Kraft, ihre Augen zu öffnen.

Völlige Stille lag über dem Platz, als das Dröhnen des Motorrades endlich verklungen war. Auch die Männer aus der dunklen Ecke der Piazza waren verschwunden. Verwirrt bemerkte Elena, daß sie in einer fast obszönen Stellung gestürzt war. Ihre Kleidung war zerrissen, und die Beine und der Bauch waren fast nackt. Sie drehte sich mühsam auf den Bauch und blieb minutenlang mit dem Gesicht nach unten liegen. In ihrem Kopf zappelte, wie eine Fledermaus, fast körperlich spürbar, die Angst, das Dröhnen des Motors könnte zurückkehren und die Hand würde sie wieder bei den Haaren packen und mitschleifen. Ein dumpfer Gedanke:

›Warum hilft mir niemand? Wie ist das möglich? Warum schauen sie zu, wie ich umgebracht werde?‹

Mit großer Mühe richtete sie sich auf, kniete sich hin, atmete tief durch und kam schließlich auf die Füße. Ihre Beine waren blutverschmiert und schmerzten, aber sie ging ein paar Schritte und schaute sich um. Niemand. Die Straße leer, die Piazza leer. Hinter den Scheiben der Bar und der Lokale sah man Figuren, die regungslos verharrten, und sicher wurde sie auch aus den dunklen Ecken der Piazza und durch die Schlitze der Balkontüren beobachtet. Sie bekam kaum Luft. Mühsam ordnete sie ihren Rock, bedeckte ihre Beine, knöpfte sich die Jacke zu, holte ein Taschentuch hervor und band es sich um den Kopf. Dann begann sie den Platz zu überqueren, bis zum Bürgersteig, und ging das Gäßchen hinauf, das zu ihrer Wohnung führte. Sie zitterte vor Erregung und fürchtete zusammenzubrechen. ›Ich mache einen Fehler‹, dachte sie, ›ich sollte sofort zu den Carabinieri gehen und um Hilfe bitten …‹ Dann sah sie sich in der Kaserne mit blutverschmierten Beinen auf einer Tragbahre liegen, sah den Arzt mit seinen blauen Augen, der sich über sie beugte, ihr half, sich auszuziehen, und ihre Verletzungen auswusch, roch den Mief der Kaserne, schaute in das verschlafene Gesicht des Gefreiten und zog es vor, sich weiterzuschleppen.

›Ich will nicht, ich will nicht‹, dachte sie, stand reglos, den Kopf gegen die Hoftür gelehnt, und hielt sich am Schlüssel fest, den sie ins Schloß gesteckt hatte. ›In einer Stunde kommt Michele und hilft mir. Er ist der einzige Mensch in dieser Hölle, die anderen sind Tiere. Dann können sie mir nichts mehr tun.‹

Als die Wohnungstür endlich aufsprang, brach sie zusammen. Sie ließ sich auf einen Stuhl fallen und war zu schwach, sich die verdreckten Kleider auszuziehen. »Ich darf mich nicht gehenlassen. Als erstes muß ich jetzt Feuer machen.«

Langsam, mit vorsichtigen Bewegungen, um den Schmerz der Verletzungen nicht zu vergrößern, häufte sie etwas Rinde und zwei kleine Scheite auf und zündete sie an. Dann hängte sie den großen Kupferkessel voll Wasser darüber und begann sich auszuziehen. Sie entkleidete sich vollständig, legte eine Decke auf den Boden und säuberte sich mit einem Schwamm von Blut und Schmutz. Auf den Knien, den Unterschenkeln und den Handflächen hatte sie Schürfwunden, am Unter-arm Schwellungen, und ihre Lippe war aufgeplatzt. Jeder Atemzug schmerzte sie in der Brust und im Rücken. Sie desinfizierte die Wunden sorgfältig mit Wasserstoff, legte eine zweite, saubere Decke und ein Kissen auf den Fußboden, schaltete die Lampe aus und kauerte sich vor das Feuer. Die brennenden Scheite erfüllten das Zimmer mit rötlichem Schimmer. ›Was geht hier vor?‹ dachte sie. ›Was habe ich ihnen getan? Was will ich hier in diesem Kaff voller Bestien? Gleich morgen reise ich ab, wie soll ich das aushalten? Ich suche mir einen Richter und lasse sie allesamt verhaften ... diese Verbrecher, Tiere, Feiglinge ... Mindestens hundert Leute haben gesehen, wie sie mich fast umgebracht haben, aber keiner hat auch nur die Tür geöffnet. Haben sie Scheiße an der Stelle, wo andere ein Herz haben? Ich wollte, sie wären allesamt tot ...‹

Sie begann wieder vor Kälte zu zittern, obwohl sie ganz nahe am Feuer war, packte die Bettdecke an einer Ecke und zog sie vorsichtig über sich, rollte sich ein, so daß die Knie ihre Brust berührten, und legte die Arme um die Schienbeine. ›Der Richter wird die Zeugen aufrufen, und alle werden antworten: »Wir kennen diese Frau nicht, wir haben nichts gesehen.« Diese versteinerten Gesichter, diese ausdruckslosen Augen, man begreift nicht, was sie denken und was sie von einem wollen ... Fast wäre ich umgebracht worden, aber warum? Warum? Ich kenne niemand, will nichts von ihnen ... Was ist das für ein verfluchter Ort? Alles Unglück der Welt hat ihn heimgesucht. Die Sarazenen, die Normannen und das Erdbeben. Sie haben keinen Stein auf dem anderen gelassen, und diese Kreaturen haben ihn immer wieder am gleichen Platz aufgebaut ... Warum mußte es ausgerechnet mich hierher verschlagen ...?‹

Sie verspürte einen derartigen Haß, daß die heftigen Schmerzen in ihrer Brust und die blinde Wut eins wurden. ›Diese Wilden können weder lesen noch schreiben, waschen sich nicht, leben mit dem Vieh unter einem Dach, atmen nur Scheiße, lassen ihre Kinder krepieren, und alles, was sie vom Leben erwarten, ist ein bißchen Geld von der Armenhilfe ... Wie kannst du mit diesen Leuten leben, Michele?‹

Sie glühte vor Hitze unter ihrer Zudecke, doch sobald sie auch nur einen Arm entblößte, zitterte sie wieder. Sie rührte sich nicht, lag zusammengekauert unter der rauhen Wolldecke im Dunkel und spürte, wie die Welt in immer weitere Ferne rückte. Die angezogenen Beine, die ihre Brust berührten, die Arme, die sie um die Unterschenkel geschlungen hatte, erzeugten ein Gefühl für den Körper, das sie in merkwürdige Erregung versetzte. Wahrscheinlich hatte sie hohes Fieber.

›Gleich kommt Michele, der einzige Mensch in diesem Ort. Er

braucht nur den Mut, von hier fortzugehen Er gefällt mir. Nie hätte ich gedacht, daß mir ein Mann so gefallen könnte, sogar seinen Schweißgeruch mag ich, wenn er auf mir liegt und erschöpft ist. Seine kurzsichtigen, zärtlichen Augen mag ich und seinen schweren Körper, seine Zunge und die Heftigkeit, mit der er in mich eindringt, seine traurige Art zu lächeln … Wir werden uns heute nicht lieben können, ich kann nicht einmal die Beine bewegen …‹

Sie streckte sich langsam aus, betastete vorsichtig die Verletzungen an den Knien und den Schenkeln, drehte sich auf die andere Seite und kauerte sich wieder zusammen.

›Wahrscheinlich können wir uns trotzdem umarmen. Behutsam und zärtlich, damit ich den Schmerz nicht so spüre. Irgendwie wird es schon gehen, er wird wissen, was er zu tun hat …‹

Das Fieber verwirrte ihre Gedanken, doch zugleich wurde ihr Leib von einem wohligen Gefühl erfaßt. Aller Schmerz verschwand, und sie fühlte sich weich an, als wäre es nicht ihr Körper, sondern ein anderer, der sie in sich aufgenommen hätte. Sie war schläfrig.

›Gleich höre ich seinen Schritt auf der Straße‹, dachte sie, ›gleich steht er an der Tür und ruft mich.‹

Sie lag so mindestens eine Stunde im Halbschlaf, bis auf der Straße tatsächlich Schritte zu hören waren. Sofort war sie wach. Jemand stand vor ihrem Haus, als wartete er, dann setzten die Schritte sich wieder in Bewegung und verhallten in der Nacht. Schließlich wurde die Müdigkeit übermächtig. Einmal noch schrak sie hoch, aus Angst, Michele nicht zu hören, aber der Wunsch, sich fallenzulassen, wurde immer stärker. Sie hatte das Gefühl, in warmes Wasser zu sinken, mit offenem Haar dahinzutreiben und nicht einmal mehr atmen zu müssen. Ihr letzter Gedanken war: ›Er ist nicht gekommen, er kommt nie wieder, er ist ein Feigling, weil auch er von hier stammt …‹

Es war noch früh, als sie erwachte. Sie hatte Fieber, zitterte und fror. Das Kaminfeuer war erloschen. Vorsichtig schleppte sie sich auf ihr Bett, ohne die Zudecke abzulegen, kroch im Dunkeln unter das Laken und schlief sofort wieder ein.

Auch den nächsten Tag verbrachte sie fiebernd im Bett, unter einem Berg Decken vergraben. Sie hoffte, man würde wenigstens ein Kind schicken oder den Schuldiener, um sich zu erkundigen, wie es ihr gehe, aber niemand kam. Sie fühlte sich verlassen, schlief fast ununterbrochen und wachte nur gelegentlich auf, weil sie Angst oder Hunger hatte. Der Tag war wolkenlos und schien eisig zu sein. Der Wind trommelte auf die Dächer, riß an den Fensterläden, und die Sonne ließ lange Staubbahnen durch das Zimmer wandern. Elena sah, wie die Zeit verstrich, bis auch die wehenden Grasbüschel auf den Dächern wieder in der Dunkelheit verschwanden. Das letzte Lebenszeichen der Außenwelt waren die Glocken der Kathedrale, die zum Rosenkranz riefen. Beim Einschlafen hatte sie eine skurrile Vision: die Jungfrau Maria, strahlend, sauber und blond, in ihrem blauen Mantel inmitten einer Menge schwarz gekleideter Frauen, die unterwürfig um Armenhilfe baten. ›Verdammt‹, dachte sie, ›sie haben Schnurrbärte.‹

In jener Nacht ereignete sich etwas Grauenvolles. Es mochte gegen drei Uhr sein, als man das Tuckern eines schweren Motorrades hörte, das langsam den Corso heraufkam und auf der Piazza haltmachte. Der Motor brummte jetzt sanft und regelmäßig, ohne leiser oder lauter zu werden. Nach und nach wachten die Anwohner der Piazza auf, öffneten ihre Balkontüren einen Spaltbreit und schauten hinaus. Sie sahen zwei Männer, die auf einem großen Motorrad saßen, das sich nicht von der Stelle rührte. Die Gesichter waren nicht zu erkennen. Man sah nur, daß der eine einen schwarzen Mantel und eine Kappe trug, der andere eine gelbe Strumpfmütze, die über das ganze Gesicht gezogen war. Frierend und schweigend schauten die Leute aus dem Dunkel ihrer Häuser auf das Motorrad und die zwei Männer, die von der einzigen brennenden Lampe der Piazza beleuchtet wurden. Der gleichmäßige Lauf des Motors hielt sie in einer leicht zitternden Bewegung, und es schien, als stützten sie einander.

Nach etwa einer Stunde sah man den Gefreiten der Carabinieri den Corso heraufkommen. Er trug einen blauen Mantel, hatte die Mütze über die Ohren gezogen und seinen schwarzen Schal um das Gesicht geschlungen. »He! Ihr beiden!« rief er aus zehn Metern Entfernung.

Die zwei rührten sich nicht, und der Gefreite, der ebenfalls regungslos dastand, betrachtete sie schweigend. Er war ein Kerl von ein Meter neunzig, aber die Sache war ihm nicht geheuer. Vorsichtig schob er die Hand in die Tasche und umklammerte seine Waffe. Dann trat er bis auf zwei Meter heran und bückte sich, um den beiden ins Gesicht zu sehen, erst dem Mann mit der Kappe, dann dem anderen unter der gelben Strumpfmütze, der den Kopf auf die Schulter seines Vordermanns gelegt hatte. In dem Augenblick hörte man Hufgetrappel, und auf dem Corso erschien ein Bauer mit seinem Maultier. Er hatte sich in seinen Umhang gehüllt, aus dem unten nur die Beine hervorschauten, die an den Flanken des Tieres baumelten, und oben die Augen und die Coppola. Der Gefreite hob den Arm.

»Halt!«

Der Bauer ließ ein kurzes Brrrr vernehmen, das aus der Tiefe seines Umhangs kam, dann stand das Tier.

»Wie heißt Ihr?«

»Passalacqua Sebastiano.«

»Passalacqua, Ihr wartet hier bei diesem Motorrad, bis ich zurück bin, und gebt acht, daß keiner drangeht!«

»Warum?«

»Weil die beiden tot sind.«

Das Muli begann rückwärts zu gehen. Vielleicht hatte es der riesige Schatten des Gefreiten erschreckt, vielleicht auch war der Bauer zusammengezuckt. Der Carabiniere rief:

»Dageblieben, Passalacqua! Ich gebe Euch den Befehl, hier zu warten, bis ich wieder da bin!«

Der Bauer zog den Mantel aus dem Gesicht. Er sah abgearbeitet aus, und die müden Augen waren verquollen. Sein Atem dampfte. Abermals gab er ein Brummen von sich, und das Tier näherte sich wieder den Toten. Seine Hufe klapperten und hallten auf der leeren Piazza. Die Nacht war eisig, und eine Weile sahen die Anwohner, die aus dem Dunkel ihrer Häuser nach draußen starrten, nur dieses Bild: ein Bauer, der reglos auf seinem Muli saß, und zwei Tote, die rittlings auf ihrem brummenden Motorrad hockten. Dann kam schwer atmend der Wachtmeister und brachte zwei Carabinieri mit. Er trug eine komische Militärmütze aus grüner Wolle, Stiefel und Mantel mit Gurt. Als erstes gab er dem jüngeren Carabiniere einen Stoß und knurrte:

»Du, Santocono, holst den Bürgermeister und Doktor Sanguedolce! Weck Sie auf und schlepp sie her. Sie sollen sofort kommen. Du, Ferraù, laß dir den Namen des Bauern geben und schick ihn fort. Der dritte Mann übernimmt die Wache. Keiner darf ran, nichts darf angerührt werden, auch der Motor bleibt eingeschaltet.«

Langsam umkreiste er das Motorrad und begutachtete die zwei

Toten. Ferraù hatte ihn aus dem Schlaf gerissen, und eine Minute lang hatte er sich fast die Därme aus dem Leib gehustet.

Es ging ihm schlecht, er zitterte wie Espenlaub und wußte nicht, ob es die Kälte war oder der scheußliche Anblick. Er stieß mit lauter Stimme zwei Flüche aus, drehte sich mit wehendem Mantel einmal um die eigene Achse und schaute zu den Balkonen hinauf, da er wußte, daß ein paar Dutzend Augen auf ihn herabsahen. Schließlich wandte er sich wieder den Toten zu und fluchte abermals.

Als erster kam Doktor Sanguedolce. Er hatte sich den Mantel über den Pyjama gezogen und trug unter dem Hut eine Wollmütze. Auch er betrachtete die zwei Männer ausführlich und ging um sie herum, bevor er eine Taschenlampe hervorholte und ihnen ins Gesicht leuchtete. Zum Schluß berührte er ihre Augenlider vorsichtig mit dem Daumen und steckte die Lampe wieder ein.

»Der eine hat Einschüsse über dem rechten Auge, in der Schläfe und vielleicht auch im Nacken, da die Haare blutig sind. Der andere hat drei Einschüsse über der Stirn, die vermutlich von oben abgegeben wurden.«

»Was heißt das?« fragte der Wachtmeister.

»Daß er wahrscheinlich auf dem Boden kniete, als er getötet wurde. Man hat ihnen auch die Augen offengelassen. Vielleicht waren sie schon gefesselt, als sie erschossen wurden. Anschließend hat man sie aufs Motorrad gesetzt und aneinandergebunden.«

Der Bürgermeister hatte sich in einen alten Mantel gehüllt. Er begriff nicht, was vorgefallen war, schlotterte vor Angst und traute sich nicht an die beiden heran. Schließlich trat er doch etwas näher und betrachtete sie:

»Nie gesehen. Kenne sie nicht. Sind nicht von hier. Warum hat man sie hierhergebracht?«

Es war noch dunkel, als der Ermittlungsrichter eintraf, und es regnete seit einer halben Stunde in Strömen. Der Wind trieb das Wasser in alle Ritzen, und aus den höhergelegenen Gassen strömten schmutzige Rinnsale über die Piazza. Der Gefreite und die Carabinieri standen in einem Hauseingang, und der Wachtmeister, der Arzt und der Bürgermeister hatten im Säulengang der Kathedrale Zuflucht gefunden. Das Motorrad stand immer noch auf der Piazza, nur den Motor hatte man endlich abgestellt. Die zwei völlig durchnäßten Männer schienen in sich zusammenzusinken.

Der Richter schlich umher wie ein Raubtier, betastete und untersuchte, während ein Carabiniere einen Schirm über ihn hielt. Mit lauter Stimme fragte er den Wachtmeister, ohne ihm ins Gesicht zu blicken:

»Wer hat sie zuerst bemerkt?«

»Der Gefreite. Weil der Motor ununterbrochen lief.«

»Wer sind die zwei?«

»Nie gesehen.«

»Wer hatte heute nacht Streifendienst?«

»Niemand: Die ganze Einheit war in der Kaserne. Es war zu kalt!«

»Wie viele Einschüsse haben sie?«

»Sechs! Jeder drei … alle in den Kopf. Aber wir müssen die Autopsie abwarten …«

»Wie spät ist es?«

»Fünf.«

»Gut, Wachtmeister, lassen sie die zwei in die Garage der Kaserne bringen.«

»Sollen wir sie losbinden?«

»Nicht doch! Gefesselt lassen, mit dem Motorrad …«

Die zwei Carabinieri faßten mit der einen Hand die Lenkstange, mit der anderen die Leichen, während der Gefreite sie von hinten abstützte, damit sie nicht umkippten. Vorsichtig schoben sie das Motorrad den Corso hinab. Der Wachtmeister ging vorweg und leuchtete mit der Taschenlampe; Richter, Bürgermeister und Arzt schritten schweigend hinterher. Alle unter einem Schirm.

Das Motorrad mit den zwei Toten wurde in der Mitte der kleinen Garage aufgebockt, dann schloß man den Rolladen. Nur ein Wachtposten blieb draußen im Regen. Bürgermeister Liolà und Doktor Sanguedolce saßen erschöpft auf einer Bank und beobachteten den Richter, der wieder um die zwei durchnäßten Leichen schlich. Jedes Detail wurde untersucht: die Kleidung, die Verletzungen, die Fesseln an Händen und Füßen, die Schuhe. Von Zeit zu Zeit hörte man ein böses Brummen, und einmal sah es so aus, als wollte er die Toten ohrfeigen. Schließlich brüllte er:

»Himmel, Arsch und Wolkenbruch! Wie ist das möglich, daß man in diesem Kaff ein Motorrad durch die Straßen schieben kann, auf dem zwei gefesselte Leichen sitzen, ohne daß jemand etwas bemerkt?«

Er fuchtelte in der Luft herum und bewegte die Hände, als wollte er eine Glühbirne einschrauben. Vermutlich wollte er damit ausdrücken, daß er im dunkeln tappte.

»Meine Herren, hier ereignen sich unglaubliche Dinge. Ich weiß nicht, ob Ihnen das klar ist. Vor einigen Tagen hat man einen Mann umgebracht und ihn mit einer Blume im Mund auf dem Platz ausgestellt, wie eine öffentliche Demonstration. Heute werden zwei Leichen auf einem Motorrad durch den Ort gefahren. Sind wir im Theater? Und wie stehen wir da? Wie die letzten Ärsche! Ich rede mit Ihnen, Wachtmeister, und mit Ihnen, Herr Bürgermeister ...«

Seine Ungeduld steigerte sich, und er stand kurz vor einem Tobsuchtsanfall. Mit winzigen Schritten lief er hin und her und stampfte, als wäre ihm kalt. Schließlich blieb er mit bebenden Beinen stehen, legte die Hände auf den Rücken und schloß die Augen, um sich zu konzentrieren.

»Was sind die Carabinieri hier für ein Sauhaufen!?«

Der Wachtmeister hatte seine komische Wollmütze so tief gezogen, daß fast nur noch die fiebrigen Augen und der Schnauzbart hervorschauten. Der Gefreite Ferraù stand unentwegt stramm und versuchte unauffällig, eine alte Militärmütze beiseite zu kicken. Der Richter stellte sich vor ihn hin, den Mantel geöffnet, den Schal locker um den Hals gehängt. Der Gefreite hielt die Luft an.

»Gefreiter! Gibt es hier keine Toilette?!«

»Zu Befehl! In der Kaserne oben.«

»Dann öffnen Sie den Rolladen!«

Das Garagentor wurde geöffnet. Der Wachtposten, der im Eingang

Schutz gesucht hatte, nahm Haltung an. Der Richter schaute sichernd in beide Richtungen der regennassen Straße, knöpfte sich die Hosen auf und pinkelte in den Rinnstein. Ein Wohlgefühl durchrieselte seinen Unterkörper, dann knöpfte er seine Hose wieder zu, das Rolltor wurde geschlossen, und alle nahmen die frühere Position ein. Der Richter wirkte erleichtert, putzte sorgsam seine Augengläser, zündete sich eine Zigarette an und lächelte.

»Haben Sie hier irgendwo einen sauberen Lappen, Gefreiter?«

Der Gefreite blickte angestrengt um sich und steckte dann die Hand in die Manteltasche.

»Ein Taschentuch?«

»Gut, Ihr Taschentuch! Wischen Sie den beiden das Gesicht ab, aber vorsichtig ...«

Der Gefreite trocknete die Gesichter der beiden Toten, bis der Richter mit wohlwollender Geste seine Zufriedenheit ausdrückte. Er legte dem vorderen die Hand auf die Schulter und schaute ihn an, als wollte er ihn für die offensichtliche Dummheit der Anwesenden um Verzeihung bitten.

»Fassen wir zusammen, meine Herren! Unsere zwei Freunde hier sind also keine Bürger dieses Ortes ... Habe ich recht, Herr Bürgermeister? Wenn ich mich irre, korrigieren Sie mich.«

»Nie gesehen! Unbekannt!«

»Und Sie, Wachtmeister?«

»Ich bin seit acht Jahren hier und sehe sie zum ersten Mal.«

»Hervorragend! Wenigstens das ist gesichert. Können Sie mir sagen, wie lange sie tot sind, Herr Doktor?«

»Ich glaube, seit etwa vier oder fünf Stunden.«

»Sagen wir, zwischen eins und zwei heute nacht ...«

»Vielleicht früher ... Wir müssen die Autopsie abwarten.«

»Sehr gut, meine Herren! Das ist ebenfalls abgehakt. Wachtmeister, können Sie mir wieder das Feldbett aufstellen, damit ich noch etwas schlafen kann, bevor es hell wird?«

»Selbstverständlich!«

»Wie viele Carabinieri haben Sie zur Zeit?«

»Sechs. Dazu den hier anwesenden Gefreiten.«

»Dann bleibt der Gefreite hier und bewacht die Garage. Drei Mann werden an die drei Ortseingänge beordert und stellen die Identität sämtlicher Personen fest, die den Ort betreten oder verlassen. Mit Ihren restlichen Leuten nehmen Sie sich alle in Frage kommenden Männer zwischen achtzehn und sechzig vor, egal ob sie vorbestraft sind oder nicht. Holen Sie sie aus den Betten und stellen Sie fest, was sie heute nacht gemacht haben. Ich gehe erst einmal schlafen und bin um neun wieder da.«

Er schloß den Mantel, schlang sich den Schal um den Hals und wartete, daß der Wachtmeister das Tor öffnete.

»Was zum Teufel machen Sie da, Gefreiter Ferraù?« schrie er wütend. Der Gefreite hatte eine große Zeltplane auf den Boden gelegt und machte sich an den beiden Toten auf dem Motorrad zu schaffen. Noch in gebeugter Haltung nahm er Habtachtstellung ein.

»Der Herr Doktor hat gesagt, wir sollten sie losbinden und auf die Erde legen …«

»Lassen Sie das, und rühren Sie sie nicht an! Sie bleiben, wie sie sind!«

Die anderen sahen ihn fragend an.

»Ich weiß, was ich tue!«

Um acht machte Elena sich fertig für die Schule. Sie verband sich Beine und Arme, zog eine Wollhose an und kämmte sich sorgfältig. Sie verspürte den trotzigen Wunsch, jünger und verführerischer zu wirken. Sie wollte es ihnen zeigen.

Der sizilianische Herbst war launenhaft wie so häufig. Der Wind hatte sich bei Sonnenaufgang gelegt, die Wolkendecke, zunächst rötlich verfärbt, war später aufgerissen und hatte sich schließlich aufgelöst. Das Tal erstrahlte in Grün- und Grautönen.

Langsam überquerte sie die Piazza und versuchte, den Passanten ins Gesicht zu sehen. Etwas Merkwürdiges geschah: Die Leute machten ihr Platz, viele zogen den Hut zum Gruß, und einige Kinder auf dem Schulweg blieben stehen. Der dicke, grauhaarige Stadtpolizist trat bei ihrem Anblick beiseite, um sie vorbeizulassen, grüßte militärisch und schickte zwei zivile Verbeugungen nach. In den Gesichtern aller meinte sie ein Staunen und ein fast ängstliches, unterwürfiges Lächeln wahrzunehmen.

Als Elena die Bar betrat, um einen Kaffee zu trinken, erhoben sich die Männer respektvoll zu ihrer Begrüßung. Elena hatte den Wunsch, sie zu ohrfeigen: ›Ihr Kanaillen! Vor drei Tagen wäre ich fast umgebracht worden, und ihr habt zugeschaut. Jetzt grüßt ihr mich und wißt nicht einmal, wer ich bin! Was ist das wieder für eine Schweinerei?‹

Auf dem Bürgersteig vor der Bar erschienen fünf schwarzgekleidete Frauen, die aufgeregt redeten und durch die Scheiben sahen, sich aber nicht trauten hereinzukommen. Elena erkannte die Mutter ihres Schülers Calafiore, die ihr freudig zuwinkte. Nun wurden auch die anderen auf sie aufmerksam, begannen ebenfalls zu lachen und ihr kleine Zeichen zu geben. Plötzlich zogen sie ihre Schals enger und kamen verlegen herein. Frau Calafiore lächelte unterwürfig.

»Küß die Hand, Frau Lehrerin. Ich komme extra her, um Ihnen zu sagen, daß uns der Amtsdiener den Bescheid für die Armenhilfe gebracht hat. Auch mein Mann hat gesagt: Geh und danke der Frau Lehrerin für ihre Wohltat, die sie uns erwiesen hat!«

In diesem Augenblick erschien der Carabiniere Santocono in der Tür, zeigte sein freundliches, bäuerliches Gesicht und grüßte militärisch.

»Signorina Vizzini, der Herr Richter bittet Sie, in die Kaserne zu kommen!«

Die Frauen verstummten bei seinem Anblick, erhoben sich, zogen die Tücher hoch und rückten zusammen wie ein Schwarm verschreckter Raben. Elena lächelte hochmütig.

»Sofort! Es wird auch Zeit, daß er endlich was unternimmt!«

Sie trank ihren Kaffee aus, verabschiedete sich mit einem Kopfnicken und ging mit raschem Schritt Richtung Kaserne. Ihre Stimmung besserte sich zusehends: ›Haben diese Dummköpfe endlich mitgekriegt, daß ich überfallen worden bin‹, dachte sie. ›Und dazu brauchen sie drei Tage. Ich begreife den Vorfall nicht, sie ebensowenig, und jetzt versuchen wir uns gegenseitig an der Nase herumzuführen!‹

Vor der Kaserne zündete sie sich eine Zigarette an, um überlegener zu wirken, und begrüßte den immer noch Wache schiebenden Ferraù:

»Guten Morgen, Gefreiter! Was gibt es?«

Es verwunderte sie, wie müde er aussah, und ihre Überraschung steigerte sich noch, als er sie zur Garage führte und das Tor hochwuchtete. Schlagartig überfiel sie eine entsetzliche Furcht und das wahnwitzige Gefühl, in der Falle zu sitzen. Vor ihr stand das Motorrad, wie auf dem Sprung, und im ersten Augenblick begriff sie nicht einmal, daß die zwei Männer, die darauf saßen, tot waren. Sie machte eine kleine Fluchtbewegung und erstarrte. Die Stimme des Richters kam unerwartet, so daß sie herumfuhr und einen Schrei ausstieß.

»Sie sehen aus, als lebten sie, nicht wahr, Signorina?«

Sie blickte ihn böse an, und mit dem gleichen Haß fixierte sie auch den Wachtmeister, der schweigend im Hintergrund der Garage stand.

»Wer sind die zwei?«

Der Richter neigte den Kopf und schaute verwundert:

»Das wissen Sie nicht?«

»Ich weiß es nicht! Wer sind sie?«

»Signorina Vizzini, der Witz ist, daß ich hier die Fragen stellen sollte und nicht Sie … Kennen Sie die Männer wirklich nicht? Denken Sie gut nach!«

»Sagen Sie endlich, was Sie von mir wollen!«

Der Richter blickte sie spöttisch an, so daß Elena in Wut geriet.

»Ich habe ein Recht, das zu wissen! Was soll diese Farce?!«

Unvermittelt begann er zu toben. Er ließ eine Art Wiehern hören, seine Hände zitterten, und auch sein Kopf bebte, als er sie anschrie:

»Halten Sie zwei ermordete Menschen für eine Farce? Zwei Menschen werden kaltblütig mit sechs Schüssen umgebracht, auf ein Motorrad gefesselt und mitten auf dem Platz abgestellt … Ist das etwa eine Farce, Signorina Vizzini?!«

Elena ging auf ihn zu und versuchte, ihn zu übertönen.

»Was habe ich damit zu tun, was geht mich das an? Sie machen eine Farce daraus, indem Sie mir diese zwei Leichen vor die Nase setzen … ohne mir etwas zu sagen!«

Sie stand direkt neben den beiden Toten, ein heftiges Zittern durchlief sie, und sie war drauf und dran davonzulaufen. Ihre Stimme klang schrill vor Anstrengung.

»Sie sagen mir nicht, was passiert ist, was Sie von mir wollen … lassen mich rufen, überraschen mich mit zwei Leichen und fragen noch: Sehen sie nicht aus, als wären sie lebendig, Signorina? Und warum das alles? Ist das etwa keine Farce?«

Ein paarmal hatte der Richter versucht, sie zu unterbrechen, ebenfalls schreiend, wobei er sich sogar auf die Fußspitzen stellte.

»Gut, gut, bereiten wir der Farce ein Ende!«

»Dann auf Wiedersehen, und besten Dank für die Vorstellung … Ich gehe!«

»Sie rühren sich nicht von der Stelle, oder ich lasse Sie festnehmen …«

Keuchend standen sie dicht an dicht, und das Gesicht des Richters war auf einmal schweißbedeckt. Elena wandte sich mit schroffer Geste ab, so daß ihr Haar herumflog, und streckte die Arme nach hinten.

»Warum lassen Sie mir keine Handschellen anlegen?«

Der Richter antwortete nicht gleich. Langsam nahm er die Brille ab, putzte die Gläser, strich sich das Haar glatt, zündete eine Zigarette an und ging auf und ab, ohne sie anzuschauen. Als er wieder sprach, war seine Stimme gemessen und höflich.

»Sehen Sie sich die beiden Männer an …«

Elena wandte sich um.

»Ich sehe sie!«

»Sind Sie kurzsichtig, Signorina?«

»Etwas.«

»Dann setzen Sie bitte die Brille auf.«

Sie schob sich die Brille ins Gesicht und rückte sie auf der Nase mit dem Zeigefinger zurecht. Die Geste wirkte komisch.

»Ich habe sie auf.«

»Sagen Sie jetzt, ob Sie sie kennen …«

»Ich kenne sie nicht und weiß nicht, wer sie sind.«

»Bitte schauen sie gut hin …«

»Ich schaue gut hin, besser geht es nicht.«

Der Richter schloß die Augen und nickte geduldig.

»Dann sagen Sie mir wenigstens, ob Sie sie schon einmal gesehen haben. Ich frage nicht, ob Sie sie kennen, sondern nur, ob Sie sie schon einmal gesehen haben.«

»Noch nie!«

Er blickte sie nachdenklich an und schüttelte den Kopf, ging ein paar Schritte bis zur Wand, machte kehrt und fixierte sie abermals. Diesmal lächelte er.

»Schauen Sie, Signorina Vizzini, das ist nicht wahr.«

Schweigen. Der Wachtmeister hatte sich auf den einzigen Stuhl hinten in der Garage gesetzt, den Gefreiten hörte man nicht einmal mehr atmen, und der Richter wirbelte zwei Finger durch die Luft und zeigte auf die Leichen.

»Wir wissen mit Sicherheit eines: Vor drei Tagen, als Sie aus dem Rathaus kamen, haben diese beiden Männer Sie überfallen, niedergerissen und über den halben Platz geschleift. Sie haben sie also gesehen, zumindest bei der Gelegenheit … Warum bestreiten Sie das?«

»Weil ich sie nie zuvor gesehen habe. Weil sie mich überfallen und zu Boden gestoßen haben, obwohl ich nicht weiß, wer sie sind und was das soll … Der Henker soll sie holen … Und wer sie umgebracht hat, weiß ich auch nicht.«

Sie hob die Hand, als wollte sie den Richter ohrfeigen, und der Wachtmeister machte Anstalten aufzuspringen. Tatsächlich hätte Elena ihn am liebsten geschlagen. Sie fühlte sich in die Enge getrieben und brüllte, um sich zu erleichtern:

»Sie hätten mir doch nicht geglaubt, wenn ich Ihnen das gleich gesagt hätte, geben Sie es doch zu! Sie glauben mir immer noch nicht! Sagen Sie es nur!«

Der Richter gab dem Gefreiten ein Zeichen mit dem Kopf.

»Geh und hol den Protokollführer.«

Er nahm die Zigarettenschachtel und reichte sie Elena.

»Möchten Sie eine Zigarette?«

»Nein danke.«

»Einen Kaffee?«

»Auch nicht.«

Er zündete sich eine neue Zigarette an, wedelte mit dem Streichholz, um es auszumachen, und bemühte sich, weltmännisch zu wirken. Dann lief er wieder hin und her. Elena betrachtete die zwei Toten und empfand erneut einen derartigen Ekel, daß ihr übel wurde. Das Gesicht des jungen Mannes auf dem Rücksitz, dem man die Strumpfmütze abgenommen hatte, war weiß wie Kalk, und vom Haaransatz bis zum Mund verlief eine dünne Blutspur. Das Schlimmste an seinem Gesicht waren nicht die aufgerissenen Augen, in denen graues Wasser zu stehen schien, sondern die Nasenlöcher und die gelben Zähne.

Je länger Elena die Leichen betrachtete, desto mehr wich die Übelkeit einer fast krankhaften Neugier. Die beiden Körper waren mit Elektrokabel aneinandergebunden und wurden durch ein Brett gehalten, das man zwischen die Sitze geschoben hatte. Auch die Beine waren mit Kabeln festgezurrt, und dem Vordermann hatte man sogar die Unterarme an die Lenkstange gebunden, so daß er zu lenken schien. Um die Köpfe in aufrechter Position zu halten, hatte man sie auch am Hals miteinander verschnürt.

Elena dachte: ›Jetzt schau sie dir an, diese Dreckschweine ... Sie hätten mich fast umgebracht, obwohl ich nicht einmal weiß, wer sie waren. Wenn ich nur wüßte, was sie von mir wollten.‹

Ein etwas buckliger, grauhaariger Mensch mit Brille und einem langen, gleichmütigen Gesicht trat ein: der Schreiber Riccobono, den sie schon kannte. Er grüßte wortlos, setzte sich auf die Bank und legte sich eine Schreibunterlage auf die Schenkel. Langsam diktierte der Richter das Protokoll.

Es war Viertel nach zwölf, als Elena endlich die Kaserne verließ. Wie immer um diese Uhrzeit war das Ortszentrum voller Menschen, die sehr beschäftigt zu sein schienen, auch wenn sie in Wirklichkeit nur dort waren, weil sie nichts zu tun hatten. Inmitten all dieser Menschen hatte sie auf einmal das Gefühl, verfolgt zu werden. Sie wandte sich um und sah ein schwarzes Männlein, das an einer Straßenecke stand und sie ansah. Ihre Blicke kreuzten sich einen Augenblick lang, dann bog der Mann um die Ecke und verschwand.

Vor dem Kulturverein gab es die übliche Parade zur Begrüßung, vielleicht etwas untertäniger und angestrengter, so als ob alle bemüht wären, sich bemerkbar zu machen. Bürgermeister Liolà sprang so eilig hoch, daß er fast das Gleichgewicht verlor, und Sanguedolce machte einen tiefen Diener. Nur Stadtrat Tuttobene mit seinem unbewegten Pferdegesicht blieb eisig und beschränkte sich auf ein Kopfnicken.

Auf der Piazza hatte Elena abermals das Gefühl, verfolgt zu werden, und Angst beschlich sie. Sie ging langsamer, wandte sich der Kathedrale zu, machte abrupt kehrt und schaute abermals Richtung Kirche. Einen Moment lang sah sie den kleinen Menschen, der soeben zwischen den Säulen der Kathedrale verschwand, hatte aber nicht die Zeit, sein Gesicht zu erkennen, weil er von einigen Bauern verdeckt wurde. Sie wollte es jetzt wissen. Auf der sonnenhellen Piazza drängten sich ein paar hundert Leute, sämtliche Läden geöffnet, die Lokale waren überfüllt, und an der Ecke zum Corso stand sogar ein Carabiniere.

›Warum verfolgt mich dieser Zwerg? Bestimmt hat er nicht die Absicht, mich in aller Öffentlichkeit zu ermorden. Das wäre zu gefährlich für ihn. Ob sie mir vielleicht nur Angst einjagen wollen?‹

Er mußte sich in die Kirche geflüchtet haben. Sie lief die Stufen hinauf und trat ein. Im Halbdunkel des Mittelschiffs sah sie nur eine betende Frau, die sich so tief vornüberbeugte, daß man sie für ein schwarzes Tuch halten konnte, das auf dem Betstuhl lag. Elena versteckte sich hinter dem Taufstein. Plötzlich unterbrach ein Schatten den schmalen Lichtstreifen, der durch die Eingangstür fiel. Sie lief hin, um ihm den Weg abzuschneiden, aber alles, was sie hörte, war ein hastiges Trappeln, das in der Tiefe der Kirche verhallte. Sie schlich sich von einer Säule zur nächsten. Dann sah sie ihn. Er stand unbewegt neben einem der Seitenaltäre und sah zu ihr herüber.

Sie lief los, aber schon war er wieder verschwunden, und es dauerte einen Moment, bis sie ihn auf den Stufen des Hauptaltares erblickte. Wieder kreuzten sich ihre Blicke, sie lief los, wieder verschwand er, tauchte noch einmal auf und wurde von der Apsis hinter dem Chorgestühl verschluckt.

›Ich muß wissen, wer er ist … In diesem Ort hier können sie mich von einem Moment auf den anderen umbringen, und ich weiß nicht einmal, warum! Wenn er mir zu nahe kommt, schlage ich ihm das Kruzifix über den Schädel!‹

Sie schlich um das Chorgestühl herum, schaute in alle Ecken und entdeckte hinter dem Hauptaltar eine Art Korridor. Sie lief etwa zehn Meter durch den dunklen Gang und dachte: ›Hier drin könnte er mich wirklich umbringen … Da hilft mir niemand.‹

Der Gang mündete in einem großen Raum voller alter Bilder, Leuchter, Tabernakel und Paramente. In der Mitte stand ein enormer vergoldeter Sessel, auf dem breitbeinig und ohne Kutte der Kanonikus Leone saß und rauchte. Elena erkannte ihn nicht gleich, da sie ihn immer nur in seinem schwarzen Gewand gesehen hatte. Seine Hose war aufgeknöpft, er trug ein blaues Baumwollhemd, und sein Haar stand unordentlich zu Berge. Ihr Eindringen erschreckte ihn.

»Signorina Vizzini! Ich habe Sie nicht gehört …«

»Verzeihen Sie … Ich bin durch den Gang …«

Er knöpfte sich nervös die Hose zu, während sich Elena hastig umschaute.

»Ich suche jemand, der hier hereingelaufen sein muß … Wohin führt diese Tür?«

»Zum Vorzimmer der Sakristei, auf die Straße …«

Der Kanonikus unterbrach sich, weil aus dem Vorzimmer leise Schritte zu hören waren. Die Tür wurde geöffnet, und ein winziger, weißhaariger Mann trat ein, der sich eine Wärmflasche an die Brust drückte. Er ging mit kleinen, schlurfenden Schritten, als ob ihm das Laufen Mühe machte.

»Kalt, ziemlich kalt heute … Finden Sie nicht, daß es kalt ist?«

Er verbeugte sich ehrfurchtsvoll vor dem Kanonikus und grüßte Elena mit einer kleinen Geste. Ihr Anblick schien ihn zu verwirren. Leone legte ihm die Hand auf die Schulter und sagte übertrieben laut, wie man zu Schwerhörigen spricht:

»Das ist Don Nunzio Carabina, der Organist unseres Gotteshauses. Er ist fast neunzig ...«

Der Greis freute sich wie ein kleines Kind und nickte.

»Einundneunzig.«

Er hatte einen wirklich imponierenden Kopf, voller weißer Haare. Auch Augenbrauen und Schnurrbart waren schlohweiß. Dazu fröhliche blaue Augen. Er verneigte sich abermals, nahm einen Schlüssel von der Wand und verschwand durch den Gang.

»Ein außergewöhnlicher Mensch. Haben Sie gesehen?«

Der Kanonikus hatte seine Hose zugeknöpft, auch das Gewand übergestreift und zeigte nun wieder sein gewohntes Aussehen; etwas leidend und sehr fromm.

»Wirklich ein unglaublicher Mensch! Sie müssen wissen, daß er nicht eine Note kennt und nur eine Polonaise von Chopin sowie die Fuge von Brahms spielen kann. Er spielt sie seit fünfzig Jahren und inzwischen derart perfekt, daß man ihn vor drei Jahren ins Teatro Massimo in Palermo eingeladen hat, um ein Konzert zu geben. Das Publikum tobte ... Keiner wollte glauben, daß Don Nunzio Carabina nur diese zwei Kompositionen spielen kann ...«

Der Kanonikus verschränkte die Finger und wirkte betrübt.

»Aber Sie suchten jemand, nicht wahr, Signorina?«

»Ich dachte ... Ich hatte den Eindruck, jemand sei hinter dem Hauptaltar verschwunden ... Gibt es nur diesen Ausgang?«

»Nur die Sakristei.«

Er begleitete sie nach vorne hinaus. Als sie am Tabernakel vorbeikamen, ging er tief in die Knie und bekreuzigte sich. Mit Besitzerstolz wies er auf das Mittelschiff.

»Welch ein Glanz, welch eine Erhabenheit. Die schönste Kirche der ganzen Provinz.«

Während Elena zum Ausgang ging, erbebte die Kirche unter drei mächtigen Orgelschlägen, denen vier leisere und tiefere Töne folgten, die in sämtliche Winkel drangen. Sogar die Scheiben in der Kuppel klirrten. Dann ergoß sich von oben eine musikalische Kaskade, die Elena fast betäubte.

›Man will mich wahrhaftig in den Wahnsinn treiben‹, dachte sie. ›Erst laufe ich hinter einem Zwerg her, der wie ein Frettchen vor mir wegrennt, und dann begegnet mir eine wandelnde Mumie, die nur Brahms spielen kann …‹

Am frühen Nachmittag traf ein Oberst der Carabinieri in Begleitung eines Hauptmanns mit acht Mann ein. Oberst Saverio Lentulo, Kommandeur, war ein wendiger, kräftiger Haudegen von achtundfünfzig Jahren mit rötlichem Haar, das teilweise schon grau wurde. Seine Kriegsverdienste als Fallschirmspringer konnte man an der Ordensspange ablesen, die auf seiner Brust prangte. Er trug Stiefel, einen weiten blauen Mantel mit rotem Besatz und eine kleine Reitpeitsche. Hauptmann Rapisarda, der vorschriftsmäßig zwei Schritte hinter ihm ging, war dagegen klein, gedrungen, mit einem gewaltigen Kopf ohne Hals, geschwollenen Augenlidern und einem Walroß-Schnauzer.

Er lauerte unentwegt träge und stumm hinter dem Rücken des Obersten, streckte aber ständig den Kopf vor, um sich nichts entgehen zu lassen. Sein einziges Wort, als er die Toten auf ihrem Motorrad sah, war »Scheiße«. Dann wandte er sich dem Obersten zu, um seine Meinung zu hören, aber der zuckte nicht mit der Wimper, stand breitbeinig vor den Leichen und schaute sie verächtlich an. Schließlich schnalzte er mit den Fingern.

»Wo ist der Ermittlungsrichter?«

»Schläft! War die ganze Nacht auf und hat bis heute mittag gearbeitet.«

»Hat zwei Leichen im Haus und schläft!«

Um die Zeit zu überbrücken, machte er einen Rundgang mit uniformiertem Gefolge: Hauptmann Rapisarda, Wachtmeister Orofino, Gefreiter Ferraù und fünf Mann Carabinieri, so als hätte er den Ort wenigstens militärisch im Griff. Gelegentlich blieb er stehen, stellte Fragen und meditierte über die Antworten. Er weigerte sich, den Bürgermeister, seinen Stellvertreter, jemanden vom Stadtrat oder sonstige angesehene Persönlichkeiten zu empfangen, und befahl, um sieben Uhr abends zwei bis drei Dutzend verdächtige Kriminelle der Gegend vorzuführen. Der Wachtmeister starb fast vor Übermüdung und hatte ein Gesicht wie ein alter Wischlappen. Trotzdem stimmte er beflissen zu:

»Zu Befehl, Herr Oberst, sind bereits vernommen worden!«

»Schon verhört?«

»Zu Befehl!«

»Mit Daumenschrauben und Rizinusöl?«

Der Wachtmeister wollte antworten, vermochte jedoch seinen Husten nicht länger zurückzuhalten. Der Anfall war so gewaltig, daß er nicht einmal mehr strammstehen konnte. Nach einem bestätigenden Handzeichen sagte er keuchend:

»Zu Befehl, jawohl ...«

»Und? Ausgesagt? Weiterführende Hinweise geliefert?«

»Nichts! Keine Hinweise ...«

Der Oberst gab Befehl, die drei Suchhunde der Polizeihundeschule anzufordern, um zu ermitteln, ob das Motorrad von Süden oder von Norden in den Ort gekommen sei. Aus der ganzen Provinz sollten berittene Carabinieri zusammengeholt werden und die entlegenen Häuser und Gehöfte nach Motorradspuren, Ölflecken und anderen zweckdienlichen Hinweisen absuchen. Dann bestieg er wieder den Jeep, um das Verbindungssystem der Straßen und Feldwege außerhalb der Ortschaft zu erkunden.

Um das Tal zu überblicken und entlegene Häuser zu entdecken, wurde eine Anhöhe bestiegen. Die militärische Versammlung auf der felsigen Erhebung, mit dem großen Offizier, dessen weiter Mantel im Wind flatterte, war beeindruckend. Es dämmerte bereits, und die Bauern, die auf ihren Maultieren in den Ort zurückkehrten, machten sich klein und grüßten schweigend. Trotz seines großspurigen Auftretens und seiner geringschätzigen Miene war der Oberst jedoch kein Dummkopf. Er ließ die Reitpeitsche auf den Kotflügel des Jeeps sausen und begann zu lachen.

»Was für ein Zirkus! Polizeihunde, Maschinenpistolen, berittene Patrouillen ... Selbst wenn wir den Ort mit einem Panzerbataillon besetzen würden, käme nichts dabei heraus! Wir erfahren nicht einmal, wie diese zwei Ganoven heißen ... Ich wüßte schon, was man tun müßte! Sie auch, Gefreiter?«

Er wies mit der Reitpeitsche auf den Ort, der am oberen Rand der Talebene klebte.

»Die Häuser abreißen, eins nach dem anderen, bis kein Stein auf dem anderen bleibt, die Bevölkerung deportieren, hundert nach Cuneo, hundert nach Triest, hundert nach Dingsda. Einen Drahtverhau um die Trümmer, Minen, Vipern, elektrisch geladenen Stacheldraht, damit keiner auf die verdammte Idee kommt, jemals wieder hier zu leben ...«

Er versetzte dem Kotflügel abermals einen heftigen Schlag. Der Gefreite war eine steinerne Habtachtstellung.

»Habe ich recht?«

Der Oberst war ein Riese, aber erst jetzt fiel ihm auf, daß der Mann ihn drei Fingerbreit überragte.

»Wie heißt du?« fragte er ihn.

»Gefreiter Giovanni Ferraù!«

»Hervorragend! Arabischer Name!«

»Zu Befehl! Arabisch!«

Wieder im Ort, ging er langsam den Corso entlang und ließ sich nur von seinem Hauptmann und dem Wachtmeister begleiten. Er besichtigte die drei Kirchen, überquerte den Platz und betrat auch die voll besetzte Bar. Die Gespräche verstummten, als er eintrat, was er mit verächtlicher Miene zur Kenntnis nahm. Auf dem Rückweg zur Kaserne verlangsamte er seinen Schritt vor dem Kulturverein und betrachtete die Herren auf dem Bürgersteig, die den pompösen Offizier, der sie mit seinem blau-roten Mantel fast berührte, nicht zur Kenntnis nahmen.

Gegen Abend traf auch Polizeichef Ciaramidaro ein, begleitet von zwei Kommissaren der Mordkommission. Er hatte vor drei Monaten einen Infarkt erlitten, war groß, bleich und kahlköpfig, hatte ein trauriges Gesicht mit hängenden Backen, ging krumm und hielt die eine Hand fast immer hinter dem Rücken versteckt. Man holte ihm einen Stuhl in die Garage, wo er sich niedersetzte und die Leichen nicht aus dem Auge ließ. Den heiseren Rapport des Wachtmeisters begleitete er mit Kopfschütteln. Im übrigen sagte er während des ganzen Treffens mit dem Ermittlungsrichter und dem Obersten wenig, saß nur schwer atmend mit aufgerissenen Augen dabei und stimmte allem zu, was die anderen vorbrachten. Zwei oder drei Male stöhnte er:

»So geht es nicht weiter! Man ermordet die Leute und serviert sie uns auf einem silbernen Tablett. Meine Herren, soll das ein Witz sein? Und wir wissen nicht einmal, wie die Toten heißen ...«

Der Oberst schlug vor, die zehn gefährlichsten Straftäter des Ortes mit Haftbefehl festzunehmen.

»Wir erreichen damit zwei überaus moralische Ziele. Einerseits beseitigen wir zumindest einige Wochen lang zehn gefährliche Elemente, die entweder in letzter Zeit straffällig geworden sind oder es in Zukunft mit Sicherheit geworden wären, und zum zweiten beruhigen wir die öffentliche Meinung. Wir tun etwas, haben klare Vorstellungen und verfolgen eine Spur ...«

Der Richter widersprach. Die Müdigkeit ließ ihn noch schmächtiger und kümmerlicher erscheinen. Der Fußboden um ihn herum bedeckte sich mit Kippen. Indigniert sagte er:

»Meine Herren, ich verstehe Ihre Entrüstung, aber die einzige Sicherheit für den Bürger ist die Respektierung der Gesetze. Ich führe die Ermittlungen, und ich übernehme die Verantwortung!«

Der Polizeichef wiederholte schwer atmend:

»Meine Herren, so geht es nicht weiter. Die Leute werden auf offener Straße ermordet, und wir wissen nicht einmal, wie sie heißen ... Geben wir es zu, meine Herren, wir haben versagt ...«

Der Oberst wurde böse. Der Raum stank nach Rauch und Schweiß, aber er wahrte als einziger Haltung. Er rauchte, indem er die Zigarette korrekt zwischen Zeigefinger und Mittelfinger hielt, hustete nicht und saß kerzengerade. Nur seine Augen waren leicht gerötet.

»Hören Sie zu, ich mache Ihnen einen Vorschlag. Bitte regen Sie sich nicht auf. Wir können uns momentan keine Sentimentalitäten leisten. Ich meine diese feinen Herrschaften, diese falschen Intelligenzler, die vor dem Kulturverein vermodern ... Wir schnappen uns ein paar von ihnen und lassen sie zwei Tage sitzen ... Einverstanden, das gibt einen Aufstand, aber es kommt was bei raus, darauf wette ich. Diese Leute wissen, was hier vorgeht, und auch warum.«

Der Polizeichef riß die Augen auf und wurde noch blasser.

»Eijeijei!«

Dem Richter riß der Geduldsfaden. Er sprang hoch, wandte den anderen den Rücken zu, gestikulierte und schrie, als redete er mit der Wand:

»Ich vertrete hier die Ermittlungsbehörde und entscheide, was zu tun ist ... Ich bin der Richter und trage die Verantwortung ... Nicht einmal Gottvater hat mir vorzuschreiben, was ich zu tun und zu lassen habe!«

Zum Schluß einigte man sich trotzdem. Die Polizei sollte mit Hilfe der Strafregister die beiden Toten identifizieren und zu diesem Zweck allen Vorbestraften der Provinz ihr Foto vorlegen. Die Carabinieri sollten in der ganzen Gegend Straßensperren errichten und sämtliche Güter, Häuser und Bauernhöfe nach irgendwelchen Spuren absuchen. Richter Occhipinti sollte die Ermittlungen vor Ort leiten.

Nachts um eins brachen sie auf. Der Polizeichef ließ sich eine Wolldecke geben, um während der Fahrt im Wagen zu schlafen, der Oberst und der Hauptmann fuhren mit ihrem Jeep. Ein paar Minuten lang hallte der menschenleere Corso vom Grüßen, Hackenschlagen, vom Lärm der Autotüren, Motoren und Motorräder, die sich rasch entfernten. Dann war es wieder still und keine Menschenseele auf den dunklen Straßen. Richter Occhipinti war alleine und legte den Kopf an die Fensterscheibe. Der Schlaf brannte ihm in den Augen, aber er mußte eine letzte Zigarette rauchen. ›Welch eine Stille‹, dachte er, ›unglaublich! Aber irgendwo sitzt in einem dieser Häuser ein Mann, der mordet, und ich weiß nicht, warum. Vielleicht ist er noch wach und denkt nach. Was zum Teufel denkt er?‹

Hinter dem Richter erschien der riesige Gefreite Ferraù. Occhipinti war so in Gedanken vertieft, daß er vor Schreck zusammenfuhr.

»Was gibt es, Gefreiter? Warum gehen Sie nicht schlafen? Zwei Wachtposten sind genug ...«

Der Gefreite hatte etwas in der Hand.

»Der Carabiniere Passanisi hat mir soeben Meldung gemacht, daß er letzte Nacht kurz vor Sonnenaufgang dieses Kleidungsstück gefunden hat ...«

»Was ist es?«

Der Gefreite schüttelte eine Plastiktüte aus und ließ einen schwarzen Lumpen auf den Tisch gleiten.

»Eine alte Mütze, stark verschmutzt ...«

Der Richter hob den Gegenstand mit zwei spitzen Fingern hoch und betrachtete ihn.

»Wirklich schmutzig ... Wo hat er das gefunden?«

»Im Säulengang der Kathedrale, wo er Wache hatte. Letzte Nacht nach dem Mord.«

Der Richter hielt sich die Mütze vors Gesicht, als wollte er daran riechen, und ließ sie wieder in die Tüte gleiten. Er brummte:

»Wer weiß?«

Fast gleichzeitig stand auch Elena an ihrem Fenster, sah auf den stillen Ort und dachte ebenfalls an den Mörder. Die Dächer vor ihrem Fenster bildeten einen dunklen Abhang, in den die Piazza wie ein geheimnisvolles, leuchtendes Loch eingebettet war, über dem die Silhouette der Kathedrale schwebte.

›Vielleicht‹, dachte sie, ›liegt er friedlich in seinem Bett in einem dieser Häuser, hat den Kopf unter die Decke gesteckt, so daß man nur ein Haarbüschel, die Nase und die geschlossenen Augenlider sieht, und schläft ... Wieso meint man immer, Mörder sind Nachtmenschen, die mit wirrem Blick durch die Dunkelheit schleichen und zwanghaft an ihre Opfer denken oder schlaflos und selbstquälerisch wach liegen und bei jedem Geräusch hochfahren ... Nichts davon ist wahr: Mörder haben einen guten Schlaf!‹

Sie war nicht müde, nur erschöpft von dem anstrengenden Tag, ging zu Bett und fand keinen Schlaf. Ihr Körper vibrierte, und es gelang ihr nicht, sich zu entspannen. Manchmal meinte sie, keine Luft zu bekommen. Sie zog die alte Matrosenjacke über, öffnete das Fenster und schaute hinaus.

›Wenn man jetzt leise und unmerklich alle diese Dächer abdecken könnte, würde man die Leute in ihren Betten schlafen sehen‹, dachte sie. ›Einige werden sich vielleicht noch lieben oder unruhig unter der Bettdecke wälzen. Ein paar Seufzer in der Nacht. Man müßte ein großes

Netz haben, sie alle einfangen und auf der anderen Seite der Erde wieder laufenlassen. Ich wette, schon nach einer Woche kämen sie zurück, einer nach dem anderen, staubbedeckt, die Augen verdreht, um ihren Ort wieder in Besitz zu nehmen und sich wieder in ihren Häusern zu verstecken ... stillschweigend, ohne sich umzuschauen oder sich auch nur wie und warum zu fragen, und jeder würde denken, der andere habe ihn reingelegt. Dieses Hurenpack!‹

Sie begann zu frieren und zog sich die Jacke um den Leib. ›In Wahrheit habe ich Angst‹, dachte sie. ›Ich weiß nicht, warum sie sich gegenseitig umbringen, aber ich stecke mittendrin, und es zieht mir den Boden unter den Füßen weg. In einen Mann war ich verliebt, aber nicht einmal das ist mir gestattet. Ein Tier war er, genau das richtige für mich ... intelligent und zärtlich und brutal im Bett ... Er tat mir weh, aber er war auch so sanft und liebevoll, und er verstand mich zu nehmen ... Verfluchter Bastard, ich hatte mich wirklich in ihn verliebt. Wo ist er geblieben? Nur einmal noch möchte ich vor ihm stehen und ihn fragen: »Was habe ich dir getan, Belcore, du alter Hurensohn? Sag mir die Wahrheit ...«‹

Sie schloß die Augen, und plötzlich durchzuckte sie der Gedanke: ›Michele ist genau an dem Abend verschwunden, an dem sie mich überfallen haben ... Wie ist das möglich: Ich werde überfallen, an den Haaren über den Platz geschleift wie ein Putzlumpen, und du kommst nicht sofort angelaufen, um zu schauen, ob ich wenigstens noch lebe?! Schon gut: Unterstellen wir, daß du es nicht sofort erfahren hast oder wegen eines dummen Zufalls nicht kommen konntest. Aber in der Nacht, Michele ... in der Nacht, als diese beiden ermordet wurden, wo warst du da? Hast du was mit der Sache zu tun? Du elender Schuft, du Feigling ...!‹

Sie hörte Schritte, sah einen Schatten, der näher kam, und unterdrückte einen Schrei. Es war Michele Belcore. Er hob den Blick, konnte sie wegen der Balkonwand jedoch nicht sehen.

Elena begann vor Erregung zu zittern, setzte sich auf die Bettkante, hörte mit geschlossenen Augen, wie er die Stufen der Außentreppe heraufkam, und preßte sich die Fingernägel in den Handballen, um nicht hinzulaufen und die Tür aufzureißen. Es klopfte leise.

»Elena ... Elena, mach auf ...«

Sie starrte die Tür an.

»Was willst du von mir? Hau ab!«

Seine Stimme klang flehend.

»Bitte, Elena, ich muß mit dir reden.«

»Wir haben uns nichts mehr zu sagen. Verschwinde!«

Das Gespräch durch die geschlossene Tür wurde aggressiver, auch wenn die Worte nur geflüstert wurden.

»Ich gehe nicht …«

»Und ich mache nicht auf!«

»Dann setze ich mich vor die Tür und warte die ganze Nacht.«

»Du bist verrückt!«

»Warum willst du nicht aufmachen?«

»Warum sollte ich?«

»Weil ich dich liebe … und weil du mich liebst …«

»Du irrst dich. Du bist ein Niemand und bedeutest mir nichts!«

»Du lügst, das ist nicht wahr!«

»Verschwinde, Belcore, laß mich in Frieden!«

»Elena, Elena … ich liebe dich, ich liebe dich …«

»Ich nicht! Ich verachte dich.«

Er schwieg eine Weile, sie wartete auf seine Antwort, schließlich sagte er, und seine Stimme war kaum mehr als ein Seufzer:

»Warum?«

Endlich konnte sie ihm die Meinung sagen. Seit drei Tagen wartete sie auf ihn, und er kam und sagte einfach: »Ich liebe dich.«

»Weil du mich sitzengelassen hast … weil du ein mickriger kleiner Feigling bist … Verstehst du, Belcore? Ein Lügner und Feigling … Man wollte mich umbringen, und wo warst du? Heute haben sie mich den ganzen Tag lang in der Kaserne gequält, und du? Wo hast du gesteckt? Ich habe noch nie einen größeren Feigling erlebt als dich!«

Michele antwortete nicht. Elena schlug zweimal mit der Faust gegen den Türrahmen.

»Los, Belcore, was sagst du dazu?«

Stille, kein Rascheln, nicht einmal Atemgeräusche. Elena war wie gelähmt und dachte nur: ›Er ist weg, ist gegangen … Himmel, jetzt habe ich alles kaputtgemacht!‹ Sie fühlte sich so unglücklich, daß sie zu weinen begann, doch in dem Augenblick hörte sie ihn wieder, und seine Stimme klang so betörend wie nie zuvor:

»Elena … Elena … ich beschwöre dich …«

Mit einem Mal spürte sie ein Glücksgefühl, das ihren ganzen Körper durchdrang. Sie preßte die Faust in den Unterleib, um dieses plötzliche Gefühl zu unterdrücken. Dann sackte sie gegen den Türrahmen, und ihre Lippen berührten die Wand. Ohne hinzuschauen, schloß sie auf und drückte die Klinke herunter.

›Man sollte dich prügeln, bis du grün und blau bist‹, dachte sie. ›So kannst du mit mir nicht umgehen …‹

Sie sah ihn im Dunkel auf dem Treppenabsatz, klammerte sich an ihn und fühlte, wie er sie zum Bett trug. Sie hielt ihn blind umfangen, er fiel mit Mantel, Schal und Mütze auf sie und blieb so liegen.

So versuchten sie sich zu lieben. Es gelang ihm, sich des Mantels halb zu entledigen, seine Brille fiel herunter, er nestelte an seiner Hose, und beide stöhnten. Sie drückte ihn mit dem Becken nach oben und half ihm mit zittrigen Fingern, sich auszuziehen. Als sie seinen warmen Leib fühlte, stieß sie eine Reihe leiser, schneller werdender Schreie aus und wartete nur noch darauf, ihn in sich aufzunehmen. Sie spürte, wie sein Glied sie berührte, und bäumte sich auf, als er eindrang. Ein Augenblick reichte, ein einziger Augenblick. Mit einem triumphierenden Schrei sank sie zurück, bäumte sich abermals auf, fiel wieder und kostete das Lustgefühl bis zur Neige aus. Auch Michele ließ sich fallen und lag regungslos auf ihr, an einem Arm noch den Mantel, die Hose um die Knie gewickelt, die Schuhe an den Füßen.

Keuchend und wortlos blieben sie liegen, ohne auf das Durcheinander ihrer Kleidung zu achten. Langsam beruhigte sich Elena, und sie begann, ihn zärtlich zu streicheln, ohne ihre Lage zu verändern oder ihn von sich zu schieben.

»Ich liebe dich, Michele«, flüsterte sie.

Er regte sich nicht, hatte sein Gesicht in ihre Brust vergraben, und da sie merkte, daß er noch unbefriedigt war, streichelte sie ihn weiter. Plötzlich begann er zu reden, ohne auch nur den Kopf zu heben.

»Ich habe noch am selben Abend erfahren, daß du von zwei Männern auf einem Motorrad überfallen worden bist, aber was hätte ich tun sollen? Ein paarmal bin ich an deinem Fenster vorbeigegangen. Ich hatte Angst, weil ich jeden Augenblick damit rechnen mußte, daß die Carabinieri bei dir in der Wohnung auftauchen würden ... Und dann bist du nicht mehr zur Schule gekommen ...«

»Weißt du, daß die Männer mit dem Motorrad ermordet worden sind?«

»Ja, ich weiß.«

»Man hat sie erschossen, auf ihr Motorrad gefesselt und in der Nacht auf den Platz gebracht.«

Michele nickte. Elena packte sein Haar und zog seinen Kopf hoch.

»Du weißt alles! Natürlich weißt du auch, daß ich heute vormittag vier Stunden lang verhört worden bin, und die ganze Zeit mußte ich mir diese Toten ansehen. Keiner glaubt mir, daß ich sie nicht kenne ... Du auch nicht, stimmt's?«

»Nein, Liebes ...«

»Glaubst du auch, daß ich sie ermordet habe?«

Michele schüttelte stumm den Kopf und preßte sich fester an sie. Elena fragte:

»Hast du keine Angst, hier mit mir zu liegen?«

Wieder machte Michele eine verneinende Geste und rieb seinen Körper zärtlich an ihrem, als wollte er mit seinen Schenkeln ihren Schoß streicheln. Elena zog wieder an seinen Haaren.

»Weißt du, warum das alles geschieht?«

»Nein, nein ...«

Seine Stimme war schon verändert, und für einen Augenblick fühlte sie seine erregten Lippen auf ihrem Mund. Sein Glied berührte sie und versuchte gierig in sie einzudringen, doch sie gab ihm noch nicht nach.

»Schwöre mir, daß du keine Angst hast ... schwöre mir, daß du mich liebst!«

»Ja, ja, ja ...«

»Lass mich nie mehr alleine, Michele ...«

»Nein, Liebes, nein ...«

Sie küßten sich, und ihre Bewegungen wurden hastiger. Elena hatte den Eindruck, sein Körper sei riesig geworden, umarmte ihn stöhnend, bohrte die Fingernägel in seinen Hintern und spürte, wie sie naß wurde. ›Mach schnell, mach schnell‹, dachte sie. Als er endlich in sie eindrang, überfiel sie ein heftiges Zittern, und alle Worte und Seufzer mündeten in ein langes Gewimmer der Glückseligkeit.

Das Lustempfinden war so intensiv, daß sie sich wie gelähmt fühlte. Sie lag reglos und atmete kaum. Michele hatte seine Hände unter ihre Hüften geschoben und hielt sie umfangen. Sie erstickte fast unter seinem Mund. Seine Bewegungen wurden weiter, und jedesmal, wenn er in ihr versank, stöhnte und atmete er schwer. Sein Glied schien unerträglich dick zu sein, wie ein glühendes Eisen, das sich immer tiefer bohrte. Sie empfand Schmerz und Wollust zugleich und wußte nicht, ob ihre Begierde vorher unbefriedigt geblieben war oder ob neue Begierde sie gepackt hatte. ›Er bringt mich um‹, dachte sie, ›ich bin hilflos … Gleich platzt mir das Herz …‹

Sie hatte keine Kraft mehr in den Armen und Beinen und half ihm, indem sie ihm durchs Haar fuhr und ihn streichelte, bis sie spürte, wie er zu beben anfing und sich mit lautem Stöhnen versteifte. Sein Körper zuckte, und die Befriedigung schien endlos zu sein. Sie spürte, wie er sich verströmte, und sein schwerer Körper erdrückte sie fast. Wieder lagen sie ohne Bewegung und stumm in diesem Durcheinander von Zudecken, Kissen und Kleidungsstücken.

»Liebling, bitte, nur einen Augenblick …«

Er erhob sich träge, küßte sie vorsichtig auf die Brüste, den Schoß, die Schenkel, setzte sich hin und begann, sich den Mantel, die Schuhe und die Hose auszuziehen. Nackt zündete er sich eine Zigarette an und legte sich breitbeinig auf die Decke. Er war zufrieden, rauchte genüßlich und sagte:

»Gibt es keinen Kaffee heute?«

»Gewiß, Liebling.«

Elena entfachte die noch glühenden Scheite im Kamin und setzte Kaffee auf. Dann zündete sie sich ebenfalls eine Zigarette an, streckte sich neben Michele aus und fuhr mit den Fingern über seinen Bauch und die Schenkel.

»Du Armer, bist du müde?«

Beide mußten lachen. Er fragte:

»Du kanntest die zwei Männer wirklich nicht?«

»Nein, ich kannte sie nicht.«

»Vielleicht hattest du sie wenigstens schon mal gesehen?«

»Nie! Ich hatte sie nie gesehen.«

»Und was genau ist vorgefallen?«

»Sie kamen aus der Gasse hinter dem Rathaus, rasten auf mich zu, und der Beifahrer packte mich an den Haaren …«

»Haben sie etwas gesagt?«

»Nichts! Sie schleiften mich auf den Platz, ich fiel hin, sie zogen mich an den Haaren hinter sich her …«

»Haben sie dich geschlagen?«

»Nein! Sie ließen mich auf dem Platz liegen. Als ich aufstehen wollte, waren sie plötzlich hinter mir und rissen mich wieder bei den Haaren … Ich dachte, sie wollten mich umbringen …«

»Und dann?«

»Dann ließen sie mich los und verschwanden.«

»Ist das alles: Erinnerst du dich an sonst nichts?«

»An was sollte ich mich erinnern: Mindestens fünfzig Personen, die in der Bar und den Vereinslokalen saßen, haben mit angesehen, wie ich fast umgebracht wurde, ohne etwas zu unternehmen!«

Sie schwiegen. Elena schmiegte sich an ihn und legte ihre Wange auf seine Brust.

»Michele, weißt du, was in diesem Ort hier passiert?«

»Ich weiß es nicht …«

»Aber was habe ich damit zu tun?«

»Ich weiß es nicht …«

Sie küßte sanft seinen Körper und schmiegte sich enger an ihn. Mutlosigkeit beschlich sie, Angst vor dem Alleinsein. Ihr einziger Freund war der Leib dieses kräftigen Mannes, der reglos neben ihr lag und den sie umarmt hielt. Ihre Lippen berührten liebevoll seinen Bauch, sein Glied zuckte, richtete sich auf und suchte nach ihr. Mit dünner Stimme sagte sie:

»Und du hast wirklich keine Angst, Michele?«

»Ich liebe dich, Elena ...«

Sie legte sich auf ihn und öffnete seine Lippen mit den ihren.

»Verlaß mich nicht, Michele ...«

»Ich liebe dich, Elena ...«

»Drei Tage lang hatte ich das Gefühl, verrückt zu werden.«

Sie streichelte ihn wieder.

»Bitte, Michele, bleib bei mir.«

»Es geht nicht, Elena, das weißt du.«

»Heute nacht nur, bitte ... Wie spät ist es?«

»Es ist mindestens drei.«

»Bleib, bis es anfangt, hell zu werden. Du kannst schlafen. Ich wecke dich, wenn es Zeit ist.«

»Hast du Angst?«

»Schreckliche. Laß mich nicht allein heute nacht.«

Sie küßte und streichelte ihn noch immer.

»Bitte, bitte ...«

»Sie sehen mich, wenn ich rauskomme, Elena. Sobald es hell wird, ist jemand auf der Straße ...«

»Niemand sieht dich. Du bist in zwei Sekunden draußen. Bitte, Liebling. Ich werde deinen Schlaf behüten, dein Haar streicheln, und wenn du aufstehst, ist der Kaffee fertig und die Zigarette angezündet ...«

Sie deckte ihn bis zum Hals zu, steckte die Decke seitlich unter seinen Körper, schlüpfte neben ihn und umklammerte seine Beine mit den ihren. Ihr Atem, so eng beieinander unter der Decke, erzeugte eine wohlige Wärme, die in jeden Winkel des Bettes drang. Sie kauerte sich tiefer, den Kopf auf seiner Brust, berührte langsam den großen Körper, in dessen Buchten sie Zuflucht und Sicherheit fand, und war in wenigen Sekunden eingeschlafen. Ihr letzter Gedanke war: ›Auch die Mörder schlafen ... Wer weiß, vielleicht schlafe ich mit einem Mörder im Arm?‹

Der folgende Tag begann beinahe grotesk, wurde beängstigend und endete triumphal. Die Ereignisse kreisten in großer Geschwindigkeit um Elena, wie auf einer Bühne, wo alle Darsteller gleichzeitig auftreten und reden.

Nur die ersten zwei Stunden des Vormittags verliefen ruhig. Michele Belcore hatte sich in der Schule nicht blicken lassen, und Allegrezza, der Pedell, berichtete, er habe einen Jungen geschickt, um sich zu entschuldigen. Auch Allegrezza nahm seit einiger Zeit eine merkwürdig komplizenhafte Haltung ein, wenn er sie sah, sprach mit beflissener Stimme und drehte die Mütze in den Händen.

»Herr Lehrer Belcore hat 39 Fieber!«

›Ach ja, Fieber?‹ dachte Elena hämisch. ›Er liegt in seinem Bett und schläft, weil er fertig ist. Geschieht ihm recht!‹

Die Groteske begann, als die Glocke zur großen Pause schrillte. Die Kinder waren kaum hinausgelaufen, und Elena saß alleine im Klassenzimmer, um zu lesen, als es klopfte und Rektor Battaglia in schiefer Haltung seinen Kopf durch die Tür streckte. Langsam und fast gleitend erschien auch der Rest seines Körpers in der Türöffnung. Er säuselte:

»Ich möchte keinesfalls stören …«

»Aber bitte, Herr Direktor …«

»Signorina Vizzini, ich befinde mich in der großen Verlegenheit, Ihnen einen Gedankengang darzulegen, und nur der tiefe Respekt und die hohe Wertschätzung, die ich für Ihre Person empfinde, gestatten es mir, offen mit Ihnen zu sprechen.«

›Da bin ich aber gespannt, wo das hinführt …‹, dachte Elena, setzte ein freundliches Lächeln auf und ermunterte ihn zum Weiterreden. Rektor Battaglia wippte auf den Zehen, hob den Daumen und erklärte mit stolzer Miene:

»Wie Sie wissen … habe ich den Doktor der Literatur und der Philosophie mit der Höchstnote …«

Neben dem Daumen schnellte der Zeigefinger vor.

»Neunundzwanzig Jahre im Schuldienst mit allen Auszeichnungen …«

Ein Finger nach dem anderen schoß aus der Hand, während er seine Verdienste aufzählte, so daß er zum Schluß mit gespreizten Händen dastand, die in der Luft vibrierten.

»Unteroffizier der Infanteriedivision Neapel, drei Jahre Kriegsdienst mit Tapferkeits- und Verwundetenabzeichen. Zehnter Platz im Studienleiterwettbewerb Zentrum-Süd. Acht Jahre in der momentanen Position … Acht Jahre, wenn Sie gestatten, die ich dieser Schule mit Liebe und Hingabe gedient habe …«

Er hob die eine Hand wie zum Schwur und wirkte ehrlich erschüttert, sogar seine Augenlider bebten.

»Die besten Jahre des Lebens, verstehen Sie, Signorina: die besten Jahre des Lebens der Schule und der Pflicht geopfert … Generationen von Lehrern erzogen … Niemals ein Vergnügen, ins Kino oder ins Theater … Nur dreimal in acht Jahren gefehlt … Und dennoch, Signorina, Sie werden es nicht glauben …«

Er gab einen kleinen höhnischen Lacher von sich, der in Jammern überging, und sah sie durchdringend an, um die Dramatik der bevorstehenden Enthüllung zu unterstreichen.

»Seit drei Jahren beantrage ich meine Versetzung nach Palermo, zehn Eingaben an das Schulamt, drei Petitionen an den Minister, Tage des entwürdigenden Wartens in Vorzimmern, und seit drei Jahren werden meine Rechte schmählich mißachtet …«

Die Rührung paarte sich mit Verachtung.

»Ein Gelehrter wie ich, Kriegsteilnehmer und Familienvater, mißachtet und beleidigt …«

Sein Tonfall glitt ins Erbärmliche ab.

»Urteilen Sie selbst, Signorina Vizzini: Ich leide an Diabetes, zwei meiner Söhne studieren in Palermo, meine Frau leidet unter fiebrigem Rheuma und Asthma, und ich selbst habe eine halbseitige Gesichtslähmung. Sehen Sie? Auge, Lippe, Ohr und die Gesichtshälfte gelähmt …«

›Tatsächlich‹, dachte Elena, ›das ist der Grund, warum er aussieht wie eine beleidigte Leberwurst. Der Ärmste!‹

Sie wußte nicht, was sie antworten sollte, und sagte schlicht:

»Ich verstehe.«

Rektor Battaglia machte einen Katzbuckel und gab sich bescheiden.

»Verehrte Signorina ... Ich erbitte nichts und sage kein Wort mehr ... Es ist nicht an mir, Ihnen zu sagen, was zu sagen wäre, wenn sich die Gelegenheit ergibt, ein Wort für Amedeo Battaglia einzulegen. Sie wissen es besser als ich ... Sie werden stets auf meinen Respekt und meine Ehrerbietung zählen können, wie Sie wissen ...«

Er verbeugte sich zweimal, bevor Elena etwas antworten konnte, und zog sich mit kleinen, raschen Schritten zur Tür zurück.

»Allein die tiefe Hochachtung für Ihre Person verbietet es mir, beschämt zu sein.«

Elena war perplex. Er schien ihren verblüfften Gesichtsausdruck mit wohlwollender Anteilnahme für sein Schicksal zu verwechseln, denn er säuselte melodramatisch:

»Danke, danke ...«

Elena begriff gar nichts und alles.

›Er scheint allen Ernstes davon überzeugt zu sein, daß ich dem Schulamt Anordnungen geben könnte. Ich rufe an und sage: »Der Cavaliere Amedeo Battaglia ist sofort zu versetzen!« Was zum Teufel denkt sich dieser Schwachkopf?‹

Die Schüler kamen lärmend in die Klasse zurück. Elena klopfte zweimal auf das Pult, und sofort wurde es still wie auf dem Friedhof. ›Sehr schön‹, dachte sie, ›ihr fangt an zu gehorchen. In ein paar Wochen mache ich aus euch Galgenvögeln anständige Menschen!‹

Sie nahm Geographie durch und diktierte die Hausaufgaben. »Beschreibt eure Familie.« Gegen zwölf verließ sie die Schule, trank in der Bar einen Kaffee, da sie noch keinen Hunger hatte, ging langsam Richtung Corso und erwiderte einige Dutzend Grüße. Sie beschloß, zur Siedlung Fiumara zu gehen und den kleinen Calafiore Sebastiano zu besuchen, der seit drei Tagen krank war.

Den Hang erreichte sie gemeinsam mit einigen Dutzend Schulkindern. Am Fuß der Treppe, die vom Ort herabführte, schwärmten sie aus, liefen an den stinkenden Kloaken entlang und hüpften schwätzend und rufend die Trampelpfade zwischen den Hütten und den Abfallhaufen hinunter. Wie eine leichte Welle, die von einem Ufer ans andere schwappte. Hunde sprangen scharenweise von den Müllbergen und verschwanden in einer großen Staubwolke.

Ein paar Kinder kamen neugierig näher, die Frauen vor den Häusern, die Elena erkannten, grüßten, und in kurzer Zeit sammelte sich um sie eine kleine Menschenmenge und folgte ihr durch die Gassen.

Vor dem Haus der Familie Calafiore saß nur ein Kind auf den Stufen, das sofort verschwand. Nach einigen Sekunden kam die Mutter mit dem Säugling heraus, gefolgt von der Alten.

»Frau Lehrerin, Frau Lehrerin …«

»Ich komme, um zu hören, wie es Sebastiano geht.«

»Armer Junge, das wird ihn freuen …«

Sie begann sofort wieder zu weinen und wiegte den Kopf, zum Zeichen ihrer Verzweiflung. Elena fragte besorgt:

»Kann ich ihn sehen?«

Die Mutter, die Alte und das Kind betraten die Hütte, Elena blieb mit ihrem kleinen Gefolge am Eingang. Sebastiano lag mit dem Vater im Bett, und nur ihre Köpfe schauten unter der Zudecke hervor. Sein Gesicht war bleich wie Wachs, die Augenhöhlen eingefallen. Der Vater hatte einen grauen Bart und trug eine alte Wollmütze, die bis über die Ohren ging. Ängstlich sahen sie die vielen Menschen, die plötzlich an ihrer Tür standen. Der Vater richtete sich etwas auf, und das Kind lächelte zaghaft, als es Elena sah. Die Mutter weinte, redete und lachte.

»Sebastiano, mein Junge, hast du gesehen? Die Frau Lehrerin ist da. Es tut ihr so leid um dich. Die Ärmste. Alle deine Schulkameraden denken an dich …«

Elena trat etwas vor und beugte sich zu dem Jungen hinunter.

»Wie geht es dir, Sebastiano?«

»Gut, Signorina. Das Fieber ist schon besser.«

Die Alte gestikulierte aufgeregt, und ihre Stimme war weinerlich.

»Phantasiert hat er, 40 Fieber hat er gehabt.«

Auch eines der Kinder setzte sich jetzt aufs Bett, aber die Mutter zog es fort.

»Entschuldigen Sie die schreckliche Unordnung hier, Frau Lehrerin ...«

Sie deckte ihren Sohn wieder zu und strich ihm das Haar nach hinten, so daß sein Gesichtchen noch hinfälliger und magerer wirkte.

»Er hatte glasige Augen, wie er heimkam, war ganz heiß vor Fieber, klapperte mit den Zähnen und fing gleich zu phantasieren an ... Nächsten Morgen der Arzt meinte, es wäre Lungenentzündung. Drei Tage Angst, immer zitterte er vor Kälte und redete irre und rief um Hilfe ... Nachts haben wir ihn zwischen uns gelegt, mein Mann und ich, um ihn zu wärmen ...«

Sie begann wieder zu weinen. Der kleine Sebastiano erschrak auf seinem Kissen, als er die entsetzlichen Dinge hörte, die er durchgemacht hatte und an die er sich nicht einmal erinnerte. Der Vater blickte schmerzlich unter seiner komischen Kopfbedeckung hervor und sagte:

»Erst geht das Dach kaputt, und dann kommt der Regen!«

Elena lächelte und versuchte ihn zu trösten.

»Geduld, Signor Calafiore! Und wie geht es Ihnen? Haben Sie immer noch Fieber?«

»Nein, aber ich bin noch schwach ... Und selbst wenn ich aufstehen könnte, wo soll ich hin? Wenn die Sonne ein bißchen scheint, setze ich mich vor die Tür und rauche eine Zigarette.«

Die Frau blickte mitleidvoll, während er sprach.

»Immer krank, schauen Sie, wie er zugerichtet ist!«

Der Mann bemitleidete sich nun auch selber und kroch wieder unter die Bettdecke.

»Aber ich kann nicht lange sitzen, immer dreht sich alles im Kopf, deshalb bleibe ich lieber im Bett. Solange Sebastiano krank ist, leiste ich ihm Gesellschaft.«

Der graue Bart und die tiefliegenden Augen ließen ihn älter und kränker erscheinen, vor allem aber schmutzig. Alles im Zimmer sah schmutzig aus: das Bett, die Kissen, Sebastianos bleiches Gesicht, die

Bettdecken und das Geschirr auf dem Tisch. Alle Gegenstände verströmten einen schwer erträglichen Geruch, der vor allem von diesem Bett ausging. Trotzdem kniete Elena sich hin, legte dem Jungen die Hand auf die Wange und sagte mit leiser Stimme:

»Deine Schulkameraden warten auf dich, aber laß dir Zeit. Erst mußt du gesund werden.«

Sie fühlte, wie sein Gesicht zitterte, lächelte ihn an und verabschiedete sich mit einem Winken.

»Wenn Sie etwas brauchen, geben Sie mir Bescheid.«

Der Vater stützte sich auf den Ellenbogen und zog die Wollmütze ab: »Küß die Hand, Signorina!«

Die Leute an der Tür wichen beiseite, um sie vorbeizulassen. Sebastianos Mutter begleitete sie bis an die Ecke der Gasse und sprach dabei ohne Unterbrechung in ihrem weinerlichen Tonfall.

»Ein Glück, daß wir jetzt wenigstens die Armenhilfe haben ... Aber wenn der Mann stirbt, was machen wir dann? Auch die Arznei kriegen wir umsonst von der Gemeinde, armer Sebastiano, ich habe ihn schon sterben sehn, er kriegte kaum noch Luft ...«

Aus den Gassen kamen einige Frauen gelaufen, umringten Elena, drängelten, redeten durcheinander und wollten ihre Geschichte erzählen. Die eine hatte den Mann in Venezuela und seit zwei Jahren keine Lira mehr von ihm bekommen, andere wollten Arznei von der Gemeinde, einen Krankenhausplatz oder Armenhilfe. Fast alle aber wollten eine Gemeindewohnung.

Eine große, hagere Frau mit angemalten Lippen und schwarzem, krausem Haar, das wie ein Ballon aufgetürmt war, drängelte sich durch und rief:

»Vierzig Gemeindewohnungen haben sie gebaut, aber ohne Türen und Fenster, nicht einmal Strom und Wasser haben sie reingelegt, nur damit wir nicht einziehen können ... Sie behandeln uns wie die Tiere ...«

Eine andere schrie:

»Wie der Minister hier war, hat er gesagt: Binnen drei Monaten bekommt jede Familie eine anständige Wohnung ...! Seitdem haben wir nie wieder etwas von ihm gehört!«

Fäuste wurden in die Höhe gereckt, und aus dem Gedränge tauchte wieder das hochrote Gesicht der Frau mit dem Kraushaar auf:

»Wissen Sie, warum die Wohnungen nicht übergeben werden? Erst warten sie die Wahlen ab, und dann kriegen nur die eine Wohnung, die für sie gestimmt haben!«

Ein ungeheurer Aufstand brach los. Elena wollte etwas sagen, aber niemand hörte zu. Sie wurde hin und her gestoßen. Schließlich brachte jemand einen Stuhl, Elena stieg darauf und rief:

»Ich werde mit dem Bürgermeister reden. Wer ein Recht darauf hat, kriegt eine Gemeindewohnung ...«

Sie schrien, klatschten in die Hände und rissen Elena fast zu Boden. In einer Staubwolke wurde sie von der Menge der Frauen und Kinder nach oben begleitet.

Gegen vier Uhr am Nachmittag stand ein Stadtpolizist vor Elenas Haus und bat sie, unverzüglich ins Rathaus zu kommen, wo eine Bürgerversammlung stattfinden sollte. Er machte ein besorgtes Gesicht, als stünde ein dramatisches Ereignis bevor.

»Sie sind alle da ... Der halbe Ort!«

Elena glaubte, es handele sich um eine Einladung zu einer offiziellen Feierstunde oder um einen Protest gegen diesen Obersten der Carabinieri, der die Ehrenmänner des Ortes beleidigt hatte ... aber warum hatte der Polizist einen so gefühlvollen Tonfall? Als Elena sich eine Viertelstunde später im Rathaus einfand, rannte ihr der Kommandant der Stadtpolizei entgegen und begleitete sie zum Sitzungssaal.

Das Stimmengewirr einer größeren Versammlung schlug ihr entgegen, als die Tür geöffnet wurde. Es wurde still, alle standen auf und rückten zusammen, wie zu einem Gruppenfoto. Es waren fast alle Leute anwesend, die Elena bereits kannte: Bürgermeister Liolà, Doktor Sanguedolce, der Kanonikus Leone, Rektor Battaglia, die Stadträte Crucillà und Tuttobene (der mit dem großen Pferdegesicht), außerdem an die fünfzig Stadtverordnete, Beamte, Landwirte, Lehrer und Selbständige. Auch der Journalist Agostino Profumo war da.

Elena nickte zurückhaltend.

»Guten Abend«, sagte sie.

Alle spendeten Beifall, und der Bürgermeister kam ihr entgegen. Elena wurde rot, lächelte verlegen und ging mit ihm durch ein Spalier klatschender Hände bis zum Präsidiumstisch. Der Bürgermeister ließ sie zu seiner Rechten Platz nehmen, und alle setzten sich, nur er stand sofort wieder auf, knöpfte sich hastig die Jacke zu, schaute in die Runde und begrüßte alle Anwesenden mit kleinen Kopfbewegungen. Elena begriff immer noch nicht, um was es ging. Er strich sich mit der Hand durchs Haar.

»Liebe Freunde, ich darf euch zunächst einmal im Namen des von mir vertretenen Gemeinwesens und in meinem eigenen Namen herzlich begrüßen. Wir haben uns hier in diesem ehrwürdigen Sitzungssaal versammelt, um eine Entscheidung zu treffen, die nach Jahrzehnten der Rückständigkeit das Gesicht dieses Ortes verändern wird.«

Er war sichtlich bewegt und machte eine Pause.

»Ein Ort, der auf Jahrhunderte einer tragischen und ruhmvollen Geschichte zurückblickt, den wir mit aller Ergebenheit lieben, gerade wegen der schweren Ungerechtigkeiten, die er erleiden mußte.«

Elena begriff immer noch nichts, ließ sich jedoch nichts anmerken. Sie saß zwischen Sanguedolce und Liolà und bemühte sich um angemessene Haltung und aufmerksamen Gesichtsausdruck. Der Bürgermeister schaute zu ihr herab, sie lächelte zustimmend, er fuhr fort:

»Wir haben deshalb beschlossen, ein Bürgerkomitee einzurichten, das die schwerwiegendsten Probleme feststellen und Lösungsvorschläge entwickeln soll. Ein Komitee, das die wichtigsten Persönlichkeiten des Ortes vereinen wird, um den unbeugsamen politischen Willen der Bürgerschaft zum Ausdruck zu bringen.«

Er hob eine dicke Akte hoch, die er vor sich liegen hatte.

»Dies ist die Chronik unseres Dramas, eine Aufstellung der Maßnahmen, um deren Realisierung wir die Regierenden ersucht haben, der Eingaben, Ratsbeschlüsse … Jedes dieser Dokumente ist eine betrogene Hoffnung der Einwohnerschaft.«

Er ließ die Akte auf den Tisch zurückfallen, und eine kleine Staubwolke stieg auf.

»Dies ist das Zeugnis einer hundertjährigen Vernachlässigung, meine Freunde, über den Faschismus bis hin zur Demokratie. Erlaubt mir, liebe Mitbürger, diesen bitteren Vergleich ... Faschismus und Demokratie haben die gleiche finstere Gleichgültigkeit gegenüber unseren uralten Problemen bewiesen!«

Aus dem Hintergrund bellte die Stimme des Stadtrats Crucillà:

»Wir haben nie politisches Gewicht gehabt!«

Andere sprangen auf und reckten die Fäuste.

»Man hat uns ausgeraubt und beleidigt!«

»Die Steuern durften wir bezahlen, sonst nichts!«

»Wir sind selber schuld, weil wir uns nicht gewehrt haben!«

»Jetzt haben wir genug!«

Applaus kam auf, der sofort wieder verstummte, als der Bürgermeister mit drohender Stimme rief:

»Das soll ab heute unser Schlachtruf sein: ›Wir haben genug!‹ In Zukunft zählen nur noch die Fakten, die Maßnahmen, die wir seit Jahren fordern und die für unser Leben unverzichtbar sind. Erlaubt mir, die wichtigsten zu erwähnen: die große Genossenschaftsstraße in die Berge oberhalb der Stadt ...«

Allgemeine Zustimmung.

»Die Kanalisation für die Abwässer, die talwärts versickern ... Liebe Freunde, die Menschen, die dort wohnen, leben wie die Tiere!«

Er fuhr sich wieder mit der Hand durchs Haar, und Elena hatte den Eindruck, seine Stimme zitterte vor Mitgefühl.

»Die Wasserleitung, um den ganzen Ort mit Wasser zu versorgen ... Die Schulklinik für die kranken Kinder ... Mitbürger, es ist mir ein Bedürfnis, an den traurigen Zustand vieler Gassen zu erinnern, die vielen Kinder, die unter Kinderlähmung leiden, unter Behinderungen infolge von Hirnhautentzündung und unter unheilbaren körperlichen und geistigen Schäden.«

Die Rührung überwältigte ihn, und seine Stimme überschlug sich.

»Meine Freunde, wie kann eine öffentliche Instanz diese schrecklichen Tragödien, diese Beleidigung und diese Kränkung der Menschenwürde ignorieren?«

Er wurde von brausendem Beifall unterbrochen. Alle schienen überwältigt zu sein und klatschten begeistert. Auch Elena applaudierte. Der Bürgermeister dankte ihr mit einem kleinen Lächeln und hielt seinen Kopf eine Weile gesenkt. Dann legte er die Hand wieder auf die Akte.

»Alle unsere Probleme stehen in diesen Unterlagen; unsere Eingaben und sorgfältig ausgearbeiteten Projekte. Nichts fehlt. Der Komplex der neuen Grundschule ...«

Man hörte die Stimme des Rektors, der eine zackige Handbewegung vollführte:

»Bravo!«

»... die Feldwege, die fünf neuen Brunnen, die Straßenbaumaßnahmen, der Sportplatz, ein kleines Museum zur Pflege unseres historischen Erbes ...«

Stadtrat Crucillà ergänzte:

»Der öffentliche Park in der Siedlung Fiumara ...«

»Auch das, ja auch das ... Wir stellen uns vor, daß an der Stelle dieses elenden Stadtviertels, das eine Schande ist, eines Tages ein herrlicher Garten mit üppiger Vegetation entstehen könnte, wie ein großer blühender Balkon über dem Tal ... Alle diese Projekte, die ich erwähnt habe, sind den Regierungsbehörden übergeben worden und bilden gemeinsam eine Gesetzesvorlage, durch die unser Ort zu neuem Leben erwachen wird.«

Seine Stimme bebte vor Begeisterung.

»Das ist ab heute unsere Aufgabe: Dieses Gesetz muß endlich angenommen werden! Sechs Jahre ist es nun her, daß es im Parlament eingebracht wurde!«

Er breitete die Arme aus und rief:

»Und seit sechs Jahren, seit sechs Jahren warten wir ... Seit sechs Jahren wird uns das Recht auf Leben verweigert!«

Alle erhoben sich und applaudierten. Elena drückte die Hand des Bürgermeisters und suchte nach Worten.

»Bravo! Ich gratuliere. Was Sie gesagt haben, ist wirklich ...«

Sofort brach der Beifall ab, und Elena spürte, wie ihr die Stimme versagte, da alle sie anstarrten. Der Bürgermeister ordnete hastig sein Jackett und verbeugte sich.

»Diese Gemeinde, die zu repräsentieren ich die Ehre habe, hat mich beauftragt, Sie um Ihre Mitarbeit zu bitten …«

Er unterbrach sich und suchte nach einem Satz, den er sich zurechtgelegt hatte. Elena dachte:

›Was soll das, was zum Teufel redet er da?‹

Er fuhr fort:

»Ihre Bildung, Signorina Vizzini, Ihr tiefer Sinn für Gerechtigkeit, Ihr unmißverständliches und bewegendes Mitgefühl für die Kinder und die Entrechteten haben uns einmütig dazu veranlaßt, in Ihrer Person die geeignete Vorsitzende dieses Komitees zu erblicken.«

Elena hörte mit einfältigem Lächeln zu. Sie brachte keinen Gedanken zustande und sah in das große, lächelnde Gesicht des atemlosen Bürgermeisters, dessen Absichten sie nur aus den auf sie gerichteten Augen erahnte, ohne den Sinn seiner Worte zu begreifen. Plötzlich aber wurden ihre Gedanken klar, und sie hatte das Gefühl, als hätten die Dinge sich bis jetzt hinter einer beschlagenen Fensterscheibe ereignet. So als hätte jemand die Scheibe gewischt, sah sie die Ereignisse auf einmal übersichtlich geordnet vor sich: der Richter, der sie höflich fragte, ob sie einen Kaffee wünsche, die Unterwürfigkeit der Leute, die sie auf der Straße grüßten, Micheles ängstliche Augen, Rektor Battaglia, der sie um seine Versetzung bat, und der Beifall, als sie hereingekommen war. In ihrem Kopf formte sich ein Gedanke, so klar, als hätte man ihn aufgeschrieben:

›Sie sind wirklich überzeugt, ich hätte die drei Männer umbringen lassen … Es ist Wahnsinn, was hier stattfindet … Sie denken tatsächlich, ich hätte eine derartige Macht!‹

Der Bürgermeister redete immer noch.

»Die hier versammelten Bürger, die die moralische Initiative des Komitees übernommen haben, setzen ihr ganzes Vertrauen und ihre Hoffnung in Ihre Person …«

Aus Elenas Hals kam ein dünnes, spöttisches Stimmchen:

»Danke, Herr Bürgermeister, das ist eine große Ehre für mich … Ich weiß wirklich nicht …«

Wieder wußte sie nicht weiter, und wieder kam Beifall auf. Sie breitete die Arme aus, alle sprangen auf und stürmten auf sie zu: alte Bauern, die sie nie zuvor gesehen hatte, der Journalist Profumo mit seinen rollenden Äugelchen, Doktor Sanguedolce, der überglücklich wirkte, mindestens zwanzig Lehrer aus ihrer Schule ... Die Begeisterung war so echt, daß Elena selber angesteckt wurde. Nur Belcore schien nicht dazusein. Sie dachte böse:

›Diesem Scheißkerl ist alles völlig gleichgültig. Wahrscheinlich ist er noch immer kaputt von heute nacht, liegt im Bett und streckt den Bauch in die Luft.‹

Es war schon acht, als die Versammlung das Rathaus verließ und mit lautem Geschrei und Abschiedsrufen über den Corso und die Piazza schwärmte. Alle schienen begeistert zu sein. Es war kalt und windig. Elena lehnte es ab, sich nach Hause begleiten zu lassen, und lief zur Einmündung der Gasse, die zu ihrer Wohnung führte. Sie war noch ganz erregt und spürte so etwas wie Freude in sich.

›Was für eine verrückte Geschichte‹, dachte sie. ›Als ich den Namen Montenero Valdemone zum ersten Mal hörte, glaubte ich, es wäre eine Geisterstadt, womöglich unter der Erde, und jetzt schau einmal an, was hier los ist ... Leute werden umgebracht, und keiner weiß, warum, ich verliebe mich in einen Mann, der im Bett unersättlich ist, und jetzt findet auch noch eine Revolution statt. Ich habe mich noch nie so lebendig gefühlt.‹

Etwa zwanzig Meter vor der Haustür spürte Elena, wie ihre Beine plötzlich nachgaben, und stolperte fast. Das schwache Licht der einzigen Straßenlampe hob die Umrisse eines winzigen Mannes aus der Hausecke, in die er sich gedrückt hatte. Er rührte sich nicht und wirkte dadurch um so beängstigender; wie die kleinen Schlangen, die scheinbar tot am Weg liegen und deren einziges Lebenszeichen im Pulsschlag an der Unterseite des Kopfes besteht, das einem zeigt, daß sie leben und lauern.

Sie war blind vor Angst und stürzte sich doch auf den kleinen Mann, um ihn endlich aus der Nähe zu sehen. Der Schatten löste sich aus der Ecke und flüchtete. Elena blieb schwer atmend stehen, und auch der

Schatten verharrte reglos in etwa zehn Metern Entfernung. Der Mut, der so plötzlich aufgeflammt war, verließ sie, und sie rannte zu ihrer Haustür.

Sie warf sich gegen die Tür, verriegelte sie von innen, sprang die Außentreppe hinauf, verriegelte auch ihre Wohnung und biß sich in die Hand, um nicht zu schreien. Auf den Knien näherte sie sich vorsichtig dem Balkon und schaute auf die Straße: nichts! Angestrengt lauschte sie, aber nichts war zu hören, nur ihr Herz, das dumpf dröhnend schlug. Sie versuchte sich zu beruhigen, indem sie sich sagte, daß die Tür verriegelt sei und das Fenster zu hoch, um hineinzuklettern, und daß sie keine Angst zu haben brauchte. Sie brauchte absolut keine Angst zu haben.

Doch die Angst war stärker als jeder Gedanke. Vielleicht zum ersten Mal begriff sie, daß ein unbekanntes, wildes Etwas um sie herumschlich – eine finstere Gewalt, die überall war, um zu töten. Sie hatte gehofft, außerhalb dieses tragischen Spiels zu stehen und nur aus Versehen und weil das Unglück es wollte, damit in Berührung gekommen zu sein. Doch in diesem Augenblick kam es ihr so vor, als stünde sie selber unausweichlich im Mittelpunkt dieser mörderischen Sache. Dieser Sache: Sie wußte keinen Namen dafür …

Sie kniete hinter dem Geländer und schaute die Straße hinauf. Er würde zurückkehren, dessen war sie sicher. Dann hörte sie ihn. Erst ein undeutliches Geräusch, dann kaum wahrnehmbare Schritte, ein Körper, der an einer Wand entlangstrich. Der Schatten drückte sich in den Hauseingang gegenüber. Elena hatte den wahnwitzigen Wunsch, zu schreien oder um Hilfe zu rufen. Ein Gedanke durchfuhr sie wie ein Blitz:

›Wenn ich jetzt eine Waffe hätte, könnte ich ihn umbringen!‹

Nach einigen Sekunden löste der Schatten sich aus der Dunkelheit und trat auf die Straße. Elena konnte ihn jetzt deutlich erkennen: ein kleinwüchsiger Mann, der sein Gesicht hinter einem Schal verbarg. Er blieb in der Mitte der gepflasterten Gasse stehen, schaute zu ihr herauf und grüßte sie mit einer merkwürdigen Geste. Mit einer abrupten Bewegung verschwand er, und man hörte nichts mehr. Elena kauerte am Balkon und dachte:

›Gleich kommt Michele. Gleich kommt Michele …‹

Sie konnte keinen anderen Gedanken fassen und hatte nur diesen Wunsch.

»Michele wird bei mir schlafen, ich verkrieche mich unter ihm und fühle mich sicher. Michele muß jede Nacht bei mir schlafen … Ich liebe dich, Michele, ich liebe dich, ich liebe dich …«

Sie ließ das Licht aus, wickelte sich in eine Decke und kehrte ans Fenster zurück. Sie wartete bis ein Uhr in der Nacht. Dann schleppte sie sich mit ihrer Decke aufs Bett und schlief voller Haß auf ihn ein.

Michele erschien erst am nächsten Vormittag in der großen Pause und erklärte, daß seine Mutter einen Herzanfall gehabt habe. Er habe sie letzte Nacht nicht alleine lassen können, da es ihr sehr schlecht gegangen sei. Elena blieb zunächst einsilbig, wurde aber nachgiebiger, als sie merkte, daß Michele wirklich in Sorge zu sein schien und gerötete Augen hatte, so als habe er geweint. Sie fuhr ihm durch das dichte, unordentliche Haar und küßte ihn sanft auf den Mund. Er lächelte gequält.

»Gib acht, wenn jemand reinkommt ...«

»Laß ihn reinkommen!«

Sie nahm ihm die Brille ab, packte seinen Kopf, gab ihm einen tiefen Kuß und preßte sich an ihn. Michele schnappte nach Luft, als sie ihn losließ, und lächelte verlegen.

»Also, dann kannst du heute nacht auch nicht kommen?«

»Ich weiß nicht ... vielleicht! Warte auf mich!«

Kurz nach Mittag fand im Rathaus die erste Zusammenkunft des Komitees statt. Über zweihundert Leute waren gekommen und diskutierten leidenschaftlich. Alle Projekte, die in dem Sondergesetz zusammengefaßt waren, Straßen, sozialer Wohnungsbau, Wasserleitung, Kanalisierung, Schule, Klinik, wurden abgetrennt und mit den Fachgutachten und der Korrespondenz auf gesonderte Akten verteilt. Gegen Ende der Versammlung, als über die Tagesordnung abgestimmt wurde, gab es einen grotesken Zwischenfall. Die Tür sprang auf, und gefolgt von zwei Stadtpolizisten, die ihn zurückzuhalten versuchten, erschien Professor Spadafora und schrie:

»Schon wieder eine Verschwörung! Noch eine Verschwörung, um das Volk zu täuschen!! Warum verteilt ihr kein Land an die Bauern?«

Die Polizisten versuchten, ihn vorsichtig abzudrängen, aber der Professor riß sich los, kam näher und warf einige Stühle um. Er lachte höhnisch, schrie dann wieder und deutete mit dem Finger auf diesen und jenen.

»Was wird hier wieder für ein dunkle Geschichte ausgeheckt?! Treten Sie vor, Herr Bürgermeister, wenn Sie den Mut dazu haben. Ein neuerlicher Betrug!«

Er warf weitere Stühle um, konnte den Polizisten zweimal entwischen, stolperte und wurde von ihnen aufgehoben. Einige lachten, Doktor Sanguedolce klatschte in die Hände, als amüsierte er sich großartig, andere riefen:

»Schafft ihn raus, diesen Komiker … Aber paßt auf, er beißt!«

Schließlich hielten sie ihn an der Jacke fest. Jemand hob seine Brille auf, und er ließ sich von den Polizisten ohne Widerstand hinausführen. Sein Jackett war verrutscht und das Haar zerzaust. Er grinste höhnisch und rief mit lauter Stimme:

»Dreitausend Einwohner zur Auswanderung gezwungen! Zweihundert Kinder an Typhus gestorben, siebzig an Hirnhautentzündung … siebzig Prozent Analphabeten …«

Beim Hinausgehen drehte er sich noch einmal um und wandte sich an Elena:

»Kompliment, Frau Lehrerin! Gut gemacht!«

Die Tür wurde abgeschlossen, und der Bürgermeister verlas die Tagesordnung, die durch Akklamation angenommen wurde. Man beschloß, eine Delegation unter Führung von Stadtrat Tuttobene nach Palermo zu entsenden und Staatssekretär Cataudella zu einer Bürgerversammlung einzuladen, an der die Vertreter aller Bürgergruppen, einschließlich der Tagelöhner, Arbeiter und Bauern sowie der Frauen einiger Arbeitsemigranten, teilnehmen sollten, um auch dem Volk Gelegenheit zu geben, zu erfahren, was vorging, und sich zu Wort zu melden. Die Debatte darüber war laut und erregt.

»Seit zehn Jahren wählen wir Cataudella!«

»Jedesmal fünftausend Erststimmen hier im Ort!«

»Diesmal geben wir alle leere Stimmzettel ab!«

»Es muß Schluß sein mit dem Betrug!«

Der Bürgermeister beendete die Aussprache mit dem Aufschrei:

»Wir lassen uns von niemand mehr hinters Licht führen! Von niemand ...!«

Seine Stimme war heiser und sein Gesicht bleich vor Erregung. Der Schlußbeifall war berauschend. Hände wurden hochgereckt, und alle schrien durcheinander. Am aufgeregtesten wirkte der kleine Stadtrat Crucillà. Doktor Sanguedolce lachte glücklich und schwenkte den Hut. Inmitten der Menge standen auch einige Arbeiter oder Arbeitslose. Alle waren verwirrt – Bauern und Handlanger, Freiberufler und Stadträte –, und viele versuchten, Elena die Hand zu drücken.

Zum zweiten Mal fühlte sie sich von der Begeisterung mitgerissen. Sie dachte plötzlich an den kleinen Sebastiano Calafiore in seiner elenden Hütte, den Vater, der reglos in seinem Bett lag, als wäre er bereits gestorben, die ständig weinende Mutter, die das Kind an ihrer Brust tätschelte, und den unerträglichen Gestank in diesem Zimmer. Die wütenden Gesichter der Frauen fielen ihr ein, die sie auf den Gassen der Siedlung Fiumara umringt hatten, und sie überlegte sich, daß vielleicht alles damit angefangen hatte, daß sie dort hingegangen war.

Man hatte, ohne abzustimmen, auch beschlossen, unter den armen Familien des Ortes zwanzig Gemeindewohnungen auszulosen, die vor sechs Jahren erbaut worden waren und noch keine Türen und Fenster und keine Wasser- und Kanalanschlüsse hatten, weil es keine Leitungen gab. Selbst dieser Beschluß, der in weniger als einer Minute gefaßt wurde, löste Beifall aus.

Am frühen Nachmittag besuchte Elena Rechtsanwalt Bellocampo zum dritten Mal. Es sollte nur ein Ausflug werden und wurde ein erschütterndes Erlebnis. Er wollte ihr seinen Landbesitz zeigen. Sie bestiegen einen alten »Millecento«, der vor dem Eingang wartete und von einem Mann gesteuert wurde, den er Nuccio nannte: ein hagerer, kräftiger Mann mit einem kleinen Kopf, grauem Haar und starrem Gesicht. Als sie einstiegen, sagte Elena zum Spaß:

»Ich dachte, Sie hätten ein großes, elegantes Auto ... Mindestens einen Benz ...«

Bellocampo lachte.

»Ich hätte gerne ein großes, schwarzes, pompöses Auto, aber meine Familie ist arm geworden.«

Elena sah ihn zum ersten Mal bei natürlichem Licht. Er wirkte älter, und das Gesicht war fast so weiß wie die Haare. Man sah auch, daß sein Anzug an den Rändern schon etwas abgewetzt war. Der Alte saß aufrecht neben ihr auf dem Rücksitz und lächelte, seine Haare flatterten im Wind.

Sie verließen den Ort und bogen um die letzte Kehre am Berg, inmitten von Olivenhainen. Die Straße wurde schmaler und steiniger, und man sah nur noch vereinzelte Häuser. Eben angekommen, befanden sie sich am Rande einer wüsten Ebene, unbewohnt und unbewachsen. Der Alte deutete mit einer knappen Geste auf das Land.

»Schauen Sie, das gehört meiner Familie. Nur Steine!«

»Gehört Ihnen die ganze Hochebene?«

»Natürlich nicht. Sie ist riesig! Es gibt mindestens zwanzig Grundeigentümer. Den Bellocampo gehören nur zwanzig Hektar. Wüste in der Wüste ...«

»Warum bauen Sie nichts an? Was weiß ich ... Getreide oder Hülsenfrüchte, Gerste ...«

Der Alte lächelte nachsichtig.

»Auf Steinen kann man kein Getreide anbauen! Da wächst nichts ...«

»Dann machen Sie einen Wald daraus. Pflanzen Sie Bäume an ...«

»Man hat es versucht! Jahrhundertelang, immer wieder. Der Wind im Winter ist so stark, daß er die Wurzeln lockert und sie eingehen.«

»Dann als Weideland ...«

»Die Weidewirtschaft muß man verstehen. In dieser Gegend gibt es schon lange keine Schafhaltung mehr.«

»Warum sagen Sie dann: ›Dieses Land gehört mir‹?«

»Weil man das Land nicht aufgibt.«

»Auch wenn es nichts wert ist?«

»Ich stehe mit beiden Beinen darauf und sage: ›Dieses Land gehört mir.‹«

»Nutzt das was?«

»Es nutzt, es nutzt!«

Er seufzte leicht. Elena kannte Bellocampo inzwischen und wußte: Darüber würde er nicht reden. Deshalb fragte sie nur noch:

»Und wie heißt diese Hochebene?«

»Primosole! Es ist die Stelle, die als erste von der Morgenröte berührt wird.«

»Ein poetischer Name. Wenigstens etwas ...«

Die Hochebene nahm kein Ende. Eine Wüste ohne ein Haus oder eine Spur von Leben. Nur die großen Schatten der Wolken, die über die Öde wanderten. Endlich senkte die Straße sich und schien in eine Schlucht zu münden. Sie bogen um eine Kurve, und das Panorama änderte sich schlagartig: ein wildes Tal, Olivenhaine, über denen bedrohliche Felsvorsprünge hingen, und eine urwüchsige Vegetation auf den Abhängen. Das Tal weitete sich immer mehr zu einer großen Olivenplantage.

Sie fuhren durch einen Torbogen, und Bellocampo deutete auf ein graues Bauwerk, das in einer hohen Felsnische stand. Der quadratische Unterbau wurde von fensterlosen Mauern gebildet, darüber eine große Terrasse, über der sich ein Wohnhaus mit einem plumpen steinernen Turm erhob. Das Gebäude sah aus, als hätte man es gegen Erdbeben und Überfälle errichtet. In der Mitte befand sich eine steile Außentreppe, und neben den Balkonen sah man die rechtwinkligen Schießscharten.

Aus einem flachen, ebenfalls grauen Gebäude mit grünen Dachziegeln, das hundert Meter weiter lag, kamen einige Bauern angelaufen. Sie freuten sich offensichtlich, den Rechtsanwalt zu sehen, drückten ihm nacheinander die Hand und redeten ihn mit Namen an. Nach ihnen kamen die Frauen, von denen zwei schwanger waren, und ein paar Kinder. Ein Junge sah aus wie ein kleiner Stier, hatte ein rotes Gesicht, pechschwarze Augen und den Kopf voller Locken. Der Anwalt tippte ihm mit der Stockspitze auf den Bauch und fragte:

»Und wer bist du?«

»Lolicata Peppino!«

»Was machst du?«

»Ich hüte das Vieh!«

»Brav, Peppino!«

Während sie die Treppe hinaufgingen, sagte Bellocampo:

»Sie heißen alle Lolicata. Die Familie lebt seit siebzig Jahren hier …«

»Gehen sie nie in die Stadt?«

»Warum sollten sie?«

»Die Kinder müssen zur Schule …«

Der Alte antwortete nicht. Sie hatten die Terrasse erreicht. Er schloß einen Moment lang die Augen und sagte dann mit weiter Armbewegung:

»Da! Das ist mein Land! Zwanzig Hektar. Oliven und Ackerland, ein Wald aus Johannisbrotbäumen und hinter dem Bauernhaus an die hundert Rinder im Stall. In der Talmulde liegt eine Quelle. Da unten ist der Hausgarten.«

Er seufzte und lächelte melancholisch.

»Früher gehörte das ganze Tal, so weit das Auge reicht, meiner Familie. Aber die Bellocampo waren zu fruchtbar, mit jeder Generation wurde der Besitz aufgeteilt und ging verloren … Übrig geblieben ist nur das hier.«

Er befahl dem Mann, der Nuccio genannt wurde, die Kette zu lösen, die vor der Haustür hing. Er hatte bisher kein Wort gesagt und nur die Befehle des Anwalts ausgeführt. Elena dachte:

›Er ist eine Art Tier. Ich habe noch nie einen so schönen Mann gesehen. Ich glaube, er könnte eine Frau verrückt machen.‹

Tatsächlich wirkte dieser hagere, starke Mann wie eine Mischung aus einem Tier und einer Statue. Er mochte vierzig Jahre alt sein, hatte herrliche muskulöse Hände, und aus seinen Bewegungen sprach eine ursprüngliche Kraft. Dieser Eindruck wurde noch von seinen langsamen Bewegungen und dem kleinen Kopf mit der dichten, grauen Mähne unterstrichen. Es war unglaublich, wie devot und untertänig er sich gegen Bellocampo benahm. Elena fragte leise:

»Wer ist Nuccio?«

»Ein Bauer. Er stammt auch aus der Familie der Lolicata.«

Nur noch vier Räume des großen Hauses waren möbliert: die geräumige Küche mit Kamin und Oberlicht, zwei alte Kammern mit verstaubten Matratzen und ein Salon, der eine perfekte Kopie der Bibliothek in Bellocampos Stadthaus war, nur kleiner und fast leer – bis auf die Samtvorhänge an den Balkontüren, einen Diwan, den kleinen Tisch in der Mitte und ein altmodisches schwarzes Klavier. An der Wand zwei Gewehre und zwei gerahmte Fotografien. Die eine zeigte einen kahlköpfigen Priester, die andere einen jungen Mann in Marineuniform. Die Ähnlichkeit zwischen den beiden war verblüffend: das gleiche lange, sanfte Gesicht, die dunklen Augen, der breite, feingeschnittene Mund. Rechtsanwalt Bellocampo wies auf das Bild des Jünglings.

»Mein Sohn Giulio in seiner Zeit als Offiziersanwärter. Drei Monate später fiel er an Bord eines Unterseebootes …« Es geschah zum ersten Mal, daß der Alte von seinem einzigen, verstorbenen Sohn sprach, und doch klang seine Stimme heiter. Elena sagte lächelnd:

»Ein sehr schöner Junge …«

»Ja, er war sehr schön …«

Er betrachtete hingerissen das Foto und nickte ihm zu, wie zum Gruß. Dann wies er auf das Porträt des Priesters:

»Das war mein Onkel, Angelo Bellocampo, der Bruder meines Vaters. Er war ein ungewöhnlicher Geistlicher, Gräzist, Theologe, Archäologe … Ich war schon fast erwachsen, als er starb, und erinnere mich gut an ihn: groß und kahlköpfig, sehr bleich. Mit seiner wohltönenden Stimme brachte er die Leute zum Weinen, wenn er auf der Kanzel stand. Er ließ die Kirchen des Ortes restaurieren und kostbar ausschmücken, baute das Armenhospiz und das Waisenhaus. Das Volk verehrte ihn wegen seiner Klugheit und Barmherzigkeit. An der Universität Palermo hatte er einen Lehrstuhl für Lateinisch.«

Er nahm vorsichtig ihren Arm.

»Kommen Sie mit.«

Er zeigte ihr den Orangenhain, die Weiden, die Ställe und die Ölmühlen. Überall zerrten Hunde an ihren Ketten, bellten, wenn sie näher kamen, und wurden von den Bauersleuten durch Schimpfen und Stockschläge besänftigt. In der Meierei reichten die Frauen warmen Ricotta in großen Schalen, dazu hartes, dunkles Brot.

Später saßen sie auf der Terrasse und rauchten. Die Dämmerung schlich sich ganz langsam ins Tal, und die Farben wurden satter und tiefer. Bellocampo war in eine freundliche Melancholie verfallen. Plötzlich nahm er Elenas Hand und bat sie aufzustehen.

»Kommen Sie, Elena, bevor es dunkel wird ...«

Sie gingen durch eine kleine Tür auf der Rückseite des Hauses, durchquerten einen Olivenhain und gelangten tiefer ins Tal. Die riesigen Johannisbrotbäume standen dicht an dicht, und die Bodenvegetation wurde so üppig, daß man sogar im Gänsemarsch kaum noch durchkam. An einer eisernen Pforte, die sich in einer hohen Mauer befand, holte Bellocampo einen kleinen Schlüssel aus der Tasche und öffnete. Zu Nuccio sagte er:

»Du wartest hier auf uns.«

Vorsichtig bahnten sie sich einen Weg durch das Gestrüpp der Dornbüsche, Sträucher und Schlingpflanzen. Nach etwa hundert Metern bot sich Elena ein verblüffender Anblick: Auf einer Lichtung, umgeben von Bäumen, lag ein riesiges Flugzeug, das sich halb in den Boden gebohrt hatte. Rumpf und Flügel waren verbeult und aufgerissen, von Rost und Pflanzenwuchs entstellt, die Motoren unter den Flügeln abgebrochen, die Propeller verbogen, Steuerruder und Leitwerk abgeknickt, und über die Lichtung lagen Blech- und Eisenreste verstreut.

Elena ging zögernd näher und wandte sich dann um. Der alte Bellocampo betrachtete das Wrack mit verklärtem Gesicht, und seine Augen strahlten. Eine fiebrige Erregung schien ihn gepackt zu haben. Er lief an ihr vorbei und gestikulierte mit dem Spazierstock.

»Ist das nicht großartig! Man nannte sie ›fliegende Festungen‹ wegen ihrer gewaltigen Kraft. Sie erreichten eine Höhe von neuntausend Metern, konnten fünf Tonnen Bomben befördern und hatten eine Besatzung von zehn Mann ... Schauen Sie ihn sich an, diesen Schrecken des Himmels, diesen furchtbaren Feuervogel!«

Mit überraschender Behendigkeit schlug er gegen einen Propellerflügel und lachte. Dann wies er auf die Bäume am Rande der Lichtung.

»Da, sehen Sie! Nach so vielen Jahren erkennt man noch immer die Schneise, die das Flugzeug beim Aufprall gerissen hat. Mindestens hundert Eichen, Oliven- und Johannisbrotbäume in Sekundenschnelle entwurzelt. Eine Furche von vier Metern Tiefe und dreihundert Metern Länge. Bäume, Felsbrocken und Eisenstücke, die durch die Luft flogen. Ein Riß in der Erde, ein Erdbeben und schließlich der Aufprall ...«

Seine Stimme wurde lauter, sein Atem schwerer, und die Augen glänzten.

»Es ist noch alles wie damals, jedes Ding an der gleichen Stelle, wo es zu Boden fiel und zerfetzt wurde. Niemand hat jemals etwas berührt. Es ist zugewachsen, und die Tiere haben ihre Nester und Höhlen gebaut: Maulwürfe und Nattern, Kaninchen und Vögel. Kommen Sie näher, Signorina Vizzini, keine Angst. Das ist einmalig, Sie werden nie wieder etwas Ähnliches sehen. Schauen Sie: Der Gefechtsstand mit dem Maschinengewehr. Völlig intakt. Schauen Sie da: Sie erkennen noch den aufgemalten blauen Stern auf dem Blech.«

Er schien in Raserei verfallen zu sein, stapfte mit raschen kleinen Schritten umher, schlug mit dem Stock auf die Gegenstände, änderte ständig den Gesichtsausdruck, wechselte von Wut zu Entsetzen und Ausgelassenheit, und doch lag über diesem Wechsel der Gefühle ein ständiges, triumphierendes Lächeln. Er bewegte sich mit unermüdlicher Leichtigkeit und redete ohne Pause.

»Es war im Juni, das werde ich nie vergessen. Ich entsinne mich an alles, so als wäre es gerade passiert. Seit einem Monat beobachteten wir jeden Abend bei Sonnenuntergang die amerikanischen Bomber, die in großer Höhe Richtung Palermo flogen. An jenem Abend gegen sieben tauchte eine viermotorige Maschine sehr niedrig über den Bergen auf, verfolgt von zwei kleinen, blauen Flugzeugen. Sie waren winzig, pfeilschnell und flogen so niedrig, daß ihr Motorengeräusch wie ein Steinschlag klang. Die Viermotorige bog erst Richtung Ortschaft ab und flog dann plötzlich auf unser Tal zu, und die zwei kleinen blauen Flugzeuge immer rechts und links hinterher. Man sah sogar die Bahn der Geschosse … Ich stand auf dem Hügel über dem Haus und schrie:

›Bringt sie um, bringt sie um!‹«

Fasziniert betrachtete Elena den Alten, der mit ausgebreiteten Armen dastand, die Szene mit Haß im Gesicht noch einmal durchlebte und sich schließlich für einen Augenblick duckte, so als ob direkt über ihm etwas Gewaltiges vom Himmel fiele.

»Die Maschine kam noch tiefer, sie schien in ein Loch zu fallen und flog so nahe vorbei, daß ich die Farbe der Flügel und die Reflexe auf den

Scheiben erkennen konnte … Plötzlich ein Aufschrei der Motoren … Ich schwöre Ihnen, Signorina, es war ein Schrei, ein Schrei der Verzweiflung, etwas Menschliches. Er ließ den Abend erzittern … Fast gleichzeitig berührten die Flügel die Wipfel, das Flugzeug begann auseinanderzubrechen, und ich schrie immer wieder:

›Bringt sie um! Bringt sie um!‹

Die Männer in dieser fliegenden Festung sollten vor meinen Augen sterben. Und so kam es auch. Ein wüster Schlag, eine riesige Staubwolke. Die beiden blauen Flugzeuge drehten ab, flogen eine Schleife, kamen noch einmal im Tiefflug zurück, schossen wie Blitze über die Absturzstelle hinweg und verschwanden. Ich lief den Hügel hinab. Ein paar Bauern waren von ihren Feldern gekommen und hatten sich mit Gewehren bewaffnet, aber keiner traute sich hin, aus Angst, die Bomben würden explodieren. Ich dagegen ging hin, ich wollte sie sehen … kletterte auf die Trümmer, schaute in die Kanzel, und dann sah ich sie: tot, auf einem Haufen liegend, zerfetzt, blutüberströmt …«

Er schaute ins Leere und schnappte nach Luft.

»Am nächsten Morgen kam eine Patrouille herauf, die nach dem Flugzeugwrack suchen sollte, aber ich behauptete, die Maschine sei über den Berg geflogen und müsse im nächsten Tal heruntergekommen sein. Die Soldaten hatten keine Lust mehr, der Flieger war ihnen gleichgültig. Sie ruhten sich bis gegen Mittag unter den Bäumen aus, dann verschwanden sie wieder. Es waren die letzten Kriegstage … Tags drauf landeten die Alliierten bei Sciacca. Nach einer Woche kamen die Amerikaner in den Ort, aber hier herauf kam nie jemand. Später ließ ich von den Bauern eine Mauer um das Flugzeug bauen, damit niemand es sehen konnte. Es liegt genauso da wie in dem Moment, als es hier niederging, um zu zerschellen. Ich wollte nicht, daß man auch nur ein Bruchstück wegholte oder es wagte, die Leichen zu berühren … Kommen Sie, geben Sie mir Ihre Hand!«

Er führte sie bis zu der Stelle, wo der riesige Rumpf in zwei Teile gebrochen war, half ihr vorsichtig, durch den Spalt ins Innere des Flugzeugs zu gelangen, und zeigte ihr die Pilotenkabine. Elena klammerte sich an den Arm des Alten und starrte gebückt auf die menschlichen

Überreste. Der Aufprall hatte die Männer nach vorne geschleudert, so daß sie auf einem Haufen lagen, in dem man nur mit Mühe einzelne Gliedmaßen erkennen konnte. Die Verwesung der Körper und der Kleidung, Wind und Wetter, Ungeziefer und eine Staubschicht ließen die Leichen aussehen wie ein Wurzelgeflecht, aus dem Gräser wuchsen. Nur zwei Schädel und ein paar Knochen ragten heraus. Einer der Schädel trug noch die lederne Pilotenhaube, und die Augenschlitze der Haube erweckten den Eindruck, daß die Augen über dem schwarzen Loch, das einmal die Nase gewesen war, noch lebendig wären.

Elena fühlte sich schwach vor Entsetzen. Sie verließ die Kapsel. Als sie draußen waren, fragte sie leise, ohne den Alten anzusehen:

»Haben Sie nie versucht zu erfahren, wer die Männer waren?«

»Nein, nie! Warum sollte ich?«

»Um ihren Familien Bescheid zu geben. Vielleicht hatten sie Papiere bei sich.«

»Sie sind tot, und ihre Familien werden sich längst damit abgefunden haben. Als ob das Meer sie verschlungen hätte. Wo ist der Unterschied?«

Elena schaute ihn eine Weile schweigend an.

»Warum haben Sie das getan?«

Der Alte senkte den Kopf und schien nachzudenken. Dann schlich er durch das hohe Gras bis zum Bug der Maschine und deutete auf einen Gegenstand, den Elena bisher nicht bemerkt hatte: ein eisernes Kreuz, in das die Fotografie des jungen Mannes in der Marineuniform eingelassen war.

»Ich habe das hier errichten lassen und rede mir ein, das Flugzeug sei ausgerechnet bei mir abgestürzt, um mich zu entschädigen ...«

»Ein Menschenopfer.«

Wieder antwortete der Alte nicht und begann langsam zu der kleinen eisernen Pforte zurückzugehen. Alle Kraft war aus ihm gewichen, er stützte sich mühsam auf seinen Spazierstock. Wortlos durchquerten sie den Wald bis zum Haus.

Der Schrecken begann zu weichen, und Verwunderung trat an seine Stelle. Elena gelang es nicht, den Ereignissen eine Bedeutung zu geben und sie richtig einzuordnen. Sie dachte:

›Unten im Ort leben die Leute fast schwachsinnig vor sich hin, sitzen den ganzen Tag vor der Tür, ziehen sich die Mütze in die Stirn, erleben Jahr für Jahr das gleiche, kauen stumm auf den immer gleichen Worten herum, leben ohne erkennbaren Sinn, wie die Ameisen oder das Gras … und inmitten dieses Ortes haust dieser Alte, der eine fliegende Festung voller Leichen hütet …‹

Auf der Terrasse hatten die Bauersleute zwei große Rohrsessel und ein kleines Tischchen hingestellt. Darauf standen zwei Tassen und eine Kanne mit dampfendem Kaffee. Elena und Bellocampo setzten sich, blickten auf das Tal, tranken ihren Kaffee und rauchten. Es war fast Abend, und große dunkle Schatten wuchsen aus den Feldern. Der Alte saß steif in seinem Sessel und schien zu schlafen. Plötzlich sagte er freundlich:

»Wie ich höre, setzen Sie sich für unseren Ort ein …«

»Ich setze mich für die armen Leute ein … für die Unglücklichen! Der Ort interessiert mich nicht. Ich tue, was jeder pflichtbewußte Mensch tun sollte.«

Das war eine mehr als deutliche Herausforderung, aber der Alte lächelte nur, ohne sie anzuschauen.

»Und woran erkennt man die Unglücklichen? Armut und Unglück sind häufig zwei verschiedene Dinge …«

»Sagen wir: für diejenigen, die unglücklich sind, weil sie arm sind.«

»Ist das alles?«

»Unglücklich wegen der Dummheit und Ungerechtigkeit …«

»Wie wollen Sie diese Leute erkennen?«

»Sie leben fast alle in der Siedlung Fiumara, die Sie sicherlich kennen …«

Die Antwort, die Rechtsanwalt Bellocampo gab, war atemberaubend.

»Ich habe seit mindestens dreißig Jahren keinen Fuß in die Fiumara gesetzt … Es gab keinen Grund dafür. Aber ich weiß, daß sich dort nichts geändert hat! Sie lebten vor dreißig Jahren im Dreck, und sie werden weiterhin im Dreck leben.«

»Genau! Sie leben im Dreck, an offenen, stinkenden Abwasserkanälen, zusammen mit Hunden, Schmeißfliegen und Ratten. Inmitten von Müllhaufen, in Gassen, in denen sich die Fäkalien stauen, in Häusern ohne Fußböden, ohne Wasser und ohne Toiletten … Und ein paar hundert Kinder leben genauso: in der Scheiße!«

Bei diesem Wort zuckte er unmerklich zusammen, dann nickte er zustimmend.

»Sehen Sie? Genau wie vor dreißig Jahren … wie vor dreißig Jahren. Es hat sich nichts geändert, und es wird sich nichts ändern.«

Elena mußte an sich halten, den Alten nicht zu ohrfeigen, aber irgendwie hatte sogar seine unglaubliche Grausamkeit etwas Überzeugendes. Er trank einen kleinen Schluck Kaffee, zog sein Einstecktüchlein heraus und tupfte vorsichtig einen Tropfen Kaffee ab, der auf den Tisch gefallen war.

»Signorina Vizzini, ich verstehe Ihre moralische Entrüstung und bewundere Ihren Edelmut und Ihr Mitleid … der Punkt ist nur, daß Sie diese Menschen nicht kennen und deshalb auch nicht verstehen können … Sie leben nach ihrer Natur … Wenn Sie hier geboren und aufgewachsen wären, würden Sie mir glauben … Ich könnte mit Ihnen durch die Fiumara gehen, mit dem Stock an die Türen schlagen, die Leute Tür für Tür mit Namen nennen und Ihnen erklären, was für Menschen sie in Wirklichkeit sind …«

»Ich verstehe nicht …«

Elenas Stimme war scharf gewesen, aber der Alte antwortete womöglich noch schärfer und ohne zu zögern.

»Sie wollen nicht verstehen, Signorina Vizzini! Meine Familie hat diese Gegend jahrhundertelang verteidigt, Bauernhöfe und Ställe gebaut, Olivenbäume angepflanzt, Mauern gezogen und Brunnen gegraben … Ich selbst kämpfe seit fünfzig Jahren um den Erhalt dieses Landes, das alle verlassen und das nichts mehr wert ist … Und was tun diese Menschen? Seit ich sie kenne, tun sie nichts anderes, als zu stehlen. Sie lassen andere arbeiten und stehlen: Getreide, Oliven, das Vieh … Sie verschanzen sich in ihren Hütten, tun nichts, lassen das Land verkommen und betteln um Almosen und Unterstützungen …«

Er legte die kleinen Hände auf seinen Stock und schloß die Augen, als wollte er sich auf seinen Zorn konzentrieren.

»Aber es ist nicht nur das; nicht nur ihre Habgier, ihre Trägheit und ihre Gewohnheit, wie die Tiere zu leben … Das ist nicht der Grund, weshalb sie verachtenswert sind. Sie sind auch untreu, verlogen und feige …«

»Wie können Sie diese Unglücklichen nur so hassen? Woher kommt das?«

»Ich? Sie hassen?«

Der Alte versank in Schweigen, und sein Blick wurde leer. Er sagte:

»Signorina Vizzini, Sie hätten meinen Sohn Giulio kennen sollen. Er war zweiundzwanzig, als er starb, hatte seit drei Monaten den Offizierslehrgang beendet und diente auf einem Unterseeboot. Fähnrich zur See Giulio Bellocampo, zweiundzwanzig Jahre alt. Mein Sohn!«

Elena begriff nicht, was er sagen wollte und was sein Sohn mit den armen Leuten in der Fiumara zu tun hatte. Auf einmal begann der Alte zu weinen, seine Augen röteten sich, und die Tränen liefen ihm über die Wangen bis in die Mundwinkel.

»Ganze zweiundzwanzig Jahre! Versuchen Sie das zu verstehen, Signorina, mein einziger Sohn … Er hatte eben die ersten Schritte ins Leben getan, und dann endete alles irgendwo im Meer, an einer Stelle, die ich nicht kenne – seine Pläne und Hoffnungen, alles, was er vorhatte, und alles Schöne, das er noch nicht einmal kannte! Zwölfter Januar 1943 …«

Er riß die Augen auf und versuchte, den Tränenfluß zu beenden. Sein Kopf zitterte vor Anstrengung.

»Das ist der Krieg, sagt man, im Krieg muß immer einer sterben, sonst hat man den Feind im Haus und wird zertreten. Trotzdem dachte ich daran, mich umzubringen, aus dem Fenster zu springen oder mir eine Kugel in den Kopf zu schießen. Das Vaterland ist eine Sache, und ein Junge mag dafür sterben, aber ein Vater hat auch das Recht, sich umzubringen. Wie wird man damit fertig: Der Sohn, der im Meer versinkt und stirbt, eine Stunde lang, einen Tag lang, vielleicht ruft er um Hilfe, und du weißt nicht einmal, wo er sein mag, an welcher Stelle des Meeres … Mein Sohn ist so gestorben, Signorina Vizzini, und ich habe tagelang, sogar wochen- und monatelang an Selbstmord gedacht.

Immer wieder habe ich mir eingeredet, daß er einen leichten Tod gehabt hat, daß er nicht gelitten hat, daß er keinen Schmerz und keine Angst gehabt hat, daß es gut sei, wenn jemand bereit ist, für sein Vaterland zu sterben ...«

Er lächelte so sonderbar, daß Elena spürte, wie ihr das Blut stockte.

»Zweiundzwanzig Jahre ... der einzige Sohn ... und dann muß man mit ansehen, wie die Leute den amerikanischen Panzern zujubeln, als sie den Ort besetzten. Türen und Fenster rissen sie auf, hängten Fahnen hinaus und schrien vor Begeisterung. Männer, Frauen, Kinder mit dreckigen Fratzen, bettelten um Zigaretten und applaudierten den Negern ... Und die Neger lachten: Schau, diese Italiener, diese elenden Fratzen, wie sie klatschen. Aber ich sah den Körper meines Sohnes im Meer liegen, wie er immer tiefer sank, immer tiefer!«

Er schrie vor Schmerz, stieß einen Arm in die Luft, und sein Schrei klang so entsetzlich und verzweifelt, daß Elena Angst um ihn hatte. Er schloß die Augen und stützte sich mit beiden Händen auf den Stock. Das Beben ließ langsam nach. Als er die Augen öffnete, waren sie trocken.

»Am Tag des Waffenstillstands läuteten alle Glocken des Ortes. Eine unglaubliche Menschenmenge stürmte die Piazza. Die meisten kamen aus der Fiumara. Sie waren wie von Sinnen!«

Alle Beherrschung war jetzt von ihm gewichen. Die Wut hatte sein Gesicht entstellt, die Adern an seinen Schläfen schwollen an, und seine Augen traten aus ihren Höhlen hervor.

»Sie rissen das Kirchenportal auf, erbrachen das Grab meines Bruders und schleiften seinen toten Körper auf die Piazza. Es schien, als hätten sie in all den Jahren an nichts anderes gedacht ... Als hätte es nie eine andere Demütigung für sie gegeben und als wäre dies ihre Befreiung ...«

Er unterbrach sich. Elena nahm sanft seine Hand, um ihn zu beruhigen. Er schien zu erwachen und kam langsam wieder zu sich. In dem Moment sah Elena Nuccios Augen und erschrak: Es waren die wilden Augen eines Wachhundes, der seinen Herrn in Gefahr sieht. Doch der Alte lächelte und gab ihm mit dem Stock ein Zeichen.

»Die Bauern haben die Lichter angemacht. Wir müssen gehen. Es wird Nacht ...«

Michele blieb in dieser Nacht kaum eine Stunde lang bei ihr. Er müsse ausschlafen, sagte er, da er am nächsten Morgen die Klassenbücher durchsehen wolle. Die Zeit reichte nicht einmal, sich ganz auszuziehen. Sie sprachen kaum miteinander und umarmten sich hektisch. Einmal blieb Michele erschöpft und fast reglos in ihr stecken, während Elena ihn anzustacheln versuchte, die Beine um seine Hüften schlang und sich aufbäumte.

»Armer Michele, du bist müde …«

»Du Verrückte, Verrückte … «

»Du wirst alt.«

»Morgen haben wir die ganze Nacht für uns!«

»Vielleicht liebst du mich nicht mehr …«

»Du Verrückte, Verrückte …«

Elena spürte, wie er alle Kraft in seinen Lenden sammelte, bog sich ihm entgegen, folgte seinen Bewegungen und feuerte ihn an. Er war blind vor Begier, sich zu befriedigen. Immer tiefer stieß er in sie hinein und ließ auch nicht ab, als sie erschöpft und zitternd zurückfiel. Mit den Händen zog er sie an sich heran, damit sie nicht entweichen konnte, bis Elena seinen Kopf packte und seine Stöße schreiend erwiderte.

Am folgenden Tag erschien eine völlig unerwartete Person, schnüffelte in Elenas Leben herum und verschwand wieder, ohne Spuren zu hinterlassen. Inmitten dieses Durcheinanders, des Reigens der Figuren und Ereignisse – drei Morde ohne ersichtlichen Grund, ein Dorf, in dem eine Revolution stattfand, ein ängstlicher und trauriger Liebhaber, der sie wie ein Stier bestieg … in diesem Strudel, der Elena, verängstigt und glücklich zugleich, hin und her schleuderte … inmitten dieses rätselhaften Dramas tauchte plötzlich die Person auf, mit der Elena am allerwenigsten gerechnet hatte. Es war sieben Uhr in der

Frühe, sie war noch in Unterkleidung und wusch sich, als es an der Tür zweimal nachdrücklich klopfte, als würde mit einem Metallgegenstand dagegengeschlagen. Sie öffnete vorsichtig und stand vor ihrer Mutter.

Nur die Augen waren von der Müdigkeit ein wenig gerötet, und auf ihrem Hütchen lag Staub. Ansonsten war ihr Aufzug perfekt: der kleine schwarze Übergangsmantel, die Schühchen aus Ziegenleder mit Schnallenverschluß, die Kette mit dem Anhänger, die Handschuhe und das Stöckchen mit dem Silberknauf. Sie sagte nur: »Ciao!«, als ob ihr Auftritt unbedingt zu erwarten und keineswegs vermeidbar gewesen wäre, ließ sich auf die Wangen küssen, aus dem Mantel helfen und kontrollierte, daß er anständig und ohne Falten auf das Bett gelegt wurde. Dann ging sie ein paar Schritte durch das Zimmer, schob die Gardine mit dem Stöckchen beiseite, öffnete den Kleiderschrank und schloß ihn wieder, rückte zwei Stühle zurecht und klopfte ärgerlich an den Aschenbecher voller Kippen.

Elena saß auf der Bettkante, sah ihr fasziniert zu, und als die Mutter sich schließlich an sie erinnerte, sagte sie so schmeichlerisch wie möglich:

»Und wie geht es Tante Agatina?«

»Wie soll es ihm gehn, diesem Trampel? Sie frißt, schläft und betet den Rosenkranz … und gibt so lange Fürze von sich, daß man denkt, sie erzählt einen Roman.«

Sie deutete mit ihrem Stock auf das Stück Wand neben dem Fenster, als stünde ihre alte Schwägerin dort in der Ecke. »Dein Vater, du weißt schon, dieser Wachtmeister mit dem Sarazenenbart … er furzte auf die gleiche Weise. Anschließend seufzte er zufrieden und sagte: ›Pardon!‹ Ich habe zu dem Trampel gesagt: ›Sag wenigstens Pardon.‹ Weißt du, was sie geantwortet hat? ›Das ist eine Gottesgabe! Sehr gesund!‹«

Sie ordnete mit flinken Fingern ihr schönes weißes Haar, das Spitzenkrägelchen und das Silberkettchen.

»So. Dann schauen wir uns den Ort mal an.«

»Mama, du mußt müde sein. Ruh dich aus. Wir gehen am Nachmittag gemeinsam. Jetzt machen wir erst mal den Koffer auf und schauen, was du mir mitgebracht hast.«

Die Alte setzte sich auf einen Sessel mitten im Zimmer und beobachtete ihre Tochter, die den Koffer öffnete und die Sachen im Schrank verstaute. Die Mitbringsel waren eine Schokoladentorte, etwa zwei Meter trockene Bratwurst, eine große Schachtel mit wunderbaren Keksen, die in Catania von einem Nonnenkloster hergestellt werden, und eine riesige Salami, an der Elena gierig schnupperte. Die Alte lächelte zufrieden.

»Jetzt erzähl mir von dir. Dein Brief war sehr schön, aber ich weiß, du lügst wie gedruckt. Nach dem, was ich bisher gesehen habe, mögen hier anständige Leute leben, aber es gibt auch Schmutzfinken, und bestimmt sind alle sehr dumm. Im Überlandbus habe ich nicht ein Wort verstanden. Eine reine Kanakensprache! Sie scheinen mit dem Bauch zu reden! Sag einmal, sprechen die Kinder in der Schule auch so?«

»Manchmal schon.«

»Da siehst du! Dann kommen sie in den Norden mit einem Ring in der Nase! Eine schöne Schule ist das!«

»Sie sind sehr intelligent, Mama, man könnte es mit der Angst kriegen. Sie haben die Intelligenz von Erwachsenen.«

Die Alte machte ein mißtrauisches Gesicht und senkte die Stimme.

»Und deine Kollegen, die anderen Lehrer? Ich habe manchmal richtig Angst, daß du so alleine bist unter lauter Fremden. Ein alleinstehendes Mädchen!«

Sie wartete die Antwort nicht ab und fuhr besorgt fort:

»Du darfst nicht so leichtgläubig sein. Sei freundlich, höflich und auch hilfsbereit, wenn nötig … aber mit Zurückhaltung! Guten Tag, guten Abend … nicht mehr!«

Elena lächelte auf ihrer Bettkante.

»Mama, die Leute hier sind genauso wie woanders auch. Die Lehrer sind höflich, und die meisten sind schon älter.«

»Aber es werden auch jüngere dabeisein …«

»Natürlich, es gibt auch jüngere, aber die sind auch sehr nett.«

In den Stimmen der beiden Frauen, in ihren Augen, flammten Erinnerungen an alte Streitereien auf. Elena ging zu ihrer Mutter und streichelte ihr sanft übers Haar. Es war ihre freundlichste Art zu bitten, nicht weiter zu insistieren.

»Hast du gesehen, wie hübsch der Ort ist? Die herrliche Kathedrale mit den vorgebauten Säulen und die Häuser mit dem Bossenwerk und den schmiedeeisernen Balkongeländern am Corso? Sie waren früher alle von Baronen bewohnt ...«

In den Augen der Alten war immer noch Mißtrauen. »Diese Männer«, sagte sie kläglich, um ihre Tochter nachgiebig zu stimmen, »ich meine, der eine oder der andere ... versuchen sie nicht, dir den Hof zu machen? Sie tun manchmal sehr höflich, die Männer ...«

»Nein, Mama, nie, kein einziger. Sie beachten mich kaum.«

Sie zog sich an und versuchte, die Alte mit einem Lächeln zu beruhigen.

»Jetzt muß ich wirklich zur Schule. Du kannst dich ausruhen bis Mittag.«

Um zwölf Uhr erschien die Mutter pünktlich in der Schule, hatte bereits den halben Ort besichtigt, die Kathedrale mit den Sarkophagen angeschaut, die beiden anderen Kirchen besucht und in den Geschäften am Corso die Preise überprüft. Sie verlangte, den Lehrern in den benachbarten Klassenzimmern vorgestellt zu werden, fragte jeden, warum er sich nicht nach Turin versetzen lasse, und sagte immer wieder:

»Andere Kinder, anderes Leben!«

Rektor Battaglia küßte ihr galant die Hand, und sie lächelte versonnen und glücklich. Nachdem sie Michele Belcore kennengelernt hatte, erklärte sie lapidar:

»Der Mann gefällt mir nicht!«

»Warum, Mama? Der Ärmste ...«

»Er ist schmutzig! Hast du nicht gesehen? Unrasiert, der Hemdkragen schmuddelig, die Haare zu lang, und seine Brille hat er mit einem Stück Draht repariert ... Und diese Manieren! Nicht einmal angeschaut hat er mich. Nur: ›Sehr erfreut, Signora‹, und schon war er weg ...«

Sie schlief zwei Stunden in Elenas Bett, brauchte eine Stunde, um sich anzuziehen, und verkündete kurz ihr Urteil über die Lehrer, die sie kennengelernt hatte.

»Sie sind alle ein bißchen kaffernhaft, aber es ist nicht ihre Schuld. Andere Rasse! Nur der Direktor scheint ein Ehrenmann zu sein.«

Sie bückte sich, um ihre Schuhe anzuziehen, ließ dabei etwas Luft ab und versuchte das Geräusch durch ein Hüsteln zu kaschieren. Elena drohte ihr mit dem Zeigefinger:

»Mama, Mama ...«

»Was, Mama?«

»Nichts, ich hatte nur den Eindruck ...«

Sie schlug vor, einen Spaziergang auf dem Corso zu machen, und Elena mußte sich bei ihr einhängen, um den Leuten zu zeigen, daß sie eine Mutter habe.

»Damit sie nicht denken, du wärst ein Waisenkind.«

Langsam gingen sie bis zur Kirche der Annunziata und kehrten genauso langsam zurück. Die Tatsache, daß sie von allen Seiten gegrüßt wurden, schmeichelte ihr, und sie konnte nicht genug davon bekommen. Nur die Herren vor dem Bürgerverein, die artig aufstanden und ihre Hüte zogen, beunruhigten sie etwas.

»Was sind das für welche?«

»Bürgermeister Liolà, Doktor Sanguedolce, Stadtrat Tuttobene ...«

Die Namen und Ämter der Herren beglückten sie, aber sie war auch beunruhigt.

»Gib acht, Kind, sie sind zu galant und haben so einen weichlichen Blick!«

Um sechs fuhr der Überlandbus nach Xirbi, wo sie Anschluß an den Zug nach Catania hatte. Als der Bus kam, begann sie zu weinen, und Elena mußte ihr versprechen, in den Weihnachtsferien nach Hause zu kommen.

»Mein Liebes, versprich mir, jede Woche zu schreiben und gut auf dich aufzupassen! Und lauf gleich nach Hause, es wird schon dunkel.«

Auch Elena wurde sentimental und begann zu weinen.

»Mach dir keine Sorgen, Mama, sei unbesorgt.«

Ein kalter Wind war aufgekommen und wirbelte Regentropfen durch das Dämmerlicht.

»Armes Kind, jetzt bist du ganz alleine, und das bei diesem scheußlichen Wetter!«

Elena winkte ihr nach und ließ die Hand erst sinken, als der Bus in der Dunkelheit verschwand.

›Arme Mama‹, dachte sie. ›In ein paar Stunden kommt Michele, der denkt bestimmt nicht ans Wetter.‹

Sie schlug den Kragen hoch, kuschelte sich in ihre Jacke und ging nach Hause.

Michele kam eine Stunde vor Mitternacht. Elena sah ihn vom Balkon aus, wie er sich ängstlich umschaute und an die Fassaden drückte. Gleich an der Tür fielen sie sich in die Arme und küßten sich. Michele murmelte:

»Ich kann nicht die ganze Nacht bleiben ... Eine Bauersfrau sitzt bei meiner Mutter, für den Fall, daß sie etwas braucht ...«

»Geht's ihr so schlecht?«

»Sie ist außer Gefahr, aber man kann sie nicht alleine lassen, vor allem nachts nicht.«

»Es tut mir leid, daß ich deiner Mutter den Sohn wegnehme ...«

»Ich hatte solche Sehnsucht nach dir. Gestern nacht warst du so komisch ...«

Er lächelte vorwurfsvoll.

»Du hast dich über mich lustig gemacht, erinnerst du dich?«

Er setzte sich auf die Armlehne des Sessels und legte Schal und Mütze ab. Elena steckte ihm eine brennende Zigarette in den Mund, ließ den Morgenrock fallen, legte sich nackt aufs Bett und verschränkte die Hände unter dem Kopf. ›Wenn wir verheiratet wären‹, dachte sie, ›könnte ich zuschauen, wie er sich jeden Abend mit den immer gleichen Bewegungen auszieht.‹ Michele nahm die Brille ab und legte sie auf die Kommode, zog Schuhe und Strümpfe aus und schlüpfte aus der Hose.

›Er hat sogar eine philosophische Art, sich auszuziehen‹, dachte sie, ›das dauert ja ewig. Die Strümpfe, das Unterhemd, jetzt muß er noch die Hose glattstreichen ... Aber er ist erregt, das sieht man. Das dunkle Ding da unten ist wie ein Tier ... Eines Tages bringt er mich damit um ...‹

Als alles vorbei war, hörte sie seine Stimme im Dunkel:

»Es ist spät, Liebes, ich muß gehn ...«

Elena lamentierte:

»Ja sicher. Erst bringst du mich fast um, und dann gehst du einfach.«

Sie wollte ihm von dem Mann erzählen, der ihr vor zwei Tagen in der Dunkelheit aufgelauert hatte, und sie hätte mit ihm gerne über die seltsamen Dinge geredet, die sich in letzter Zeit ereignet hatten: die komischen Gespräche mit ihrer Mutter, die Sitzung des Bürgerkomitees, das sie beauftragt hatte, auf der Volksversammlung eine Rede zu halten ... Sie hatte den Wunsch, in seinem Arm zu liegen, ihn zu streicheln und im richtigen Augenblick zu sagen, daß sie heiraten könnten. Doch jetzt fehlten ihr die Worte, und sie war zu erschöpft und wollte nichts kaputtmachen. Deshalb sagte sie nur:

»Ich möchte immer mit dir zusammensein, Michele ...«

Er befreite sich vorsichtig und stützte sich neben ihr auf.

»Liebes, ich will nicht, daß du in diesem Ort leben mußt.«

»Es ist ein Ort wie jeder andere ...«

»Nein, Elena. Siehst du nicht, wie die Menschen hier leben. Sobald es dunkel wird, versteckt sich jeder in seiner Höhle. Der Ort ist zu traurig und zu arm.«

»Wenigstens gibt es einen Grund zu kämpfen.«

»Man kann nicht ein Leben lang kämpfen ... Und dann: gegen was? Gegen wen?«

»Die Dummheit, das Elend! Du hast selber gesagt ...«

Michele antwortete nicht, hielt zart ihre Hand, und Elena legte ihren Kopf auf seine Brust.

»Gehörst du auch zu denen, die die Armen verachten?«

»Ich bin selber arm, wie könnte ich sie verachten? Meine Eltern waren Bauern, ich war neun Jahre auf dem Seminar, und nur so konnte ich dem Elend entgehen. Wie sollte ich die Armen verachten?«

»Aber du willst nicht für ihre Freiheit kämpfen.«

»Freiheit? Was für ein abgenutztes Wort! Ein Wort, das nichts bedeutet.«

Sie betrachtete nachdenklich die Glut der Zigarette, die über seinem Gesicht schwebte.

»Das Schlimme ist«, sagte er, »daß ihre Freiheit, wie du es nennst, wenn sie überhaupt kommt, von weit her kommen würde und nur eine

Folge irgendwelcher Weltereignisse wäre. Du kennst die Leute nicht, Elena. Hast du dich jemals gefragt, was die Bauern, die Tag für Tag untätig auf den Bänken der Piazza sitzen, für Gedanken haben?«

Elena atmete auf. Zum ersten Mal offenbarte Michele, ohne es zu bemerken, etwas von seinem Wesen, das er bisher hinter diesem traurigen Lächeln versteckt hatte.

»Hast du darüber nachgedacht, Elena, wie oft diese Menschen, wenn sich etwas ereignet, ein Unglück oder eine Krankheit, in Verzweiflung geraten und sich fragen, warum ... ich meine, nach dem Grund ... geboren werden, leiden und sterben? Gelegentlich eine kurze Rebellion, und sofort resignieren sie wieder und fügen sich in den Gedanken, daß alle Dinge von Gott gelenkt werden und daß er einen geheimen Plan haben muß. Auf die Weise wird das Schicksal erträglich, und was können sie anderes tun? Sie denken, alles sei unausweichlich, auch Schmerz und Tod, und damit trösten sie sich ...«

»Was hat das mit dem Elend zu tun? Was mit der Ungerechtigkeit? Das sind Dinge, die von Menschen verursacht werden: Warum sollten die Armen ihnen ausgesetzt sein?«

»Weil der Arme fast immer denkt, alle menschlichen Dinge seien unausweichlich wie der Tod. Das Elend und die Unwissenheit sind ein Teil dieses Fatalismus. Sonst ...«

»Was: sonst?«

»Sonst müßten die Menschen seit Jahrtausenden alle umbringen, die Macht oder einfach nur Glück haben, und ihnen die Kehle durchschneiden ... Hier im Ort läge kein Stein mehr auf dem anderen.«

Er drückte die Zigarette im Aschenbecher auf dem Nachtschränkchen aus, schaltete das Licht ein und hockte sich auf die Knie. Solange es dunkel war, hatte Elena gedacht, er müsse melancholisch aussehen. Doch seltsamerweise lächelte er und hatte wieder seinen sanften und spöttischen Gesichtsausdruck angenommen.

»Ich glaube, ich muß jetzt wirklich gehen ...«

Elena strich mit den Fingern durch seine Schamhaare und fragte lächelnd:

»Glaubst du an Gott, Michele?«

»Du meinst, ich sollte es lassen?«

»Hast du einen Beweis für seine Existenz? Wie stellst du ihn dir vor?«

Michele tat etwas Seltsames: Er nahm mit zwei Fingern vorsichtig sein Glied und hielt es hoch.

»Schau, Liebes, sieh dir dieses Meisterwerk an. Es ist vollkommen. Seine Form, seine Länge, seine Funktionsweise … Es ist weich und rund, damit es beim Eindringen keine Verletzungen hervorruft, an der Spitze etwas dicker, damit es in den Augenblicken des Höhepunktes nicht herausrutscht … Warum lachst du, Liebes? Denk nach: Dieses vollkommene Instrument wurde erschaffen, um das Überleben der menschlichen Art zu sichern. Und damit der Mensch es auch benutzt, verschafft es ihm ein unvergleichliches Vergnügen … Und obendrein … hör zu, hör zu, was für eine wunderbare, göttliche Hinterlist: damit niemand mit diesem Instrument unbesonnen umgeht, wird es schlaff und winzig, sobald die unvergleichliche Wollust abklingt, damit man es nicht gleich wieder benutzen kann …«

Elena mußte lachen. Sie kuschelte sich in seinen Schoß, nahm sein Glied in die Hand und küßte es zärtlich.

»Eine großartige Erfindung!«

»Wirklich großartig! Und sobald eine gewisse Zeit verstrichen ist, gewinnt es seine Kraft zurück und kann wieder verwendet werden … Alles ist mit höchster Klugheit und ausgesprochener Weisheit eingerichtet. Ein solches Ding kann nicht aufgrund eines Zufalls entstanden sein oder als Begleiterscheinung der Evolution. Es ist zu gut erfunden, zu ausgefeilt, eine außerordentlich intelligente Erfindung. Lach nicht, Liebes. Es ist wahrhaftig ein Beweis für die Existenz Gottes, dieses geheimnisvollen Handwerksmeisters … Daß er es geschaffen hat, das sollte man wenigstens begreifen!«

Elena wog das Meisterwerk der Schöpfung in der Hand, um die Richtigkeit seiner Ausführungen zu überprüfen, streichelte es mit den Fingerspitzen und merkte, wie es langsam stärker wurde. Als es zu zucken begann, seufzte Michele und schüttelte den Kopf.

»Nein, Liebes, es ist zu spät, zu spät …«

Er löste sich von ihr und stand auf.

»Es ist wirklich zu spät! Bis morgen.«

Elena lag entspannt auf dem Bett und sah ihm beim Ankleiden zu. Als Michele sich über sie beugte, um sie zu küssen, hielt sie ihn an den Haaren fest. Sie strich leicht durch ihr Schamhaar und klagte:

»Über dieses Dingelchen hast du nichts gesagt …«

Michele fuhr mit den Lippen an ihrem Körper entlang bis zu dieser Stelle. Dann murmelte er:

»Es ist vollkommen! Genau wie es sein sollte!«

Kleine Gruppen standen auf der Piazza und unterhielten sich angeregt, als Elena am nächsten Vormittag zur Schule ging. Der Wachtmeister und sein Gefreiter stolzierten schweigend umher und machten einen amtlichen Eindruck, wie zwei Polizisten, die soeben eine Menschenansammlung zerstreut haben und mit neuerlichen Unruhen rechnen. Alle, mit Ausnahme der Carabinieri, schienen jedoch vergnügt und heiter zu sein, als hätte eine Volksbelustigung stattgefunden. Der Tabakhändler erzählte Elena schließlich, was sich ereignet hatte: Professor Spadafora war kurz zuvor auf der Piazza erschienen und hatte an den Säulen der Kathedrale ein Transparent aufgestellt, auf dem zu lesen war:

»Mörderpack und Lumpenhunde,
bald schlägt eure letzte Stunde!
Der Bauer fordert Land!
Ihr habt es in der Hand!«

Dann versuchte er eine Rede zu halten, aber man verstand nicht recht, für oder gegen wen. Als ein paar Leute Witze machten, lief er hinter ihnen her und bewarf sie mit Steinen. In der Zwischenzeit zündete jemand sein Transparent an. Wütend nahm er die brennenden Stöcke und schlug damit auf die Leute ein. Nicht einmal der Wachtmeister konnte ihn besänftigen. Zum Schluß begann er zu weinen und wurde behutsam in die Bar geführt, wo man ihm einen Cognac servierte. Er habe so gezittert, daß der Wachtmeister ihm das Glas an die Lippen führen mußte wie einem kleinen Kind.

Elena überquerte die Piazza, wo die verkohlten Reste der Stöcke lagen. Aus der Menge, die sich noch immer über den Vorfall amüsierte, tauchte keuchend der Journalist Agostino Profumo auf und schob sich neben sie. Er gab sich aufgeräumt und wirkte doch ängstlich.

»Habe die Ehre, Signorina Vizzini!«

»Guten Tag!«

»Haben Sie erfahren, was passiert ist?«

»Ich habe es erfahren!«

Sie wußte nicht, warum, aber der Anblick Profumos erheiterte sie. Es war wohl das Zusammenwirken der vielen komischen Elemente, das diesen unausstehlichen Menschen so lächerlich machte: die eiförmige Baskenmütze auf dem Kopf, die drei Haare am Kinn, der bodenlange Überzieher, das unentwegte Gerolle der winzigen, kurzsichtigen Augen und das übertrieben dicke Zeitungsbündel unter dem Arm. Er war allenthalben aufgeknöpft: Mantel, Jacke, Hemdkragen und sogar der Hosenlatz.

Er ging ein Stück weit neben ihr her und wollte offensichtlich etwas sagen. Sein Gesichtsausdruck wurde immer komischer, und seine Haltung ähnelte der eines Hundes, der sein Herrchen um Verzeihung anbettelt.

»Signorina, wenn Sie gestatten, möchte ich die Gelegenheit nutzen, Ihnen mitzuteilen, daß der Ermittlungsrichter eine Spur in dem Doppelmord gefunden hat.«

Die Augen hinter den monströsen Brillengläsern rotierten. Elena sagte unbestimmt:

»Das freut mich. Eine wichtige Spur, nehme ich an ...«

»So könnte es sein! Es handelt sich um eine Mütze.«

»Was für eine Mütze?«

»Eine alte Mütze. So klein, daß sie von einem Kind stammen könnte.«

»Und was heißt das?«

»Man hat sie in der Tatnacht unter den Säulen vor der Kathedrale gefunden. Man nimmt an, daß derjenige, der sie verloren hat, alles mit angesehen haben muß. Er floh aus Angst, entdeckt zu werden, und verlor dabei seine Mütze ...«

»Und das war ein Kind ...«

»Das weiß man noch nicht.«

Agostino ging ein bißchen krumm und schief, um seine Ergebenheit zu bezeugen. Elena beschleunigte ihre Schritte.

»Sie sind immer gut informiert ...«

»Ich bin seit zwölf Jahren Journalist: Festivitäten, Interviews, Kriminalfälle, alles, was hier in der Gegend passiert.«

Er hatte noch mehr auf dem Herzen.

»Sehen Sie, Signorina, mein Vater war Schreiner, die Mutter Bäuerin. Sie opferten sich auf, um mir die Handelsschule zu ermöglichen. Jetzt sind sie tot …«

»Das tut mir leid …«

»Ich habe immer die Berufung zum Journalisten in mir gespürt, aber die Leidenschaft allein reicht nicht aus.«

»Natürlich, man muß auch Glück haben.«

»Wenn Sie vielleicht der Zeitung in Palermo einen Wink geben könnten, damit sie mich als Praktikanten einstellen.«

»Sehr gerne, aber ich kenne dort niemand.«

»Vielleicht in einem halben Jahr oder einem Jahr …«

»Man kann es versuchen …«

»Tausend Dank!«

»Wofür? Ich danke Ihnen für die Information.«

»Das ist mein Beruf. Ich dachte, es wäre gut, Sie zu unterrichten.«

»Sehr freundlich.«

»Sie können immer auf mich rechnen …«

Er verbeugte sich und blieb stehen. Als Elena sich an der Schultür umwandte, stand er noch immer etwas krumm und dienstbeflissen an der Ecke der Piazza. Sie dachte:

›Dieser Pickelpinkel! Wenn ich wüßte, was in seinem Kopf vorgeht! Die Leute hier erzählen mir was, und ich verstehe nicht, was sie wollen … Jetzt wieder diese Geschichte mit der Kindermütze … Warum, zum Teufel, erzählt er mir das? Denkt er, es wäre ein Junge aus meiner Klasse?‹

Die Kinder saßen mucksmäuschenstill und lächelten erwartungsvoll, als sie die Klasse betrat. Auf dem Lehrerpult stand ein großer Strauß Herbstblumen. Auf ein Blatt Papier hatte ein Kind in Schönschrift geschrieben: »Ihrer Frau Lehrerin, die Kinder der fünften Klasse.«

Elena war so gerührt, daß ihr die Tränen kamen. Zugleich mußte sie lachen, als sie die Kinder anschaute.

»Das solltet ihr aber nicht machen!«

Sie drückte den Blumenstrauß an die Brust, und ihre Geste kam ihr so komisch und rührend vor, daß sie abermals lachen mußte. Sie fühlte sich geliebt, beschützt und aufgehoben.

Sie nahm Erdkunde durch und verteilte dann die Aufsatzhefte, die sie daheim korrigiert hatte. Das Thema lautete: »Beschreibe deine Familie.« Den Aufsatz des kleinen Sebastiano, der noch immer wegen Krankheit entschuldigt war, ließ sie laut vorlesen. Es waren zwei Seiten in einer kleinen, etwas ungelenken Handschrift, und man merkte die Mühe, die es den Jungen gekostet hatte, so viele Wörter aneinanderzureihen. Er hatte geschrieben:

»Ich heiße Calafiore Sebastiano, bin zwölf Jahre alt und habe fünf Geschwister. Der größte heißt Pasquale und hat schon einen Bart, aber da er gelähmt ist, lassen wir ihn immer vor der Tür auf einem Stuhl sitzen, da kann er zuschaun und lacht immer. Auch als mein kleiner Bruder Luigi gestorben ist, hat Pasquale gelacht, vielleicht denkt er, es wäre alles nur ein Spaß, was er sieht. Meine Mutter heißt Calafiore Concetta und ist sehr lieb und jede Woche schneidet sie seinen Bart ab mit der Schere und betet lieber Gott nimm Pasquale zu dir bevor ich sterbe, sonst ist er alleine und hat keinen Menschen. Mein Vater heißt auch Calafiore aber Lorenzo und arbeitet als Strapazierer, das ist einer, der alle Arbeiten macht, die keiner machen will, wie Steine aufladen, auf dem Feld arbeiten, das Vieh hüten und als Maurer gehn. Er hat dreimal den Antrag gestellt nach Deutschland zu fahren, aber er ist immer abgelehnt worden, weil er krank ist und beim letzten Mal ist er wirklich ohnmächtig geworden und hat sich das Bein gebrochen. Dafür kriegt er mit Gottes Hilfe eine Unterstützung von 800 Lire am Tag und liegt immer mit Fieber im Bett. Manchmal wenn es schön ist, geht er vor die Tür und setzt sich in die Sonne mit einer Decke. Meine Oma heißt Maniscalco Giuseppina und ist die Mutter meiner Mutter. Sie ist sehr alt und mein Vater, der sie nicht leiden kann, sagt: Verdammt, wann stirbt die Alte endlich. Das ist meine Familie. Außerdem haben wir eine Schwester, die ist neun Jahre alt und heißt Vincenza, meinen Bruder Luigi, zwei Jahre alt, der schon tot ist, einen Bruder, der heißt Turiddu und ist sechs Monate alt und mein Vater sagt: Der hats gut. Er ißt und schläft und scheißt und hat keine Sorgen. Außerdem gehöre ich, Calafiore Sebastiano, zu dieser Familie. Ich gehe in die fünfte Klasse und werde einmal ein großer, starker Mann, der sich von keinem etwas vorschreiben läßt und keine Unterstützung braucht von niemandem.«

Elena lachte zweimal während des Vorlesens, und die Kinder lachten mit. In der letzten halben Stunde gab sie eine Rechenaufgabe und schaute schweigend zu, wie die Kinder schrieben. Der Duft der Blumen betäubte sie fast, sie schloß die Augen und hatte das Gefühl, draußen vor dem Fenster liege nicht der Ort, sondern eine weite Landschaft, das feuchte Gras, der Moschus, der Wind und die Stimmungen des Herbstes.

An einer Ecke des Korridors traf sie Michele, während die Kinder aus den Klassenzimmern stürmten. Sie zwinkerte ihm zu und flüsterte:

»Ciao, Liebling, bis heute nacht …«

Michele antwortete nicht, wie stets, wenn sie sich in der Öffentlichkeit trafen, blieb nicht einmal stehen, lächelte mühsam und verschwand. Und wie stets haßte sie ihn dafür: ›Du Spießer, wovor hast du Angst?‹

Rektor Battaglia stand wie jeden Tag oben auf der Treppe am Ausgang und wartete, bis das Portal hinter ihm abgeschlossen wurde. Die Kinder verabschiedeten sich von ihm im Chor, und binnen fünf Minuten waren Lehrer wie Schüler in den umliegenden Straßen verschwunden.

Als Elena die Treppen zur Piazza hinunterging, begegnete ihr Professor Carlo Annibale Spadafora. Sie grüßte ihn instinktiv, aber er setzte schwankend und wie im Fieber seinen Weg fort. Er schien nicht zu wissen, wohin, blieb an der nächsten Straßenecke unschlüssig stehen und war plötzlich verschwunden.

Elena hatte schon die nächsten zwei Treppen genommen, als jemand mit leiser Stimme nach ihr rief. Spadafora stand halb versteckt in der Ecke eines Innenhofes und gab ihr ein Zeichen.

»Pssst! Signorina! Pssst!«

Sie ging langsam näher, und wieder gab er ihr ein Zeichen, ihm zu folgen. Erst im hinteren Teil des Hofes schien er sich sicherer zu fühlen. Er atmete schwer, und seine Augen glitzerten.

»Sie kennen mich bereits: Carlo Rolando Annibale Spadafora«, sagte er mit einer steifen Verbeugung.

»In gewisser Weise ...«

»Genau. Man wird Ihnen erzählt haben, daß ich verrückt bin ...«

»Das stimmt nicht.«

»Lassen wir das. Darum geht es auch nicht.«

Er hielt den Kopf schief und betrachtete sie.

»Ich frage mich, ob Sie nur dumm sind oder auch unehrlich.«

»Haben Sie mich gerufen, um mich zu beleidigen?«

Er unterbrach sie.

»Unehrlich oder im Kopf nicht ganz richtig ...«

»Leben Sie wohl, Professor.«

Er versperrte ihr den Weg und wedelte so stark mit den Händen, daß sogar seine Brille wackelte.

»Begreifen Sie nicht, worauf Sie sich einlassen?«

»Was soll ich begreifen?«

»Die Wahrheit, Signorina Vizzini. Sie müssen die Wahrheit begreifen!«

Er hob seine Stimme. Elenas spöttisches Gesicht schien ihn zu beleidigen.

»Seit vierzig Jahren rede ich mir den Mund fusselig, und da ich mich nicht unterkriegen lasse, haben sie längst aufgehört, mich zu bekämpfen, und behaupten, es wäre nicht der Mühe wert, weil ich verrückt sei ... Aber ja doch, Carlo Rolando, versteht sich! Du hast völlig recht! Sehr gut, sehr gut ... Wenn ich nur den Mund aufmache, fangen alle an zu klatschen ... Verstehen Sie, was für eine infame Falle mir gestellt wird? Manchmal denke ich, ich wäre wirklich verrückt!«

Er lachte kurz und hauchte dann:

»Aber das ist mir eine Lehre gewesen, liebe Signorina, denn dadurch bin ich draufgekommen, was ich zu tun habe. Man muß sich wie ein Verrückter verhalten, und das auf Gedeih und Verderb ... Kommen Sie, kommen Sie ...«

Er lief zu einer kleinen Tür und riß sie weit auf.

»Bitte folgen Sie mir.«

Dahinter befand sich ein großer Raum, in dem ein beängstigendes

Durcheinander herrschte. Elena erschrak und blieb am Eingang stehen, aber der Professor rief ihr zu:

»Haben Sie Angst reinzukommen?«

»Ich habe keine Angst …«

Sie machte zwei Schritte vorwärts. Der Alte hänselte:

»Weiter, weiter … Ich bin alt, ich habe mit Frauen nichts mehr im Sinn.«

Bevor Elena noch etwas sagen konnte, schob er den Tisch beiseite, auch den Sessel und die Stühle, um ihr Platz zu machen. Der Raum sah aus wie das Lager eines Trödelhändlers: alte Stühle, Lampen, zerlöcherte Bilder, Versandkisten. Schmutzige Teller haufenweise, sogar auf dem Bett, Schuhe, Kleidungsstücke, ein Nachtgeschirr, ein Tisch, der unter einer Pyramide aus Büchern zusammenbrach, Kerzenreste, Zigarettenstummel, abgerissene Zeitungsblätter und mitten in all dem Chaos dieses Untier mit grauer Mähne, das sie aus glitzernden Augen triumphierend anschaute.

»Da sehen Sie, wie man mich zugrunde gerichtet hat! Eine Höhle, die Höhle eines Verrückten! Vierzig Jahre Verfolgung. Inzwischen ist man wenigstens höflich und zuvorkommend. Man sagt sich: Er ist alt, lassen wir ihn in Ruhe sterben … Dabei sollten sie eben jetzt anfangen, vor mir zu zittern!«

Er begann das Bett leerzuräumen, warf Bücher, Möbel und Geschirr durch die Gegend und redete, redete.

»Ich habe gekämpft, liebes Fräulein, und bildete mir ein, das reiche aus. Ich war im Gefängnis, wurde verprügelt und angeschossen. Sobald ich wieder stehen konnte, habe ich weitergekämpft: Versammlungen, Reden, Zeitungen. Was war ich für ein Idiot … verzeihen Sie den Ausdruck!«

»Bitte, bitte!«

»Ich war ein Idiot, und dies ist das Ergebnis von vierzig Jahren! Sie glauben nicht, wie teuflisch eine Gesellschaft sein kann, wenn sie einen Menschen erledigen will!«

Elena fürchtete, der Professor würde wieder zu weinen anfangen, aber er tat etwas Unerwartetes. Er hob die Matratze hoch, und unter ihr kam eine Kiste zum Vorschein.

»Ich habe endlich begriffen, was zu tun ist.«

Er öffnete die Kiste, begann eindrucksvoll zu zittern, und die Worte kamen aus seinem Mund, als erbräche er sie.

»Zehn Kilogramm Dynamit, verehrte Signorina Vizzini. Sieben Jahre hat es mich gekostet, soviel zu horten. Zehn Kilo Dynamit in diesem Behältnis. Mit meinen eigenen zwei Händen habe ich diesen Sprengsatz gebaut, und jetzt ist er fertig. Man braucht nur noch die Lunte anzuzünden und bis fünfzig zu zählen ... Wissen Sie, was man mit zehn Kilo Dynamit machen kann?«

Er schloß die Kiste mit einem heftigen Schlag, so daß Elena entsetzt zurückfuhr. Einen Augenblick lang dachte sie, sie würde explodieren. Der Professor warf die Matratze wieder auf die Kiste und schnaufte.

»Ich nenne Sie ›Soledad‹, ein spanischer Name, der mir gut gefällt, ›Einsamkeit‹. Eines Nachts hole ich Soledad, lege sie neben die erste Säule vor der Kathedrale und zünde die Lunte an. Ich werde nicht weglaufen, ich bin alt genug ... Während alle schlafen, zähle ich bis fünfzig. Erst kippt die eine Säule, dann bricht die zweite unter dem Übergewicht zusammen, die dritte, die gesamte Vorderfront beginnt unter der Last des Vordaches langsam nach vorne zu sinken, und zum Schluß stürzt die ganze Kirche zusammen und begräbt alles unter sich: den Platz, die angrenzenden Häuser und ihre Bewohner – die Herren der Stadt!«

Er saß auf der Bettkante und schaute Elena ausdruckslos an. Ihr Herz schlug bis zum Hals. Vorsichtig ging sie zu ihm hin und tippte ihn mit einem Finger an.

»Geht es Ihnen gut, Professor?«

Carlo Rolando schüttelte den Kopf und stand auf. Elena bemerkte eine atemberaubende Weinfahne. Sie wandte sich ab, um zu gehen. Der Professor war volltrunken, aber er war plötzlich sehr behende und verstellte ihr den Weg.

»Irgendwann, eines Tages, Signorina Vizzini ... Oder glauben Sie mir nicht?«

»Doch, doch, Professor ... Aber jetzt leben Sie wohl!«

Sie wollte den Schlüssel herumdrehen, doch der Professor packte mit rascher, wütender Geste ihren Unterarm. Der Weingestank war unerträglich.

»Sie können doch jetzt nicht gehen!«

»Ich habe es eilig, Professor, seien Sie vernünftig.«

»Sie wissen nichts über diesen Ort! Nichts, nichts ...«

Elena bekam es mit der Angst, denn er redete immer konfuser.

»Dreitausend unglückliche Menschen zur Emigration gezwungen ... Ich habe Untersuchungen über den Ort angestellt, ich kann es beweisen ... Jedes Jahr sterben dreihundert Kinder an Typhus und Meningitis ... Nur zweiundzwanzig Personen kaufen sich eine Zeitung ... In diesem Ort passieren gräßliche Dinge ... Sie müssen die Wahrheit erfahren ...«

Elena versuchte, ihn beiseite zu schieben.

»Morgen, Professor, morgen ...«

»Morgen ist es zu spät!«

Er hielt ihre Schultern fest, aber Elena stieß ihn verächtlich zurück.

»Weg da ... Merken Sie nicht, daß Sie betrunken sind? Ekelhaft!«

Sie öffnete die Tür, rannte über den Hof bis zu den Treppen und lief hinunter. Sie sah nicht einmal hinter sich, um zu schauen, ob er ihr nachlief, und stolperte fast vor Schreck, als sie ihn schreien hörte:

»Hau ab, hau ab, du Scheißlehrerin. Ich hab' dich durchschaut. Du bist die Verlogenste von allen!«

Auf der Treppe saßen noch ein paar Schüler mit ihren Büchern, und auch einige Passanten, die langsam heraufkamen, schauten verwundert. An den Haustüren und auf den Balkonen erschienen die Leute. Elena begann zu rennen, bis sie seine Stimme nicht mehr hörte. ›Hoffentlich hat er sich auf der Treppe den Hals gebrochen‹, dachte sie wütend, hob vorsichtshalber jedoch einen der Stöcke auf, die die Hausfrauen benutzen, um die Wäscheleine zu spannen. ›Wenn er mir noch einmal unter die Augen kommt, schlage ich ihm den Schädel ein!‹ Erst als sie die Piazza erreicht hatte, warf sie den Prügel fort. Sie betrachtete die riesige Kathedrale. ›Kein schlechter Plan für einen verdammten Trunkenbold. Wenn die ersten zwei Säulen wegbrechen, können die übrigen das Gewicht nicht halten. Die Fassade stürzt ein und begräbt den halben Ort unter sich: die Häuser, die Vereine, die Geschäfte, die Bar, das Haus von

Rechtsanwalt Bellocampo, das Rathaus und vielleicht noch die Kaserne. Ein hübscher Schlag!‹

Nebenbei kam ihr ein sehr persönlicher Gedanke: ›Das Haus, in dem ich wohne, liegt seitlich der Kirche; weit genug weg …‹

Sie ging bis zur Mitte des Platzes und zündete sich eine Zigarette an. ›Vielleicht sollte man den Wachtmeister von den Plänen dieses ehrbaren Herrn unterrichten …‹ Aber dann kam ihr der Gedanke gemein vor: ›Nein, nein, ich bin doch kein Polizeispitzel‹, und sie tröstete sich: ›Spadafora macht so etwas frühestens, wenn er auf dem Sterbebett liegt. Eine Stunde vor seinem Ableben, wenn er dann noch laufen kann … Ich sollte ihn nicht so ernst nehmen. Er ist genau wie die anderen. Ein Hurensohn, der irgendeine tragische Rolle spielt oder jemand erpressen will. Wer zum Teufel weiß überhaupt, was er will? Eine Pension vielleicht oder eine Unterstützung.‹ Sie beeilte sich, nach Hause zu kommen, und ihre Laune besserte sich. ›Heute nachmittag übergeben wir die ersten zehn Gemeindewohnungen, und hinterher leisten wir uns ein Eis …‹

Die feierliche Übergabe an die zehn durch Los ausgewählten Familien fand um fünf Uhr, kurz vor Einbruch der Dämmerung, statt. Man hatte die Häuser in aller Eile bewohnbar gemacht, das elektrische Licht angeschlossen, die Dachziegel neu verlegt und die Fenster verglast. Zum Anbringen der Türen hatte die Zeit nicht gereicht, und die Wasserhähne und Spülbecken funktionierten aus dem einfachen Grunde nicht, weil es in der Gegend weder Kanal noch Wasserleitung gab.

Die Zeremonie war eindrucksvoll. Alle bekamen Fähnchen und einen Plan des neuen Stadtteils, der binnen eines Jahres entstehen sollte, und etliche Frauen weinten, als ihnen die Wohnungsschlüssel ausgehändigt wurden. Der Bürgermeister hielt eine kleine Rede, der Kanonikus Leone segnete die Häuser und ermahnte die zukünftigen Mieter zu christlicher Lebensweise, und anschließend wurden die Mitglieder des Bürgerkomitees und ihre Gattinnen zu einer kleinen Erfrischung auf Kosten der Stadt eingeladen.

Das Buffet bestand aus Cremetörtchen und Schillerlocken, Wermut und Marsala und war in dem Salon im Erdgeschoß des Rathauses aufgebaut worden, wo einmal im Jahr der Faschingsball stattfand. Die eine Wand war mit einer großen Fahne geschmückt, unter der man eine lange Reihe Stühle aufgestellt hatte. An der gegenüberliegenden Wand, wo vier Kellner in weißen Jacken das Buffet bewachten, hing eine Girlande in den Nationalfarben.

Zu dem Empfang waren wenigstens hundert Personen geladen – Bürgermeister, Stadträte, Ärzte, Geometer, Beamte, Lehrer, fast alle mit den dazugehörigen Frauen –, die in den Saal drängten und ihn mit übertriebener Fröhlichkeit erfüllten. Alle lachten, begrüßten sich, sprachen mit lauter Stimme, liefen umher und hatten einen Teller mit Cremestückchen und Schillerlocken in der Hand.

Elena war wie betäubt, wollte sich setzen und landete zwischen einigen Damen, darunter die Gattin von Rektor Battaglia, die so beleibt und weich war wie ihr Mann dürr und knöchern. Sie trug Violett, hatte blondiertes Haar, ein süßes, rundes Gesicht, wollüstige Lippen, vergnügte Augen, und alle ihre Gesten und Worte verrieten ein unerfülltes Sehnen. Ihr Mann brachte unentwegt Schillerlocken mit Ricotta und kleine Gläser Wermut herbei, die seine Frau mit einem Jammerlaut zurückwies und sich dann ergeben einverleibte.

Elena fühlte sich unwohl. Sie verstand nichts von dem, was die Leute sagten, als ob die Wörter eine andere Bedeutung hätten, und auch ihr Lächeln, ihre Blicke und ihre Begrüßungen blieben unergründlich. Das gleiche Gefühl der Einsamkeit, das sie oft empfand, wenn sie mit Bellocampo sprach und zuweilen auch mit Michele. Dieses verfluchte Gelächel auf ihren Gesichtern, das nicht einmal ein Lächeln war, sondern mehr ein Schatten oder ein mysteriöser Schimmer.

Unvermittelt geriet der Saal in Erregung. Das Eis wurde aufgetragen: Zitroneneis, Erdbeereis und Pistazieneis. Dann saßen alle unter der großen italienischen Fahne – Bürgermeister und Stadträte, Ärzte und Geometer –, hatten einen Teller in der Hand und löffelten genüßlich.

Elena betrachtete sie hingerissen. ›Vielleicht‹, dachte sie, ›ist einer von ihnen sogar der Mörder‹, aber es gelang ihr nicht, sich den Mörder vorzustellen. Er blieb ein Schatten. Nur eins war sicher: Wenn einer von ihnen der Mörder war, aß er Eis und lächelte.

Ihr Blick kreuzte den von Doktor Sanguedolce, der sie galant grüßte. Auch die Augen des Kanonikus verirrten sich kurz in ihre Richtung, aber er rief sich sofort zur Ordnung. Als Agostino Profumo sich zu nähern begann, schüttelte es sie. Sie schlich an der Wand entlang zum Buffet und fragte, wo die Toilette sei. Man zeigte ihr eine Tür.

Hinter der Tür befand sich eine Art Lagerraum, in dem Requisiten für den Karneval aufbewahrt wurden: große Masken aus Pappmaché für den Umzug, Plastikblumen und bunte Kulissen. Eine Eisentreppe im Hintergrund führte zu den Waschräumen. Elena war oben angekommen, als Bürgermeister Liolà den Raum betrat und sich suchend umschaute. Kurz darauf erschien Frau Battaglia in ihrem hübschen violetten Kleid und nahm ihn bei der Hand. Einen Augenblick lang lauschten beide aufmerksam, ob jemand oben in den Toiletten sei, dann verschwanden sie hinter einer der großen Kulissen, so daß sie nur vom oberen Ende der Treppe aus gesehen werden konnten, wo Elena stand.

Die Frau Rektor ließ den Kopf schlaff in den Nacken sinken, der Herr Bürgermeister legte die Arme um ihre Taille, drückte seinen Unterleib kräftig gegen den ihren und küßte sie genießerisch. Es folgten einige konvulsivische Bewegungen, die der Bürgermeister dazu ausnutzte, ihren Rock wie zufällig nach oben zu schieben, aber sie sperrte sich, »Nicht, Liebling, nicht hier«, und ließ sich auf die Knie sinken. Mit fixen kleinen Fingern begann sie, seine Hosen aufzuknöpfen, sah ihn von unten mit einem ängstlichen Lächeln an, als müßte sie ihn um Verzeihung bitten, und zog dann mit einem kleinen schrillen Schrei ein langes, dunkles Glied hervor, das noch ein wenig schlaff war.

Bürgermeister Liolà ließ das Kinn auf die Brust sinken, stand breitbeinig mit halboffenem Mund und einem schwachsinnigen Lächeln da, hielt seine Hose fest und warf von Zeit zu Zeit einen ängstlichen Blick auf die Karnevalsmasken.

Sie rollte sein Ding zwischen den Fingern, direkt vor ihrem Gesicht, und es schien eine unerhört komische Wirkung auf sie auszuüben, denn sie kicherte fortgesetzt. Sie betastete es, hielt es mit zwei spitzen Fingern in die Höhe, legte es sich an die Wange, schaute es verzückt an und gab bei jeder Bewegung einen leisen Jauchzer von sich.

›Das ist also die arme Ehefrau mit dem rheumatischen Fieber, das in Palermo behandelt werden muß‹, dachte Elena belustigt. Sie verlagerte ihr Gewicht ein wenig und trat versehentlich gegen eine der großen Plakatwände, die vor ihr an der Wand lehnten. Das Gerüst begann zu rutschen und fiel mit Getöse zu Boden.

Frau Battaglia sprang erschrocken auf und überließ das Ding sich selbst. Es vibrierte. Bürgermeister Liolà gab einen leisen Schrei von sich, zog sich eilig die Hose hoch und begann sich zuzuknöpfen. Ängstlich schaute er sich um, während er mit der Faust gegen das Ding schlug, um es rasch in der Hose zu verstauen. Er knöpfte sich auch die Jacke zu und hielt nach der Signora Ausschau, die sich auf allen vieren zwischen zwei Kulissen verkrochen hatte.

Eine Weile lauerte er mucksmäuschenstill, dann lächelte er ihr beruhigend zu, legte den Zeigefinger auf die Lippen, zündete sich eine Zigarette an und ging hinaus. Signora Battaglia stand auf, hob ihren Rock, um ihre Unterkleidung zu ordnen, beroch ihre Finger, strich das Kleid über den Hüften glatt und entschwand fröhlich und mit einem schmachtenden Lächeln auf dem Gesicht.

Als Elena nach einer Weile in den Salon zurückkehrte, wurden gerade der Kaffee und das Spritzgebäck aufgetragen. Als erstes sah sie das violette Kleid der Signora Battaglia in der wogenden Menge. Der Bürgermeister saß zwischen dem Kanonikus Leone und Doktor Sanguedolce und führte sich noch ein Eis zu Gemüte. Jemand hatte eine Schallplatte mit einem lustigen kleinen Marsch aufgelegt. Vom Eingang her hörte man eine kräftige Stimme:

»Eine schöne Gesellschaft! Meine Empfehlung!«

Das Stimmengewirr verstummte, und alles schaute zur Tür, wo Professor Spadafora stand, der soeben hereingekommen war. Der sonst so zurückhaltende und höfliche Doktor Sanguedolce rief begeistert:

»Ein Glas für den Herrn Professor!«

Alle klatschten, als hätten sie nur auf ihn gewartet. Mindestens zehn Hände reckten sich nach ihm und versuchten ihn zum Buffet zu zerren. Er widersetzte sich, gestikulierte und schrie:

»Eßt und trinkt, meine Freunde! Stimmung, das Volk hungert!«

Man merkte, wie das Gelächter, die Musik und der Duft der Chrispellen seinen Widerstand erlahmen ließen: »Bravo! Bravo! Eine hübsche Feier auf Kosten des Volkes!«

Alles applaudierte, auch die Damen. Er lachte wütend, kam jedoch näher und ließ sich sogar dabei helfen, auf einen Stuhl zu steigen.

»Meine herzlichsten Glückwünsche! In diesem Ort gibt es etliche, die nicht einmal satt zu essen haben! Meine Empfehlung auch an die schönen Damen! Sie bieten mir Chrispellen an? Danke, danke! Ich bediene mich im Namen des Volkes! Auch dafür werdet ihr eines Tages bezahlen! Nicht lange mehr wird dieser Ort von Parasiten bewohnt werden! Oh, danke, danke! Sogar ein Gläschen Marsala.«

Jemand legte die Nationalhymne auf, und ein Schrei der Begeisterung erscholl, der in heftigen Beifall überging. Ein Tablett mit Gläsern wurde herumgereicht, der Professor hob den Arm und rief:

»Prosit!«

Er trank sein Glas in einem Zug leer und lachte. Die Umstehenden brachen in Ovationen aus und lachten ebenfalls. Jetzt wurde er wütend, richtete seine Brille, reckte die Fäuste und rief:

»Lacht nur, lacht nur! Eines Tages werde ich auf eure Gräber spucken! Ihr schenkt zehn unbewohnbare Wohnungen an ein paar unglückliche Familien und hofft, damit euer Gewissen zu beruhigen ... Eines Tages werde ich euch zertreten. Ich habe Beweise und Dokumente ...«

Unvermittelt brach er ab. Sein Gesicht rötete sich und schien anzuschwellen, die Adern am Hals und auf der Stirn wurden sichtbar, und die Augen traten aus den Höhlen. Er stand noch immer auf seinem Stuhl und schwankte bedenklich. Er bekam einen Hustenanfall. Sein Gebiß flog heraus, das Gesicht wurde schlaff, er sah mit aufgerissenen Augen in die Runde. Dann fiel er vornüber auf das Buffet, steif wie ein Brett. Er war tot.

Michele kam nicht, und Elena war fast froh darüber. Sie war müde. Zuviel war geschehen, und erneut hatte der Tod in die Ereignisse eingegriffen. Sie vermutete, daß Michele genauso erschöpft war wie sie: ›Der arme Kerl, er wird völlig erledigt sein! Um so besser, heute nacht wird geschlafen.‹

Sie schlief tief und traumlos und fühlte sich ausgeruht, als sie am nächsten Morgen aufwachte. Vor ihrer Wohnungstür prallte sie fast gegen den Gefreiten Ferraù, der auf dem Treppenabsatz wartete.

»Guten Morgen, Signorina Vizzini. Sie möchten bitte in die Kaserne kommen.«

Sie schaute ihn an:

»Was ist, Gefreiter ... Ist schon wieder einer umgebracht worden?«

»Wollen Sie, daß alle umgebracht werden, Signorina?«

»Wer ist ›alle‹, Gefreiter?«

»Ich weiß nicht. An wen dachten Sie?«

Zum ersten Mal kam Elena der Gedanke, daß der Gefreite vielleicht klüger war, als er aussah. ›Teufel auch‹, dachte sie, ›er kann sogar witzig sein.‹ Auf dem Weg zur Kaserne versuchte der Gefreite den Höflichkeitsabstand von einem Schritt einzuhalten. Elena holte die Zigaretten heraus, steckte sich eine in den Mund und hielt dem Mann die Packung hin.

»Eine Zigarette, Gefreiter Ferraù?«

»Nein danke, Signorina.«

»Finden Sie es unpassend, auf der Straße zu rauchen?« Sie hielt ihm wieder das Päckchen unter die Nase. Er nahm eine und steckte sie in die Brusttasche.

»Für später.«

»Sie finden es doch unpassend ...«

Die Leute auf der Straße grüßten. Einige zurückhaltend, andere freundlich, wieder andere versuchten regelrecht, sich bemerkbar zu machen. Elena grüßte zurück und rauchte mit großen Gesten.

»Haben Sie bemerkt, Gefreiter? Von allen Seiten werde ich gegrüßt.«

»Das ist verständlich, Signorina.«

»Warum verständlich?«

»Weil die Leute gut erzogen sind …«

›Der Mann‹, dachte Elena, ›benutzt seinen Kopf tatsächlich zum Denken.‹ Sie stellte sich vor, wie der Gefreite mit seiner Frau schlief. Er zog die Uniform aus und legte sich auf eine ältliche Frau, die er mit rhythmischen Stößen seines Unterleibs traktierte, während sie reglos dalag und melancholisch zur Decke schaute. In dem Augenblick kam Wachtmeister Orofino herein: »Was zum Teufel machen Sie da, Gefreiter?« Der Gefreite erhob sich, sein Glied schrumpfte vor Schreck und hatte die Größe eines kleinen Fingers: »Zu Befehl, Herr Wachtmeister!«

Sie fand den Gedanken so komisch, daß sie lachen mußte. Er schaute sie fragend an. Sie wackelte mit dem Zeigefinger und sagte spöttisch. »Kindereien, Gefreiter. Ich war in Gedanken.«

Der Wachtposten in der Kaserne ließ sie sofort eintreten, und der Ermittlungsrichter wartete schon. Doktor Occhipinti trug eine prächtige rote Krawatte, war frisch rasiert, elegant gekleidet und sah noch jugendlicher und zierlicher aus als sonst. Auch er wirkte ausgeruht, geleitete Elena höflichst zu seinem Schreibtisch, wartete, bis sie sich hingesetzt hatte, und setzte sich seinerseits. Es schien eine schwierige Sache zu sein, die er besprechen wollte. Mit winzigen, gekünstelten Handbewegungen rückte er die Gegenstände auf seinem Schreibtisch zurecht: Tintenfaß, Aschenbecher, Zigarettenschachtel, Feuerzeug. Zum Schluß lächelte er zufrieden. Mit schmeichlerischer Stimme sagte er:

»Möchten Sie eine Zigarette?«

Er reichte ihr Feuer und fragte liebenswürdig:

»Trinken Sie einen Kaffee?«

Er war sehr erfreut, als Elena nickte, und gab dem Gefreiten Befehl, den Auftrag sofort auszuführen.

»Die Bar an der Piazza macht einen wirklich hervorragenden Kaffee.

Stark und dick wie Sirup … Bei mir muß der Kaffee perfekt sein, vielleicht, weil ich soviel rauche!«

Er hoffte wahrscheinlich, daß Elena ein paar höfliche Worte sagte, aber sie antwortete nicht, rauchte nur und sah ihn an. Schließlich öffnete er die Akte, schob sich die Brille auf die Stirn und holte Luft durch die Nase.

»Signorina Vizzini, ich müßte Sie jetzt etwas sehr Privates fragen, was ich Sie lieber nicht fragen würde …«

»Dann lassen Sie es!«

»Das ist nicht möglich, Signorina. Es ist meine Pflicht, Ihnen diese Fragen zu stellen, und ich muß Sie bitten, mir die volle Wahrheit zu sagen.«

»Zum Beispiel?«

»Zum Beispiel: Wer ist der Mann, den Sie nachts in ihrer Wohnung in der Via Redentore empfangen?«

Elena spitzte die Lippen wie einen Hühnerpopo und ließ ein dünnes Fädchen Rauch entweichen. Sie schien sich nur für dieses Fädchen zu interessieren.

»Wie kommen Sie darauf, daß ich nachts einen Mann empfange?«

»Weil es im Protokoll der Carabinieri steht.«

»Dann lassen Sie mir nachspionieren?«

Der Richter seufzte entmutigt, blieb aber freundlich.

»Sehen Sie, Signorina, ich möchte, daß Sie mir zwei Dinge glauben. Erstens: Niemand verdächtigt Sie, sich im Zusammenhang mit den drei Morden strafbar gemacht zu haben. Zweitens: Die drei Morde haben unzweifelhaft etwas mit Ihrer Person zu tun.«

»Das ist einzig und allein Ihre Idee.«

»Sie meinen, das wäre nur eine Idee von mir? Darf ich Sie höflichst bitten, mir kurz bei einem Gedankengang zu folgen?«

»Ich folge Ihnen.«

»Schön! In diesem Ort sind drei Männer ermordet worden. Das ist eine Tatsache. Oder nicht?«

»Einverstanden, das ist eine Tatsache.«

Er nahm seine Zigarettenschachtel und legte sie mitten auf den Tisch, als wäre sie das erste Glied einer logischen Kette. Mit einer leichten Kopfbewegung bat er Elena um ihr Einverständnis für sein Tun.

»Alsdann: Der erste Mann wird ermordet, wenige Stunden nachdem er Sie in aller Öffentlichkeit und in Anwesenheit von mindestens hundert Personen beleidigt hat … Auch das können Sie nicht abstreiten.«

»Wird nicht bestritten.«

»Dennoch wissen Sie nicht, durch wen und warum der Mann umgebracht wurde.«

»Ich kann es mir in der Tat nicht erklären.«

»Machen wir weiter.«

Er nahm mit großer Sorgfalt sein Feuerzeug und das Tintenfaß und stellte beides neben die Zigarettenschachtel. Wieder lächelte er.

»Sehr gut! Nach einigen Tagen kommen zwei Männer, deren Identität und Wohnort noch immer unbekannt sind, und überfallen Sie, ebenfalls in aller Öffentlichkeit und mit erheblicher Heftigkeit. Es ist zehn Uhr abends. Zwei Tage später werden die Männer durch sechs Pistolenschüsse getötet. Irre ich mich?«

»Kein Irrtum.«

»Wollen Sie bestreiten, daß auch diese zwei Morde nach einem Angriff auf Ihre Person verübt wurden und damit möglicherweise in Verbindung stehen?«

»Sie behaupten es, und ich kann es nicht bestreiten.«

»Dann fassen wir zusammen. In diesem Ort hier werden alle, die Sie angreifen, beleidigen oder schlecht behandeln, pünktlich umgebracht. Und Sie wissen nichts davon.«

»Nicht das geringste.«

»Richtig, genau, ich habe es zuvor erwähnt. Sie sind dafür nicht verantwortlich, sind auch keine Komplizin und wissen nicht das geringste. Aber, zum Teufel, auch Sie, Signorina Vizzini, sagen Sie nicht nein … Auch Sie werden doch nach einer Erklärung dafür suchen, was in diesem Ort vorgeht …«

»Ich habe gesucht und nichts gefunden. Jetzt müssen Sie es mir erklären. Das ist doch Ihre Aufgabe als Richter … Oder irre ich mich?«

Die liebenswürdige Atmosphäre zwischen den beiden war dahin, nur ihre Stimmen klangen noch höflich. Der Richter stellte das Tintenfaß auf die Zigarettenschachtel und das Feuerzeug auf das Tintenfaß.

»Hervorragend! Da ich die Pflicht habe, diese drei Mordfälle aufzuklären, habe ich auch das Recht, alles zu erfahren, was dazu beitragen könnte. Nur deshalb, Signorina Vizzini, frage ich Sie: Wer ist der Mann, den Sie nachts in Ihrer Wohnung empfangen?«

Elena sah ihm fest in die Augen und antwortete nicht. Er schlug mit der flachen Hand auf die Akte. Plötzlich wurde der Dialog heftiger, die Stimmen wurden schriller und ihre Gesten aggressiv.

»Signorina Vizzini, ich habe alles hier in der Akte, Sie können die Aussage nicht verweigern!«

»Ich bin eine erwachsene Frau und kann in meiner Wohnung empfangen, wen ich will.«

»Nicht in jedem Fall …«

»In jedem Fall! Das Gesetz verbietet mir nur, fremde Männer auf der Straße anzusprechen.«

»Es geht um die Justiz und ihre Aufgaben!«

»Ich habe ein Recht auf meine Gefühle und brauche sie niemandem mitzuteilen, auch der Justiz nicht.«

»Und hier liegt Ihr Irrtum! Ich interessiere mich weder für Ihre Gefühle noch dafür, was Sie machen, wenn Sie mit diesem Mann in Ihrem Zimmer sind …«

»Seit einer halben Stunde versuchen Sie, ebendas herauszubekommen.«

»Ich will nur seinen Namen wissen.«

»Ich habe ihn vergessen.«

»Sie haben ihn vergessen?«

»Ja.«

Der Gefreite Ferraù war hereingekommen und hielt ein kleines Tablett mit zwei Kaffeetassen in der Hand. Er rührte sich nicht, nur seine Augen wanderten hin und her. Der Richter nahm die zwei Tassen, stellte sie auf den Tisch, schob den Gefreiten zur Tür hinaus, gab einen Löffel Zucker in Elenas Tasse, schaute fragend, ob sie einen zweiten

Löffel wünschte, nahm aus seiner Westentasche eine Dose, schüttelte eine Pille heraus, die nicht größer war als ein Stecknadelkopf, und ließ sie mit einer kleinen, affektierten Geste in seine Tasse fallen. Zum Schluß rührte er seinen Kaffee mit einigen kreisenden Handbewegungen um und schlürfte ihn aus der Tasse.

»Gut?«

»Gut.«

Er gab ihr Feuer, rauchte gierig und ging auf und ab. Sie hatten sich beide etwas beruhigt.

»Signorina, darf ich einen Augenblick um Ihre Aufmerksamkeit bitten?«

»Ich bin aufmerksam.«

»Versuchen wir, wie zwei vernünftige Menschen miteinander zu reden. Im allgemeinen Interesse.«

»Versuchen wir es.«

»Schauen Sie, Signorina, jedes Verbrechen, das nicht gerade von einem Verrückten begangen wird, hat ein klares Motiv. Ich denke, darüber herrscht völlige Einmütigkeit.«

»Völlige.«

»Nun gibt es nur sehr wenige menschliche Motive für einen Mord, und sie sind bekannt: Rache, Habgier, Eifersucht. Ich habe keinen Zweifel, daß allen drei Morden eines dieser drei Motive zugrunde liegen muß. Können Sie mir folgen?«

»Ich folge Ihnen.«

»Danke. Da nun Ihre Person, wenngleich unbewußt, im Mittelpunkt der drei Verbrechen steht, bin ich gezwungen, ein Motiv zu suchen, das in Ihrer Person liegt. Würden Sie nicht daßelbe machen?«

»Ich bin Lehrerin. Ich beschäftige mich nur mit Lesen und Schreiben.«

Der Richter schien einen Moment lang die Möglichkeit zu erwägen, ihr eine Ohrfeige zu verpassen. Statt dessen klang seine Stimme noch zuvorkommender, als er weitersprach.

»Stützen wir also unsere Überlegungen auf Ihre Person. Erste Hypothese: Rache. Die Frage ist: Warum sollte jemand Ihnen zuliebe drei Personen ermorden, wenn Sie diese Personen nicht einmal kennen? Also auszuschließen.«

Er ging wieder durchs Zimmer.

»Dann: Habgier? Sie kennen niemand hier im Ort, haben hier keine Verwandten, es gibt nichts zu erben, Sie haben kein Geld verliehen und sich nichts geliehen, sind keine Glücksspielerin, nehmen keine Wucherzinsen … Nichts. Das Motiv Habgier fällt also ebenfalls weg.«

Er ging bis zur Wand, machte auf dem Absatz kehrt und blieb stehen.

»Wenn Rache und Habgier ausscheiden, welches Motiv bleibt dann übrig?«

»Welches bleibt übrig?«

»Das Motiv Leidenschaft, das heißt: Eifersucht! Da gibt es kein Entrinnen!«

»Will jemand entrinnen?«

»Nein doch, warum sollten sie?«

Der Richter entdeckte einen Rest Kaffee in seiner Tasse und lutschte sie mit geschlossenen Augen aus. Mit theatralischer Handbewegung sagte er:

»Die Leidenschaft, natürlich. Diese geheimnisvolle menschliche Leidenschaft! Aber wessen Leidenschaft? Wie, wann und für wen?«

Langsam umkreiste er Elena und den Schreibtisch. Er stand vor dem krönenden Abschluß seiner Beweisführung, und seine Stimme bebte vor Erregung.

»Lassen Sie mich an dieser Stelle abermals zwei Hypothesen aufstellen. Der Mann, den Sie lieben und mit dem Sie sich in der Nacht treffen, ist eifersüchtig bis zum Wahnsinn. Dieser Mann bringt Villarà um, weil er es gewagt hat, Ihnen öffentlich einen unzweideutigen Antrag zu machen. Daraufhin werden Sie von zwei Freunden Villaràs überfallen.«

»Und warum?«

»Um seinen Tod zu rächen.«

»Und warum bringen sie mich nicht um?«

»Weil Sie eine Frau sind. Vor allem aber, weil die Täter Ihren Liebhaber umbringen wollen. Da sie jedoch nicht wissen, wer er ist, geben sie ihm ein Zeichen, um ihn herauszufordern. Sie wollen ihn zwingen, sich zu zeigen.«

»Diese Dummköpfe!«

»Genau! Zwei Tage später schnappt sich Ihr Liebhaber die beiden und bringt sie um.«

»Eine sehr romantische Geschichte. Aber das war nur Ihre erste Hypothese.«

»Richtig. Die zweite ist sehr viel grausamer.«

»Gibt es etwas Grausameres als drei Morde?«

»Vier oder fünf Morde ...«

Elena wurde blaß. Der Richter senkte instinktiv die Stimme:

»Jemand in diesem Ort ist in Sie verliebt.«

»Der Mann, der mich nachts besuchen kommt?«

»Ein anderer ... Er wagt nicht, es Ihnen zu zeigen, und liebt Sie heimlich. Er ist wahnsinnig!«

»Scheu und wahnsinnig. Wer ist dieser Teufel von einem Mann?«

»Er ist so gefährlich, daß Sie Angst vor ihm haben sollten. Seine Leidenschaft hat ihn völlig blind gemacht, und seine Eifersucht ist tödlich. Erst bringt er Villarà wegen einer banalen Unhöflichkeit um, dann ermordet er diese zwei Dummköpfe, die ihn rächen wollen, und jetzt ...«

Die Sache begann spannend zu werden.

»Und jetzt?«

»Als nächstes wird er Ihren Liebhaber umbringen. Er wartet nur auf einen günstigen Moment!«

Der Richter hatte sich wieder beruhigt und nahm die Brille von der Stirn.

»Er muß verrückt sein, Signorina Vizzini ... Wissen wir, ob er nicht auch Sie umbringen wird?«

Er ließ sich auf seinen Stuhl sinken, lehnte sich zurück und schloß die Augen, war jedoch sofort wieder da.

»Jetzt wissen Sie, warum ich den Namen des Mannes erfahren muß, der Sie nachts besuchen kommt ... Entweder ist er selber der Mörder, dann haben Sie kein Recht, ihn zu schützen, oder er ist unschuldig und kann jeden Moment umgebracht werden ... Sie können nicht wollen, daß ihm etwas passiert.«

Sie schauten sich eine Weile wortlos in die Augen, dann schüttelte Elena den Kopf.

»Nein, Herr Richter, das ist unnötig ... Zum einen wäre der Mann, der mich in der Nacht besucht hat, nicht fähig, jemand umzubringen, und zum zweiten ist er außer Gefahr, da ich ihn nicht mehr sehen werde ... Die Sache ist vorbei. Er ist in Sicherheit.«

»Signorina Vizzini, warum wollen Sie mir nicht helfen?«

Elena stand auf. Sie antwortete nicht und fragte statt dessen:

»Könnte ich eine Waffe haben, Herr Richter?«

»Haben Sie Angst?«

»Ja, ich habe Angst! Sagen Sie dem Gefreiten, er soll mir eine Pistole geben.«

Der Richter nahm seine Akte vom Tisch und öffnete die Tür, die ins Innere der Kaserne führte. Er lächelte traurig.

»Das geht nicht, Signorina Vizzini. Es wäre einfacher, wenn Sie uns helfen würden, damit wir endlich herausfinden, was hier vorgeht.«

»Aber Sie haben schon alles herausgefunden! Sie haben eine fabelhafte Theorie entwickelt ...«

»Sie wäre fabelhaft, wenn nicht eine Sache passiert wäre, durch die sie widerlegt wird.«

»Eine Sache? Was für eine Sache?«

»Der vierte Mord. Sie waren dabei. Professor Spadafora ist ermordet worden. In seinem Glas war Strychnin.«

Er nickte ihr zu und ging hinaus. Sie zuckte zusammen, als die Tür zufiel, und starrte den Gefreiten an, der sich nichts anmerken ließ. Dann legte sie ihm die Hand auf die Schulter.

»Auf Wiedersehen, Gefreiter!«

Sie ging zur Schule und bemühte sich, ihre Angst zu verdrängen, indem sie sich einredete, daß der Richter lediglich versucht hätte, ihr eine dämliche Falle zu stellen. Er war nichts als ein kleiner Schnüffler, der sich wichtig machte und sie hereinlegen wollte. Ein kleines Arschloch, das nur an seine Karriere dachte. Spadafora war an einem Herzinfarkt gestorben, das hatten alle gesehen und war von Doktor Sanguedolce bestätigt worden, der ihn untersucht hatte.

Die Geschichte mit Michele war noch alberner. Michele, der aus Liebe mordete oder aus Eifersucht ermordet werden sollte! Das Schlimme an der Sache war nur, daß die Carabinieri von jetzt an ihre Wohnung überwachen würden, da sie wissen wollten, wer der Mann war, der sie nachts besuchen kam. Je länger sie darüber nachdachte, desto größer wurde das Gefühl der Zärtlichkeit für Michele, denn wenn es etwas gab, worauf sie keinesfalls verzichten wollte, so war das er: das Verlangen nach ihm, die Hoffnung, geliebt zu werden, das tägliche Warten auf den Abend, das Gefühl der Geborgenheit, das sie in seiner Gegenwart empfand.

Doch gleich darauf kam ihr ein anderer Gedanke: Richter Occhipinti wußte längst, daß Michele ihr Liebhaber war, es gab keinen Zweifel! Wenn die Carabinieri gesehen hatten, wie er nachts aus ihrem Haus kam, dann mußten sie ihn erkannt haben, so dumm waren sie auch wieder nicht … In Wirklichkeit hatte der Richter nur versucht, von ihr eine Bestätigung zu bekommen. ›Dieser Scheißkerl von einem Richter! Wer weiß, was er sich da zusammengereimt hat, dieses Milchgesicht mit seinem gezierten Getue und seinem tuntigen Stimmchen!‹

Der Gedanke war so einleuchtend, daß er sie tröstete. Sie brauchte auch in Zukunft nicht auf Michele zu verzichten. Zum Teufel mit dem Richter, den Carabinieri und dem Mörder! Und sie brauchte auch keine Angst um Michele zu haben! Doch die Angst blieb und lag auf ihrer Brust wie ein Stein.

Während des Unterrichts geschah etwas Merkwürdiges: Draußen auf dem Korridor ging Michele vorbei. Sie lief zur Tür, aber er war fort, als sie hinauskam, so als ob er weggerannt wäre. Am Ende des Unterrichts sah sie ihn draußen auf der Treppe, versuchte ihn zu erreichen, doch er drehte sich nicht einmal um, drängte sich hastig zwischen den Schülern durch und verschwand. Es sah aus, als fühlte er sich verfolgt. ›Vielleicht‹, dachte sie, ›hat sich der Zustand seiner Mutter verschlechtert‹ und erwog, hinter ihm herzulaufen und ihn zu fragen, ob er Hilfe brauche, doch auf der Piazza waren zu viele Leute. Er würde sich kompromittiert fühlen. Das würde er mir nie verzeihen. Aber eines Tages werde ich es tun. Ich werde ihn mitten auf dem Platz küssen. Soll ihn der Schlag treffen. Lehrer Belcore in aller Öffentlichkeit entehrt … Wer weiß: Vielleicht findet man ihn eine halbe Stunde später. Ermordet!‹

Die große Volksversammlung mit dem Staatssekretär Cataudella war auf sieben Uhr am Abend angesetzt. Stadtrat Tuttobene war schon am Morgen nach Palermo gefahren, um den Politiker nach Montenero zu begleiten. Elena fühlte sich den ganzen Nachmittag unwohl bei dem Gedanken, daß sie eine Rede halten sollte, um ganz offiziell die dramatische Lage des Ortes darzustellen. Sie wußte nicht, was sie sagen sollte, war erschöpft und merkte, wie ihr die Augen vor Müdigkeit zufielen. Schließlich kochte sie sich einen Kaffee, legte die Zigaretten vor sich hin und begann, sich Notizen zu machen, denn sie wollte, daß der Staatssekretär die Notlage der Einwohner wirklich begriff.

Sie füllte an die zehn Seiten mit Notizen, Appellen und Korrekturen und wurde dabei immer unzufriedener und mutloser, weil sie merkte, daß es nur Wörter waren. Das öffentliche Bewußtsein, die Menschenrechte, der Bildungsrückstand der Armen, die Kindersterblichkeit … Jeder konnte zwei Blätter mit solchen Bemerkungen aus der Tasche holen und sie bei jeder beliebigen Gelegenheit vorlesen. Hundertmal waren solche Dinge gesagt worden, ohne etwas zu bewirken. Verwirrt schaute sie auf das Durcheinander der Aufzeichnungen und sagte mit lauter Stimme, was sie öffentlich kaum sagen würde:

»Leck mich am Arsch!«

Sie zerriß die Blätter, warf sich aufs Bett und blieb mit ausgestreckten Armen und Beinen liegen.

»Scheiße! Ich sage ganz einfach, was mir gerade einfällt!«

Sie schlief wie ein Stein drei Stunden lang. Es war bereits dunkel, als sie aufwachte, und sie war noch genauso unzufrieden und müde wie zuvor. Wütend ließ sie sich wieder aufs Bett sinken und überlegte, ob sie weiterschlafen sollte. ›Ihr könnt mich alle am Arsch lecken! Was interessieren mich der Abgeordnete und die Volksversammlung. Ich komme nicht aus dem Bett, und dann soll ich eine Rede halten: die armen Armen, die Arbeitslosen! Wer ist das überhaupt? Die können mich auch mal!‹

Trotzdem stand sie auf, seufzte ergeben, trank den Rest Kaffee aus, zog sich an, kämmte sich und ging dabei im Zimmer umher. Die Augen halb geschlossen vor Müdigkeit, die Zigarette im Mundwinkel.

Die kalte Abendluft machte sie schlagartig wach. Die bevorstehenden Ereignisse begannen sich schon bemerkbar zu machen: Die Piazza war voller Leute, die sich aufgeregt und hastig begrüßten, die Balkone des Rathauses waren beleuchtet, und über dem Portal hing eine große Fahne. Am stärksten war das Gedränge vor dem Rathaus, und Elena hatte Mühe hineinzukommen. Sie erreichte mit viel Geschiebe den Rathaussaal, wo bereits der Bürgermeister, die Stadträte, die Vorsitzenden der Vereine und Verbände und abermals eine Menge Volk warteten: Bauern, Handlanger, Grundbesitzer, Tagelöhner und Bauarbeiter.

Als die Nachricht vom Eintreffen der Fahrzeuge aus Palermo sich verbreitete, lief alles wieder nach draußen und umringte den weißen Fiat, der vor dem Portal anhielt.

Als erster stieg Stadtrat Tuttobene aus: das Gesicht hochrot, erregter Blick. Er vollführte eine Menge unnötiger Handbewegungen, lächelte, gab Zeichen und quoll über vor Triumph. Dann riß er die hintere Tür des Wagens auf. Ein schwarzgekleideter Herr kam heraus, aber es war nur der persönliche Sekretär, der seinerseits dem Abgeordneten Cataudella aus dem Auto half. Er wurde mit rauschendem Beifall empfangen. Es entstand ein Wirbel, an dessen Rändern die Carabinieri und die Angehörigen der Stadtpolizei einen Kordon bildeten. Minutenlanges Händeschütteln, Begrüßungen, Wiedersehensfloskeln und Vorstellungen.

»Lieber Herr Bürgermeister …«

»Hochverehrter Herr Abgeordneter …«

»Küß die Hand, küß die Hand …«

»Ja, man wird älter …«

Auch Elena wurde dem Abgeordneten Cataudella vorgestellt, der über sie bestens im Bilde zu sein schien. Er schüttelte ihr lange die

Hand und sagte, es freue ihn, sie kennenzulernen. Elena musterte ihn ein paar Sekunden lang. Er war mittelgroß, etwa sechzig, hatte gelbe Zähne vom Rauchen, trug eine verschossene Krawatte, einen blauen Anzug, hatte graumeliertes Haar und eine Brille mit Metallgestell. Er wirkte unscheinbar, aber seine pechschwarzen Augen waren ununterbrochen in Bewegung, und er hatte eine prächtige tiefe Stimme. Schon mit seinem Lachen übertönte er das Stimmengewirr. Am seltsamsten war jedoch seine offensichtliche Fähigkeit, sich an die Namen sämtlicher Persönlichkeiten des Ortes zu erinnern und mit mehreren gleichzeitig zu sprechen.

Er wurde zum Rathaussaal geleitet, wobei jeder versuchte, so nahe wie möglich an seiner Seite zu bleiben. Er betrat das Podium, hob die Arme und bedankte sich für den Beifall. Schließlich setzte er sich, und alle machten es ihm nach. Eine Weile hörte man nur das Geschiebe von Bänken und Stühlen, dann trat Bürgermeister Liolà vor, entbot dem Gast etwas kurzatmig den Willkommensgruß und schloß mit den Worten:

»Verehrter Herr Abgeordneter und Staatssekretär, wir erblicken in Ihnen nicht nur den hohen Repräsentanten der Regierung, sondern auch den würdigen Sohn dieser Provinz. Jahrelang sind wir verachtet und vergessen worden. Jetzt setzt diese Bevölkerung, die ihren Glauben an die Demokratie bewiesen hat, das Vertrauen in Ihre Person. Ihnen vertrauen wir unsere Hoffnungen an, auf daß die Probleme gelöst werden, die für uns seit Jahrzehnten Armut und Verlassenheit bedeuten.«

Der Beifall schien ihn fast umzuwehen. Er wirkte ehrlich gerührt und bemühte sich um einen dramatischen Gesichtsausdruck, der dem Charakter seiner Ausführungen entsprach. Es gelang ihm nicht. Schließlich setzte er sich neben Elena und schaute ins Leere. Der Abgeordnete schritt zum Mikrofon, und das Stimmengewirr legte sich wieder. Er steckte eine Hand in die Seitentasche, senkte den Kopf, als müßte er intensiv nachdenken, und blieb einige Zeit in dieser Position.

Elena dachte: ›Er spielt Theater. Noch so ein ehrenwerter Hurensohn. Als Auftakt will er den Leuten weismachen, daß die Worte des Bürgermeisters ihn tief getroffen haben. Jetzt wollen wir mal sehen, wie er sie verarscht. Schau dir diese Hammelherde an, wie sie das Maul aufsperren und glotzen!‹

Der Abgeordnete hob den Kopf mit einer kleinen, herrischen Bewegung und schaute das Publikum durchdringend an. Er begann langsam, mit leiser Stimme zu sprechen, so daß es im Saal still wurde. Er wirkte bewegt, wandte sich den Leute in den vorderen Reihen zu, als redete er mit ihnen persönlich, und richtete dann seinen Blick in die Tiefe des Saales, als kenne er auch die Leute ganz hinten.

»Als ich das erste Mal in diesen Ort kam, warf mir ein Kind aus dem Fenster eine Blume zu. Ich hob sie auf. Sie war mir ein Unterpfand, ein zarter Beweis der Freundschaft ... Am Abend redete ich auf einer bewegenden Versammlung, die mit einem Triumph endete und die ich nie vergessen werde. Als ich nach Hause kam, war mir die kleine Blume abhanden gekommen. Aber mir ist, als trüge ich sie allezeit im Knopfloch, und sie ist mir mehr wert und lieber als irgendein Parteiabzeichen ...«

Applaus kam auf. Cataudella schob zwei Finger in die Westentasche und schloß die Augen. Elena dachte: ›Verarschung Nummer eins!‹ Er begann wieder zu reden.

»Als ich heute abend hierher zurückkam und die Konturen der ehrwürdigen Kathedrale sah, fühlte ich mich seltsam erregt und wußte nicht recht, warum ich beunruhigt oder besorgt war. Die Wahrheit begriff ich erst, als ich in eure Gesichter schaute, eure Stimmen hörte und eure ausgestreckten Hände erblickte. Meine Erregung war die eines Menschen gewesen, der von einer langen Reise nach Hause zurückkehrt und fürchtet, nicht wiedererkannt zu werden, und der auf einmal die geliebte Umgebung und die Gesichter ehrlicher Freunde vor sich sieht ... Das ist auch der Grund, weshalb sich mir das Herz zusammenzog, als Herr Bürgermeister Liolà vor wenigen Augenblicken von den Problemen, der Armut und Verlassenheit dieses Ortes sprach. Denn eure Probleme sind auch die meinen ...«

Langer Beifall brach los, und auch Elena applaudierte. ›Zweite Verarschung‹, dachte sie, ›gut gemacht!‹ Cataudella hob den Arm, um den Beifall zu unterbrechen.

»Ihr habt mich hergebeten, und jetzt bin ich hier. Ich weiß, daß ihr dramatische Probleme habt, und ich bin gekommen, um mich euch zu stellen. Als Bürger überbringe ich euch meine brüderlichen Grüße, als Politiker bringe ich euch konkrete Garantien der Regierung ...«

Er hatte einen starken dialektalen Akzent, irrte sich aber nie in seinen Worten, wählte sie sorgfältig und fügte perfekt eins an das andere. Trotz seiner kurzen Arme und kleinen Hände waren seine Gesten eindrucksvoll und präzise. Er rief die persönliche Freundschaft mit einigen Anwesenden ins Gedächtnis, nannte den Ort »arm, aber stolz«, wenig später auch »unvergänglich, unglücklich und doch unverzagt« und scheute nicht vor Sentimentalitäten wie dieser zurück:

»Dieser Ort wird noch bestehen, wenn ich längst nicht mehr auf dieser Erde sein werde. Er ist wichtiger als wir alle, und kein Opfer und keine Mühe sollten uns zu schwer sein, um seinen Bestand in der Geschichte zu wahren ...«

Immer wieder unterstrich er die Rede durch seine Körpersprache. Er nahm die Brille ab und bewegte sie wie einen Taktstock, steckte Daumen und Zeigefinger in die Westentasche, trat einen Schritt vom Mikrofon zurück und hob seine wohltönende Stimme, strich sich über den Schnurrbart, richtete sich das Haar und zeichnete seine Vorstellungen mit kleinen Händen so präzise in den Raum, wie man es mit Worten nicht tun könnte. Er konnte sogar lächeln mit den Händen. Die Anwesenden schienen hypnotisiert zu sein. Elena hätte nie gedacht, daß man sich im Dialekt so makellos ausdrücken könnte. Zum ersten Mal erlebte sie einen Menschen, der die Leute überredete, ohne etwas Genaues zu sagen.

Der Abgeordnete kam zum Ende.

»Wie viele Schlachten haben wir gemeinsam geschlagen? Jedesmal, wenn ich in diesen kleinen, ruhmreichen Ort komme, habe ich das Gefühl, einen Schützengraben der Demokratie vorzufinden und an meiner Seite starke und tapfere Soldaten zu haben – gute, aber auch verschwiegene Gefährten, denen kein Kampf zu schwer ist. Gemeinsam haben wir die Freiheit erkämpft. Kämpfen wir nun für eine menschenwürdige Existenz der Bürger! Ich kenne eure drängenden sozialen Probleme, und ihr sollt wissen, daß ihre Lösung ein unverzichtbarer Bestandteil unseres Regierungsprogramms ist ... Eine Wohnung für alle, die Modernisierung der Landwirtschaft, eine Erhöhung der Pensionen, der große Stausee, der die Häuser und das Land mit Wasser versorgen wird. Kurz: Alle jene Werke des menschlichen Geistes und des Fortschritts, die der Entwicklung dieses Ortes dienen ... Dieses alten, stolzen und wunderbaren Ortes!«

Er war am Ende. Wieder erhob sich großer Beifall. Elena hatte das Gefühl, daß dies der richtige Moment sei, ihre Rede zu halten. Sie war wütend auf den Abgeordneten. Er hatte praktisch nichts gesagt, und diese Dummköpfe fraßen ihm aus der Hand. Sie lief nach vorne, wartete nicht ab, bis sich der Beifall gelegt hatte, da sie sah, daß der Abgeordnete sich bereits anschickte, den Saal zu verlassen, und rief so laut wie möglich:

»Einen Moment noch, Herr Abgeordneter ... einen Moment noch!«

Köpfe wurden herumgerissen, einige zischten, um den Beifall zu beenden, und auch der Abgeordnete blieb stehen und lächelte ihr zu. Er rechnete wohl damit, daß Elena ihm persönlich danken wollte. Sie rief:

»Ich habe Ihren teilnahmsvollen Worten aufmerksam zugehört ... Dieser wunderbare, stolze Ort, haben Sie gesagt ... All die herrlichen Dinge, die Sie versprochen haben! Wohnungen für alle, eine Rente für die Bauern, Wasser für die Felder ... Ich sehe den Ort schon vor mir, voller schöner Häuser und Springbrunnen, die fruchtbaren Felder und die glücklichen Kinder ... Aber wann soll dieses Märchen wahr werden? Wann? Wann?«

Cataudella blickte verständnislos, war blaß geworden und versuchte, Elena zu unterbrechen. Aus Elenas Rede schienen blanker Sarkasmus und Verachtung zu sprechen. Was ihn vor allem ängstigte, war die völlige Stille im Saal, die Elenas Worte ausgelöst hatten. Warum ließ man sie reden? Elena fuhr fort:

»Verehrter Herr Abgeordneter, haben Sie jemals mit den Männern geredet, die bei Sonnenuntergang vor der Haustür sitzen wie lebende Leichen: Die Gassen des Ortes sind voll von ihnen: Kranke und Alte. Ihr Lebtag lang haben sie geackert und gemäht und gehackt. Ihr ganzes Leben hat daraus bestanden. Nichts haben sie gehabt vom Leben, schlechter als das Vieh haben sie gelebt, und jetzt, da sie ausgelaugt sind, haben sie nur die Hoffnung auf das Mitleid ihrer Verwandten. Haben Sie, Herr Abgeordneter, sich jemals gefragt, was diese Menschen fühlen? Ich meine: wieviel Schmerz und Haß auf die Gesellschaft, wieviel Verzweiflung sie in sich tragen?«

Elena hatte Mühe, ihre Worte in eine logische Ordnung zu fügen, so rasch zuckten die Gedanken durch ihren Kopf.

»Sie reden von diesem ruhmreichen Ort, Herr Abgeordneter, von den guten Soldaten im Schützengraben und dem Kampf um die Freiheit des Menschen ... Was für eine Freiheit? Die Freiheit des Unglücklichen, der gezwungen ist auszuwandern, des Jungen, der nicht lesen und schreiben gelernt hat, des Alten mit den kaputten Knochen? ... Was haben die für eine Freiheit?«

Das Schweigen im Saal war so eindrucksvoll, daß Elena das Gefühl hatte, von ihrer eigenen Stimme fortgerissen zu werden.

»Ich glaube Ihnen, Herr Abgeordneter, daß Sie diesen Ort lieben und Mitleid empfinden. Aber haben Sie jemals eine der Hütten betreten, in denen acht oder zehn Personen in einem Zimmer schlafen und leben wie die Tiere? Die Lebensverhältnisse dieser Menschen sind menschenunwürdig ...«

Der Abgeordnete versuchte zu widersprechen und rief wütend:

»Ich weiß aus eigener Anschauung ...!«

»Sie wissen gar nichts, denn diese Dinge treiben einem Tränen in die Augen!«

»Signorina, das ist billige Rhetorik!«

»Ich spreche vom menschlichen Unglück! Nennen Sie das Rhetorik? Und was tun Sie, der Sie eine Stunde lang von Fortschritt, Zivilisation und historischen Traditionen reden?«

Sie redete, wie es ihr in den Kopf kam, leidenschaftlich und ohne Pause, um zu vermeiden, daß Cataudella ihr noch einmal ins Wort fallen konnte.

»Wissen Sie, wie viele Kinder in diesem Ort an Typhus, Hirnhautentzündung und Tuberkulose sterben? Wissen Sie, daß hier mehr als hundert Kinder an Kinderlähmung leiden und daß das nächste Krankenhaus fünfzig Kilometer entfernt liegt? Hier gibt es nichts, gar nichts!«

Sie schüttelte die Fäuste.

»Und wenn Sie es wissen, wie ist das möglich? Das müssen Sie uns hier und jetzt erklären! Sie sagen, Sie wüßten aus eigener Anschauung. Was wissen Sie? Kommen Sie mit mir. Ich zeige Ihnen, wie eine ganze Familie in einem schrecklichen Zimmer lebt, mit einem Loch im Fußboden, das ihnen als Toilette dient. Ohne Wasser zum Trinken oder um sich zu waschen, ein Haufen Kinder in einem einzigen Bett, in Gestank und Dreck … Wie können Sie von diesen Dingen wissen und weiterleben, wie können Sie da noch lächeln?«

Ein wilder Schrei ertönte aus der Menge, die ihr mit angehaltenem Atem zuhörte, und Elena hatte das Gefühl, die Stimmung jetzt auf ihrer Seite zu haben.

»Deshalb wird diese Bevölkerung, Herr Abgeordneter, wenn sie wirklich aus Menschen besteht, ich meine: aus Menschen, die eine Würde haben und nicht bereit sind, sich wie Tiere behandeln zu lassen … wenn diese Bevölkerung entschlossen ist, endlich für ihre Menschenrechte zu kämpfen … Was ich sagen will: Solange das Sondergesetz für diesen Ort nicht verabschiedet ist, wird niemand zur Wahl gehen und seine Stimme irgendeinem Politiker geben … Niemand! Niemand! Auch Ihnen nicht!«

Der Applaus, der losbrach, war so heftig, daß es sinnlos gewesen wäre, noch ein Wort zu sagen. Cataudella versuchte, den Lärm zu übertönen:

»Meine Freunde! Meine Freunde! Ich verstehe eure Erregung …!«

Seine Stimme ging im Geschrei unter, und von allen Seiten drängten sich die Menschen heran und umringten ihn mit ausgestreckten Händen. Der Abgeordnete begann Angst zu verspüren, dann hörte er wieder Elenas Stimme.

»Seit sieben Jahren haben Sie dieses Gesetz vorliegen! Seit sieben Jahren! Wissen Sie, wie viele Kinder in diese Zeit gestorben sind? Wie viele auswandern mußten? Und wie viele Schmerzen, o Gott, wie viele Schmerzen?!«

Sie war so erregt, daß ihr die Stimme versagte, und ihre Augen füllten sich mit Tränen. Sie stammelte nur noch:

»Wir verlangen, daß dieses Gesetz sofort dem Parlament vorgelegt wird!«

Der Rest ging im Aufruhr unter. Einen Augenblick lang hörte man die laute Stimme des Abgeordneten:

»Ich verpflichte mich feierlich … Bei allem, was mir heilig ist …!«

Dann brach das Chaos über ihnen zusammen, und es war nicht ganz klar, ob Cataudella gelyncht oder Elena im Triumph hinausgetragen werden sollte. Die Menschenmasse umringte sie beide und schleifte sie regelrecht mit sich. Elena fürchtete zu ersticken. Ihre Augen waren gerötet, das Haar zerzaust. Im Gesichtermeer der schreienden Menge erkannte sie mal das hochrote Gesicht des Bürgermeisters, mal die leuchtenden Augen Doktor Sanguedolces und mal den bleichen Stadtrat Tuttobene. Über den unzähligen schwarzen Köpfen erschien die große Fahne, die von hundert Händen gehalten wurde. Elena spürte eine Erregung, die sie nie zuvor empfunden hatte, und begann zu weinen.

Ein klarer, wolkenloser Tag brach an. Die grelle Sonne ließ das Blau des Himmels blaß und die Häuser weiß erscheinen. Ein frischer Wind schüttelte die Oleander auf der Piazza und wehte Blätter, Strohbüschel und Papierfetzen über den Corso. Elena hatte den Eindruck, auch die Personen und Ereignisse um sie herum würden von diesem Wind getrieben.

Am Vormittag trafen erste Nachrichten aus Palermo ein: Staatssekretär Cataudella teilte mit, er habe beantragt, den Gesetzesentwurf, der von fünfzehn sizilianischen Abgeordneten mitgetragen werde, im Dringlichkeitsverfahren vorzulegen. Die betreffenden Abgeordneten bestätigten telegrafisch, daß sie es als ihre politische Pflicht betrachteten, die Notlage des Ortes im Parlament zur Sprache zu bringen und sich für seine Rechte einzusetzen. Alle diese Nachrichten trafen stoßweise ein.

Elena wurde während der großen Pause ans Telefon gerufen. Cataudella teilte mit, der Minister werde noch am Nachmittag die Genehmigung für die einzelnen Projekte erteilen. Sie lief zum Klassenzimmer zurück, weil die Pause vorbei war, aber viele Lehrer und Schüler warteten noch auf dem Hof. Alle wollten wissen, was der Staatssekretär gesagt habe, sogar einige Schüler. Gemeinsam kamen sie die Haupttreppe herauf. Oben standen die übrigen Lehrer und auch Rektor Battaglia, der sich mangels Hut die Brille abnahm und sie in der Luft schwenkte.

»Signorina Vizzini, wir haben gewonnen!«

Alles klatschte, und eine ältere Lehrerin brach in Tränen aus und umarmte Elena. Battaglia befahl ein dreifaches »Hipphipphurra!« Elena erschien die Situation lächerlich. Zugleich aber spürte sie eine gewisse Gemütsbewegung. Stimmte es nicht, daß in diesem Ort eine Art gewaltloser Revolution stattfand und daß alles von ihr ausgegangen war? Der Gedanke rührte sie, so daß sie etwas tat, das sie sonst für grotesk gehalten hätte: Sie nahm ein kleines Mädchen auf den Arm, drückte es an sich und lief mit ihm den Gang entlang bis zu ihrer Klasse.

Am Nachmittag besuchte sie das Rathaus. Der Corso wogte, und vor dem Frisiersalon standen die drei Barbiere und spielten auf ihren Mandolinen – der kleine Kahle, der Rothaarige und der junge Mann mit den weiblichen Lippen. Als Elena vorbeikam, lächelten sie, als hätten sie den Auftrag, ihr ein Ständchen zu bringen. Sie folgten Elena mit lautlosen Schritten, der kahle Alte neigte den Kopf über sein Instrument, der Rothaarige lachte mit offenem Mund, ließ die Hand über die Saiten fliegen, und der dritte deutete ein paar Tanzschritte an.

Die Leute grüßten respektvoll, aber gut gelaunt, und Elena mußte lachen. ›Diese Kanaillen. Wie sie mir schmeicheln.‹

Die Mandolinenspieler begleiteten Elena bis zur Piazza. Vom Balkon des Rathauses hing wieder die große Fahne. Eine andere flatterte auf der Kuppel der Annunziata. Bevor Elena das Rathaus betrat, ging sie, unter dem Vorwand, einige Bücher zurückzubringen, auf einen Sprung zu Rechtsanwalt Bellocampo. Sie war neugierig, was der Alte sagen würde.

Rechtsanwalt Bellocampo erwartete sie, wie stets, in seinem Arbeitszimmer, aber sie fand, daß er krank aussah. Seine Haut war noch durchscheinender, und über seinen Augäpfeln lag ein wäßriger Schleier. Er lächelte glücklich, als er sie sah, und führte sie zu dem großen Sessel. Ob sie die Bücher gelesen habe und was sie von ihnen halte, wollte er wissen. Dann sagte er:

»Ich möchte Ihnen jemand vorstellen.«

Ein Junge von elf oder zwölf Jahren trat durch die Tür im Hintergrund. Er trug kurze Hosen zu einem weißen Hemd und war sehr blaß. Das lange, hellblonde Haar war in der Mitte sorgfältig gescheitelt und fiel an den Seiten locker herab. Er ging auf Elena zu, reichte ihr die Hand und machte einen Diener:

»Guten Tag, wie geht es Ihnen?«

Der Alte verfolgte die Bewegungen des Jungen wie im Traum.

»Das ist Giuliano, der Sohn meiner Tochter Giovanna.«

Zum ersten Mal erwähnte er den Namen der geheimnisvollen Tochter, die seit Jahren verschollen war. Er legte die Hand auf die Schulter des Kindes, und in seiner Geste lag eine unglaubliche Behutsamkeit, als fürchtete er, dem zierlichen Geschöpf Schaden zuzufügen.

»Er will zwei Wochen im Haus seines Großvaters verbringen ...«

Er neigte den Kopf und sah den Jungen an.

»Langweilst du dich?«

Der Junge antwortete höflich.

»Gewiß nicht ...«

Er setzte sich auf die Kante des Diwans, lächelte und beobachtete, wie Elena und Bellocampo einige Bücher aus dem Regal nahmen. Gelegentlich strich er sich mit einer knappen Handbewegung das Haar aus dem Gesicht und betrachtete Elena mit großen Augen. Er schien sie zu begutachten.

»Ein hübscher Junge ...«

Sie sprach leise, und der Alte nickte:

»Sehr hübsch, ja!«

»Sie mögen ihn sehr, nicht wahr?«

Statt zu antworten, sagte Bellocampo:

»Eines Tages wird dieser Junge das Oberhaupt der Familie Bellocampo sein.«

Elena dachte an das Landgut, das weitab in den Bergen lag, und stellte sich vor, wie die Bauern, die alle Lolicata hießen, sich schweigend vor dem Jungen verneigten. Sie sah ihn hinter den Fenstern des verlassenen Salons sitzen und malte sich aus, wie er einsam über die windige Steinwüste der Hochebene ging.

»Glauben Sie, daß er hier im Ort bleiben wird? Daß er hier leben will?«

Auch diesmal antworte der Alte nicht direkt. Er betrachtete den Knaben.

»Das verstehen Sie nicht, Signorina. Dieser Junge ähnelt in verblüffender Weise meinem Bruder Luigi, als er in seinem Alter war. Die gleichen feinen Gesichtszüge, die gleichen Augen, das Haar ... Mein Bruder war zum Herrschen geboren, alles gelang ihm besser als den anderen. Wenn es mit anderen Jungen eine Prügelei gab, schlug er sich mit Fäusten und Steinen, bis er gewonnen hatte. Mit vierzig war er Herr über eine Provinz.«

»Aber dann zerrte das Volk seinen Leichnam über den Platz ...«

Elenas Einwand wirkte so brutal, daß der Alte sie einen Moment lang ungläubig ansah.

»Sie haben recht ... Am Ende hat sich auch das ereignet.«

Elena nahm zärtlich seine Hand, und der Alte erschrak. Das Kind schien von der Zartheit der Geste überrascht zu sein, rührte sich aber nicht von der Stelle. Der Alte lächelte bitter:

»Machen Sie sich keine Sorgen, Signorina ... In meinem Alter vergißt man leicht, was sich wirklich ereignet hat.«

Etwas zwischen ihnen war zerbrochen. Elena hätte es gerne wiedergutgemacht. Sie standen hinter den Balkonfenstern und sahen auf die überfüllte Piazza. Die Treppenstufen waren schwarz von Menschen, die unter den Säulen saßen. Elena deutete mit unbeholfener Geste hinaus.

»Sie warten auf die Revolution ...«

Bellocampo hörte nicht zu. Er schüttelte sich, sah sie fragend an und nahm dann vom Schreibpult ein Buch, das Elena sich ausgesucht hatte.

»Vergessen Sie nicht, wenn Sie das lesen, Signorina Vizzini ... es sind sizilianische Geschichten, Legenden ... Wir haben die schönsten Legenden der Welt!«

Das Schauspiel der Masse, die bewegungslos auf der Piazza wartete, schien ihn zu beschäftigen.

»Jede Revolution ist ein Verstoß gegen die bestehenden Gesetze, die durch neue ersetzt werden. Meinen Sie nicht, Signorina Vizzini?«

»Genau das. Die Beseitigung untauglicher Gesetze ...«

Bellocampo schien mehr mit sich selber zu reden.

»Wie auch immer. Die Regeln der Welt, das Recht, die Gesetze, die Politik, die Gewerkschaften ... alle diese Dinge, die sich die Menschen für ihr Zusammenleben ausgedacht haben ... sind hierzulande nur eine Posse. In Wirklichkeit existieren sie nicht. Wie will man etwas beseitigen, das es nicht gibt?«

»Dann existieren auch die Menschen nicht, die wir dort auf dem Platz sehen? Alles tot, die Gesellschaft, die Menschen ...?«

Bellocampo schaute schweigend hinaus, und Elena wurde wütend.

»Eines Tages werden die Gesetze der Welt auch hierherkommen!«

»Nie!«

Seine Stimme klang leise und zugleich messerscharf. Die Scheibe war angelaufen, und er wischte sie ab.

»In diesem Ort wird sich nie etwas ereignen. Die Leute stehen wartend herum, die Männer sitzen in einer Reihe auf dem Bürgersteig, die Frauen lauern hinter den Balkontüren … Alles findet im Inneren der Menschen statt, genauer gesagt: in ihren Köpfen.«

Bellocampo schien ein Lachen zu unterdrücken. Er sah wieder hinaus auf die wartende Menge.

»Nehmen Sie diesen Mann dort. Schauen Sie. Er sitzt still auf seinem Stuhl, hört zu, betrachtet die Straße, von Zeit zu Zeit sagt er etwas. Aber wenn wir in ihn hineinsehen könnten … Was für Begierden und Leidenschaften! Welch eine Subtilität und Perfidie der Gedanken: Wut, Haß, Gewalt. Aber auch: welch eine Geduld! Und seine Träume? Jeden Morgen wacht er auf und beginnt zu träumen …«

Elena verstand nicht, worauf er hinauswollte. Sie fühlte nur, daß er der Spur eines geheimen Gedankens folgte.

»Ja, sie warten. Und es scheint, als warteten sie alle auf das gleiche: eine Revolution … Statt dessen wartet jeder von ihnen auf etwas anderes.«

Die Kirchenglocken begannen zu läuten. Die von San Michele machten den Anfang; dann stimmten dic Glocken der Kathedrale ein. Die Menge auf der Piazza kam in Bewegung, wie ein aufgeschreckter Ameisenhügel, und auch Bellocampo schien nun aufzuwachen.

»Die Revolution beginnt.«

Der Besuch endete zeremoniell wie üblich. Bellocampo begleitete sie hinaus in die Eingangshalle und stand mit dem Jungen an der Hand auf dem oberen Treppenabsatz, bis Elena das Haus verlassen hatte. Der Wind war kräftiger geworden und ließ die große Fahne, die den Corso heraufgetragen wurde, knatternd flattern. Hinter der Fahne ging der Bürgermeister an der Spitze eines Demonstrationszuges. Er winkte

Elena begeistert zu und bedeutete ihr, daß der Minister dem großen Projekt endlich seine Zustimmung erteilt habe.

Das Rathaus war voller Menschen, und ständig trafen Nachrichten und Telegramme ein. Schließlich rief der Staatssekretär an und verlangte, mit Elena als der Vorsitzenden des Bürgerkomitees persönlich zu sprechen. In seiner Stimme schwang Triumph. Er teilte mit, daß schon morgen das Gesetz vom Parlament verabschieden werde. Dann diktierte er ihr eine kurze Botschaft an die Bevölkerung: »Einer alten und ehrwürdigen Gemeinde wird endlich Gerechtigkeit zuteil! Ausdauer und Geduld, Bescheidenheit und Bürgerstolz werden endlich belohnt.«

Die Menschen drängten sich um den Tisch mit dem Telefon. Der Bürgermeister hob die Hände und rief: »So hat sich in nur drei Tagen das Schicksal unseres Ortes gewendet!«

In dieser Nacht kam Michele schon früh, und sie liebten sich mehrere Stunden lang. Elena erregte Michele mit dem Schoß und dem Mund, wand sich unter ihm und ritt auf ihm, schrie vor Lust, schlug ihn und riß ihn an den Haaren. Sie warf sich diesem Glied, das in sie eindrang, entgegen und gab es nicht frei. Dreimal schien sie erschöpft zu sein und wurde sanft wie ein Vögelchen. Doch ein tiefer Kuß genügte, um ihre Lust neu zu wecken. Michele senkte das Kinn auf die Brust und gab ein Murmeln von sich, wenn er Elenas Küsse erwiderte. Einmal keuchte sie atemlos: »Was sagst du? Ich will wissen, was du sagst.«

Er antwortete nicht und gab sich mit heftigen Stößen ganz seiner Lust hin. Einmal stützte er sich auf, um zu beobachten, wie sein Glied langsam in ihrem Schoß verschwand, und das Zuschauen schien ihn zu erregen. Als seine Stöße ihren Rhythmus gefunden hatten, konnte Elena ihn nicht mehr zurückhalten, der Höhepunkt kam plötzlich und war nicht hinauszuzögern. Am Ende fühlte Elena sich wie ausgepumpt. Die Augen fielen ihr zu. Sie wollte sich mit ihm unterhalten, denn sie hatte eine Unzahl Fragen und hoffte, er könnte ihr helfen, ein paar Dinge zu begreifen, aber ihre Stimme klang dünn, und sie brachte nicht mehr hervor als:

»Liebst du immer so, Michele? Auch mit anderen Frauen?«

Sie hörte ihn lachen und dachte: ›Belcore, du Bastard! Hast du wirklich nichts zu sagen?‹ Sie kuschelte sich an seinen Körper. Bald eine Stunde lang lagen sie sich still in den Armen. Träge und erschöpft.

Die Turmuhr der Annunziata schlug zehn. Von draußen hörte man Stimmen und Schritte. Elena stand auf, schürte das Feuer im Kamin, röstete einige Scheiben Weißbrot, dazu aßen sie Salami. Dann setzte sie Kaffee auf. Gedanken voller Wut gingen ihr durch den Kopf, und ihr war weinerlich zumute. Sie betrachtete Michele, der ausgestreckt auf dem Bett lag, und sagte herausfordernd:

»Du sagst nie etwas, nie …«

»Was sollte ich sagen?«

Die Weinerlichkeit war wie weggeblasen, als sie schimpfte:

»Weißt du, daß wir beide es noch nie geschafft haben, miteinander zu reden? Ich meine: wirklich zu reden! Es gibt hundert Dinge, die ich von dir wissen möchte … Fragen, auf die du mir eine Antwort schuldest! Zum Teufel! Du kommst rein, wir nehmen uns nicht einmal die Zeit, uns in die Augen zu sehen, reißen uns die Kleider vom Leib, werfen uns aufeinander, wechseln die Stellung und fangen wieder von vorne an. Seit wir zusammen sind, haben wir alle nur denkbaren Positionen ausprobiert, aber am Ende haben wir kein Wort über die Lippen gebracht! Was ist das für eine Beziehung zwischen Frau und Mann?«

Er räkelte sich nackt auf dem Bett und grummelte zufrieden:

»Die einzig mögliche … Oder nicht?«

Er schaute sie aus trägen, spöttischen Augen an. Dann klopfte er mit der Hand neben sich auf das Laken.

»Komm her …«

Elena bewarf ihn mit ihrem Kamm, aber er brummelte abermals, satt und zufrieden.

»Komm her, heute abend nehmen wir alle Positionen durch, die wir bisher gelernt haben …«

Sein Glied war halb steif geworden und vibrierte über seinem Bauch. Elena warf mit dem Handtuch danach.

»Ich will nicht, ich will nicht …«

Sie schlang sich eine Decke um und setzte sich in eine Ecke des Zimmers.

»Ich will mit dir reden … Michele, verstehst du nicht, daß ich mit dir reden muß: Was geht vor in diesem Ort, wer bringt die Leute um?«

»Was weiß ich. Wenn du es nicht weißt?«

Elena schaute ihn lange und schweigend an. Sie haßte ihn. Sein Glied war fast steif, sein Körper nackt, er hatte die Hände unter den Nacken geschoben, die Beine gespreizt, die Zigarette im Mund …

»Michele, sie wollen irgendeine Revolution machen und haben mich reingezogen … Für wen halten sie mich?«

»Schick sie zum Teufel, halt dich da raus! Wenn sie noch einmal kommen, sagst du: Schert euch zum Teufel!«

Elena schrie:

»Scheiße, Michele! Begreifst du nicht?! Sie denken, ich hätte die drei Männer umbringen lassen, und vielleicht auch Spadafora! Sie glauben, ich sei allmächtig. Ich schnipse mit den Fingern, und meine Gegner fallen tot um …«

»Na und? Schick sie zum Teufel!«

»Das geht nicht! Jetzt geht das nicht mehr!«

»Warum nicht? Was geht dich dieser Ort an? Du kannst nichts ändern, und zum Schluß ist alles eine Farce.«

Elena stand auf, ging zum Fenster und zog die Decke enger um sich. Ein dünner Regen fiel und umgab die Straßenlaterne mit einem dunstigen Schimmer. Die Kirche, die Dächer, der Glockenturm, die Kuppel der Annunziata in weiter Ferne: alles schien in einem Aquarium zu schwimmen. Sie legte die Stirn an die Scheibe.

»Ich liebe dich, Michele! Wie kannst du hier leben, ohne zu rebellieren?«

»Was heißt: rebellieren?«

»Du weißt es: das Leid der Menschen nicht zu verschweigen, ihre Demütigungen …«

»Und ich soll sie retten? Das hast du schon einmal gesagt: Man muß etwas tun, kämpfen … Meinst du das mit ›rebellieren‹?«

»Ja, das!«

Er richtete sich langsam auf, zündete sich eine neue Zigarette an und streckte sich aus. Dann seufzte er hingebungsvoll.

»Du willst die Wahrheit nicht begreifen! Die Wahrheit ist, daß dieser Ort tot ist und keine Zukunft hat. Warum sollte man für etwas kämpfen, das tot ist? Die Armen und die Jungen sind seit langem fortgegangen oder werden es tun. Diejenigen, die hierbleiben, haben, was sie brauchen ...«

Elena ging langsam zum Bett zurück, setzte sich auf die Kante und legte sich dann quer über seine Beine. Er lag da wie zuvor, die Hände unterm Nacken, die Beine gespreizt. Sie richtete sich wieder auf und schrie:

»Mach das Ding da weg!«

Sie versetzte ihm einen Schlag mit dem Handrücken.

»Mach das weg!«

Michele zog rasch die Beine an und schloß die Schenkel. Sein Lächeln war verkrampft. Elena wickelte sich wieder in ihre Decke und schimpfte weiter:

»Also gut, dieser Ort ist tot! Aber warum wohnst du noch hier? Wenigstens das will ich wissen ... Ich habe ein Recht darauf!«

Sie ging zum Balkon zurück.

»Ich will das jetzt wissen!«

Wieder hatte sie den Wunsch zu weinen, beherrschte sich aber.

»Denn ich liebe dich, verstehst du? Ich weiß nicht, warum. Vielleicht weil du so gutmütig und melancholisch bist oder weil du so freundlich bist und immer lächelst oder weil du so stark bist. Ich hätte nicht gedacht, daß man vor Lust vergehen kann ... Ich weiß es nicht ... Aber ich liebe dich, Michele, und ich möchte mit dir zusammenleben ... Jeder Mensch hat ein Recht auf Hoffnung. Deshalb will ich wissen, wie du lebst, um mir vorzustellen, wie mein Leben sein könnte ...«

Wieder setzte sie sich zu ihm aufs Bett.

»Du sagst, dieser Ort ist tot ... Wie kann ein Ort, an dem es ein paar tausend Kinder gibt, tot sein? Du bist Lehrer ... warst du nie bei ihnen zu Hause? Hast du kein Mitleid? Wie ist das möglich? Wenigstens das, Michele ...«

Sie suchte seine Hand auf dem Bettlaken und drückte sie, so stark sie konnte. Er sagte:

»Ein Mensch, der hier zur Welt kommt, muß an einem bestimmten Punkt seines Lebens eine Entscheidung treffen. Er hat drei Möglichkeiten. Die erste ist: weggehen, nach Mailand oder Deutschland oder Australien. In irgendein Land der Erde. Alles verlassen, was er kennt. Sein Haus, seine Verwandten, die Freunde ... Er gräbt ein Loch und wirft alle wichtigen Dinge hinein: Fotografien, Schulbücher, Erinnerungen ... Er stirbt praktisch zweimal ...«

Seine Stimme klang ruhig und verführerisch. ›Er ist wirklich ein Teufel‹, dachte sie, ›er spielt mit mir.‹ Sie fuhr fort, seine Hand zu drücken, aber er schien sie nicht zu bemerken. Elena dachte: ›Wenn er wenigstens einmal heulen würde ...‹, aber die Stimme blieb ungerührt.

»Der zweite Weg ist schwieriger: hierbleiben, in diesem elenden Kaff, aber sich einrichten und versuchen, wie ein Herr zu leben. Du trittst in eine Partei ein, suchst dir starke und einflußreiche Freunde und nimmst, was du kriegen kannst, egal mit welchen Mitteln: Hinterlist, Schmeichelei, Freundschaft, Gewalt ...«

»Auch Mord?«

»Auch Mord. So ist es seit Hunderten von Jahren. In jeder Generation wird diese Wahl von etlichen getroffen. Und dann gibt es den dritten Weg ...«

Elena spürte, wie er seine Lage veränderte. Seine Stimme wurde leiser, und Elena war sich sicher, daß er jetzt schmunzelte.

»Du richtest dich ein mit den Dingen, die dein kleines Leben bedeuten: mit diesem sterbenden Ort, den alten Häusern, der Armut und der Dummheit ... Aber du hast auch deine Freunde, deine Gewohnheiten, deine Familie ... Du ziehst dich zurück in diese Nische, hockst im Trocknen und bist zufrieden: ein einfaches Leben. Die Welt mit ihren faszinierenden und blutigen Ereignissen gleitet an dir vorbei, aber du ahnst sie mehr, als du weißt, wie sie wirklich ist ... Eingeschlossen in deiner Nische bis zum Ende ...«

Seine Hand zog sie näher. Elena bedeckte ihn zärtlich mit ihrem Körper, senkte die Lippen auf seinen Bauch, suchte vorsichtig sein Geschlecht, das klein und schlaff geworden war. Langsam begann das weiche, warme Ding anzuschwellen und zu zucken. Michele stöhnte, als täte sie ihm weh. Sie rutschte nach oben, küßte seinen Mund, hielt sein Glied zwischen ihren Schenkeln und erwartete es gierig. Auch sie stöhnte leise, als es langsam, sehr langsam eindrang.

Sie sagte etwas, das sie eigentlich nicht sagen wollte.

»Seit Tagen habe ich gehofft, du hättest diese zwei Männer umgebracht. Ich weiß, es ist grausam, aber ich habe wirklich gehofft, du wärst in der Lage, für mich so etwas zu tun.«

Sie stützte sich auf und schwebte fast über Micheles Körper, um sein Gesicht zu sehen. Er beachtete sie nicht, seine Augen waren geschlossen, und die Zunge zuckte zwischen den Zähnen. Sanft senkte sie sich auf ihn herab, bis sie ihn ganz in sich spürte. Langsam und zart stieg die Lust in ihr auf. Mit den Lippen berührte sie seine Augen, seinen Mund und flüsterte:

»Ja, ja ... streng dich nicht an, Michele ... Es gibt nur uns beide, nur dich und mich ... Mein Geliebter ... nur uns beide ... sonst nichts ... fühlst du, wie schön es ist? Ja, ja, ja ...«

Sie schlief sofort ein, als Michele gegangen war, und erwachte eine Viertelstunde vor Mitternacht. Ihr war heiß, und sie hatte Durst. Sie trank viel und öffnete die Balkontür. Dichter Nebel lag unbewegt über dem Tal, und nur die Silhouette der Kathedrale war in der Dunkelheit zu erkennen. Die Mandolinen auf der Piazza klangen wie aus weiter Ferne und weckten in ihr das dringende Bedürfnis auszugehen.

Sie schlüpfte in die Hosen, zog ihre alte Matrosenjacke an, band das Haar im Nacken mit einem Lederriemen zusammen und steckte die Zigaretten ein. Die Piazza war leer, die Mandolinenspieler verschwunden. Kurz vor der Kathedrale hatte sie das Gefühl, daß sie nicht alleine war.

Sie blieb stehen und schaute sich um. In den dunklen Einmündungen der Gassen und auch im Säulengang der Kirche war niemand. Türen, Fenster und Fensterläden waren geschlossen. Dennoch war sie sicher, daß jemand auf der Piazza sie aus einem dunklen Winkel beobachtete. Vielleicht dieser scheußliche, winzige Mann? Die Furcht verwandelte sich in Ärger: ›Ich hätte nicht rausgehen dürfen. Ich bin verrückt!‹

Sie lief die Piazza ein Stück hinunter, bog in ihr Gäßchen ein und rannte nach Hause. Hinter dem Hoftor stand sie reglos, mit angehaltenem Atem, und versuchte zu hören, ob ihr jemand gefolgt wäre. Dann legte sie den Riegel vor. Sie schaltete das Licht der Außentreppe ein und zuckte zusammen, so als ob ihre Hand ein Reptil berührt hätte. Der Mann hockte, keine drei Meter von ihr entfernt, unter der Treppe. Klein, schwarz und die Augen weit geöffnet.

Sie warf sich mit der Schulter gegen die Wand und sah, daß der Mann wie eine Schlange zuckte. Er sprang auf, zitterte am ganzen Körper, gab ein paar unverständliche Laute von sich, wechselte die Richtung, schoß zur Hoftür, riß sie auf und floh.

Elena ließ ihr ganzes Gewicht gegen die Tür fallen, ging in die Knie und war einer Ohnmacht nahe. Ein Gedanke durchfuhr sie und brachte sie wieder auf die Füße: ›Ich muß endlich wissen, wer dieser Mensch ist … Er kann mich jederzeit umbringen … Ich muß wissen, wer er ist!‹

Verzweifelt rannte sie los, die Gasse wieder hinab zur Piazza, und blieb keuchend stehen. Der Mann lief die Stufen hinauf und verschwand in der Kirche. Einen Augenblick später öffnete sich die Tür wieder. Der Kanonikus erschien und kam bedächtig die Treppe herunter. Er war in einen riesigen schwarzen Mantel gehüllt und stolperte vor Schreck, als er Elena vor sich stehen sah. Er schaute über den Schal hinweg, der sein Gesicht halb bedeckte, und beäugte sie verständnislos. Dann verwandelte seine Verblüffung sich in die übliche Mitleidsmiene.

»Signorina Vizzini? Um diese Uhrzeit?«

»Ich konnte nicht schlafen …«

»Ah … ich bin alt. Ich bin sterbensmüde.«

»Herr Pfarrer, wer ist dieser Mann, der eben in die Kirche gegangen ist?«

Der Wind wehte böig, zerrte an Elenas Haaren und ließ den Mantel des Kanonikus flattern.

»Wissen Sie das nicht?«

Die Stimme des Priesters klang merkwürdig.

»Er heißt Paolo Buscemi, aber alle nennen ihn Piturru … Sie wissen, was Piturru bedeutet?«

»Nein, was bedeutet es?«

Der Kanonikus brachte die letzten Stufen hinter sich und kam auf sie zu.

»Der ärmste Bauer vom Land, aber wirklich der Ärmste der Armen. Einer, der nicht lesen und schreiben kann, weil er nur mit den Tieren lebt.«

»Und was macht dieser Piturru nachts in der Kirche?«

»Ich unterstütze ihn, Signorina Vizzini, ein mildtätiges Werk.«

Er nahm galant ihren Arm und flanierte mit ihr über die Piazza.

»Paolo Buscemi ist so arm, daß die drei Straßenkehrer der Gemeinde ihm je zweihundert Lire dafür geben, daß er für sie jede Nacht die Piazza und den Corso kehrt. Eine Art persönlicher Diener der Straßenkehrer. Von mir bekommt er noch einmal dreihundert Lire. Er reinigt und wischt den Fußboden der Kirche und kehrt auch den Säulengang und die Treppe des Kirchhofs … Piturru ist der zuverlässigste Arbeiter, den man sich denken kann. Ob es regnet oder schneit, er tut Nacht für Nacht seine Arbeit. Selig sind die Armen im Geiste! Lesen Sie in der Heiligen Schrift?«

»Meinen Sie, ich sollte?«

»Das sollten alle Menschen …«

»Auch diejenigen, die nicht lesen und schreiben können?«

»Der Herr wird Ihnen vergeben.«

Er lächelte huldvoll. Elena schauderte es. Es war absurd, aber er lächelte auf die gleiche Weise wie Michele und Bellocampo. Eine Weile betrachteten sie sich schweigend. Dann zog der Kanonikus den Schal höher, als wollte er sein Lächeln verbergen.

»Kann ich sonst irgendwie behilflich sein?«

»Nein danke, Herr Pfarrer!«

»Gute Nacht.«

»Gute Nacht.«

Er verschwand in der Gasse. Sie wandte sich der Kirche zu. Die Tür war verschlossen. Sie stand vor der Treppe und hatte plötzlich eine so klare und einleuchtende Idee, daß sie die ganze Szene vor Augen sah. Die Piazza war wie leer gefegt, denn es wehte ein scharfer Wind und regnete … Im Dunkel zwischen den Säulen steht Paolo Buscemi mit Besen und Wischtuch … Plötzlich wird ein großes Motorrad, auf dem zwei Tote festgebunden sind, auf die Piazza gebracht. Das Motorrad wird auf dem großen, leeren Platz abgestellt, die Männer, die es hergeschoben haben, verschwinden wieder, und auch Paolo Buscemi ist schon verschwunden. Nur seine Mütze liegt noch neben einer der Säulen.

›Das ist es‹, dachte Elena. ›Das ist es, das ist es!‹

Sie preßte die Hand mit aller Kraft zusammen und schlug mit der Faust gegen die Balustrade. ›Dieser Mensch sucht mich, weil er mir sagen will, was er gesehen hat … So einfach ist das! Er ist der einzige, der die Mörder gesehen hat … Ich weiß nicht, warum, aber er will mir sagen, was er gesehen hat.‹

Sie rannte die Treppe hinauf, versuchte die Tür zu öffnen, schlug mit der Faust dagegen, schlich um die Kathedrale herum und fand auch die kleine Tür auf der Rückseite verriegelt. Zum Schluß setzte sie sich auf eine der eisernen Bänke.

›Es hat keinen Zweck. Er ist fortgelaufen.‹

Sie war so erschöpft, daß ihr der Kopf auf die Brust sank. Ihre Augen brannten vor Müdigkeit, und sie konnte die Gedanken nicht mehr zusammenhalten. Als sie wieder in ihrem Zimmer war, hatte sie kaum die Kraft, sich auszuziehen. Sie warf sich im Dunklen aufs Bett und zog die Decke über sich. Die Stelle, wo sie Michele umarmt hatte, schien noch warm zu sein, und sie kuschelte sich tiefer. Was für ein Tag: Die Rebellion im Ort stand kurz vor ihrem erfolgreichen Ende, Michele und sie hatten sich geliebt wie nie zuvor, und sie wußte jetzt, daß diese winzige Kreatur, die sie verfolgte, Paolo Piturru hieß und vielleicht den Schlüssel zur Lösung des Rätsels besaß.

›Er hat die Mörder gesehen … er hat die Mörder gesehen.‹

Sie wollte sich auf die Ereignisse konzentrieren, aber die Bilder überlagerten sich wie mehrfach belichtete Fotos. Sie schlief sofort ein, und die Bilder lösten sich wie durch ein Wunder auf, als hätte man sie endlich ins Feuer geworfen.

Sie träumte von einer Art Fest. Es war Nacht. Der leere Platz war rundherum mit Lampions und Fähnchen dekoriert, die im Wind flatterten, es regnete, und mitten auf der Piazza lagen die Leichen der drei ermordeten Männer. Der Ort schien unbewohnt zu sein, doch dann wurde vom Corso her ein mit Kerzen geschmückter Altar heraufgetragen. Links und rechts knieten Frauen am Straßenrand, die das Gesicht von Paolo Buscemi hatten. Auch die Holzstatue der Madonna auf dem Altar hatte sein Gesicht, und das kleine, häßliche Jesuskind, das sie im Schoß hielt, war Paolo Buscemi selber. Hinter dem Altar liefen die Kinder. Mitten unter ihnen ging Michele. Er war bleich, lächelte, trug eine schwarze Jacke, eine schwarze Krawatte, war vom Bauchnabel abwärts jedoch unbekleidet, und sein erigiertes Glied schaukelte sanft bei jedem Schritt. Darüber hielt er einen kleinen Schirm aus Atlas, als wäre sein Glied eine Reliquie. Die Frauen warfen ihm Kußhändchen zu, und die Herren vor dem Kulturverein zogen die Hüte und verneigten sich freundlich. Professor Spadafora stand als erster in der Reihe und hielt ein Sektglas in der Hand. Die Prozession zog vorbei, als schwebte sie über dem Wasser, und auf dem leeren Corso flackerten viele kleine Lichter in der Dunkelheit. Der Wind wirbelte Konfetti auf. Schließlich näherten sich Rechtsanwalt Bellocampo und sein Enkel, die sich bei den Händen hielten. Der Alte lächelnd, der Junge traurig, so kamen sie den Corso herauf. Die Piazza war leer, und sie kamen nicht einen Schritt näher …

Die Sonne stand hoch, als Elena vom Tschingderassabum einer Kapelle geweckt wurde, die über den Platz zog. Sie setzte sich und öffnete die Augen. Ihr erster Gedanke war: ›Ich muß mit Paolo Piturru sprechen …‹ Sie zog sich wie üblich ganz aus, um sich zu waschen, und zitterte vor Kälte. Noch barfuß machte sie sich einen Kaffee, zündete sich eine Zigarette an und suchte ihre Schulbücher zusammen.

Während sie in den Rock schlüpfte, Pullover und Stiefeletten überstreifte, hörte sie wieder die Musikkapelle, die jetzt einen Triumphmarsch spielte. ›Da marschiert schon die Revolution‹, dachte sie. ›Wenn heute nicht das Gesetz verabschiedet wird, gibt es ein Massaker. Die brennen in einer Nacht den ganzen Ort nieder!‹

Sie fragte ein wenig herum und erhielt in den wenigen Stunden bis zum Ende des Unterrichts ein komplettes Bild von Paolo Buscemi. Viele waren amüsiert, wenn sie über ihn sprachen, als wäre er etwas sehr Komisches, und einige lachten sogar. Alle kannten ihn – Lehrer, Schüler und Schuldiener. Es war erstaunlich, wie populär dieser arme Zwerg war und wie seine Person nur Heiterkeit hervorrief, nicht jedoch Mitleid. Als der Vormittag vorbei war, kannte Elena ihn fast besser als sonstjemanden in Montenero.

Paolo Buscemi war mit Sicherheit der ärmste Mensch im Ort. Seine Armut war so verzweifelt und total, daß sie grotesk wirkte. Er vertrat die Armut, wie sie im Buche steht. Er schien alt zu sein, was an seiner Statur, seinem kleinen Kopf und den grauen Haaren liegen mochte. In Wirklichkeit war er eben sechsunddreißig Jahre alt.

Mit achtzehn hatte er ein Bauernmädchen namens Margherita geheiratet, das fünfzehn war – auch sie zwergenwüchsig, dunkelhäutig, melancholisch und analphabetisch. Sie sah aus wie seine Schwester. Insgesamt hatten sie elf Kinder in die Welt gesetzt, von denen fünf bereits tot waren. Die übrigen, drei Jungen und drei Mädchen, glichen den Eltern: winzig, rachitisch, dunkelhäutig, mit runden Köpfen und Augen wie Pech.

Piturru lebte in einer Hütte am Rande der Fiumara und besaß nichts. Nicht einmal einen Haufen Erde. Er nahm jede Feldarbeit an und brachte stets seine Kinderschar mit: Steine lesen, Oliven ernten, Vieh hüten, Mist fahren, hacken, jäten, Reisig für die Kohlenbecken sammeln. Obwohl er so klein und schmächtig war, akzeptierte er auch die schmutzigsten Tätigkeiten, für die er Pauschallohn erhielt – zum Beispiel tausend Lire für eine Fuder Stallmist oder eine Ladung Oliven.

Am schlimmsten erschien es Elena, daß dieser verzweifelte Zwerg nicht Mitleid erregte, sondern Gelächter. Wenn er abends auf der Piazza erschien, riefen die Leute ihm nach, versteckten seine Mütze und nannten ihn »Piturru«, was als das schlimmste Schimpfwort für den Landarbeiter galt, der sein Leben wie das Vieh auf den Feldern zubrachte.

Es hieß jedoch, dieser Schatten von einem Menschen habe sogar eine Form von Glück gefunden. Jeden Abend schlafe er mit seiner Frau, und so elend ihr Leben auch sei, halte es doch diesen Trost für sie bereit: in der Umarmung zu einem einzigen Wesen zu verschmelzen. Für die Leute war dies das Komischste an ihm. Wollte man auf die sexuelle Potenz eines Mannes anspielen, so sagte man deshalb: »Er hat eine Deichsel wie Piturru.«

Man erzählte sich auch, er habe, als eines seiner Kinder gestorben war, von der Gemeindeverwaltung eine Unterstützung von fünfzigtausend Lire erhalten. Mit dem Geld sei Paolo Buscemi zu einem Bauern gegangen, um ein altes Maultier zu kaufen, das er für seine Mistfuhren brauchte und das hunderttausend Lire kosten sollte. »Die restlichen fünfzigtausend«, habe er zu dem Bauern gesagt, »gebe ich dir, wenn mein Sohn Lorenzo stirbt. Er ist schwer krank.«

Paolo Buscemis Haus war wirklich das letzte in der Fiumara und stand am Rand der Schlucht, dort, wo sie sich zum Tal weitete. Als der Unterricht zu Ende war, hatte sich Elena spontan entschlossen hinzugehen und stand nun davor. Das einzig Liebenswürdige an der baufälligen Hütte waren zwanzig große Blumentöpfe entlang der Fassade, in denen Pfefferminze und Petersilie wuchsen.

Im Haus roch es verheerend nach Fäkalien, Schweiß und Buttersäure. Es war nicht auszumachen, wie der Gestank sich zusammensetzte. Der Fußboden war aus gestampftem Lehm, die Möblierung bestand aus einem Tisch, Stühlen, einer Wolldecke, die wie ein Paravent durch das Zimmer gespannt war, einem großen Bett und ein paar Dutzend Heiligenbildchen an den Wänden. Alles war unsagbar schäbig. Im Raum befanden sich außerdem fünf Lebewesen. Eine Frau, die einen Säugling im Arm hielt, saß im Hintergrund, ein Mädchen kauerte auf dem Boden und aß aus einer Schüssel, und auf dem Bett bildeten drei kleine Kinder unter einer Wolldecke einen Haufen, aus dem nur ihre kleinen Köpfe herausschauten. Elena trat zögernd näher. Die Frau zuckte unmerklich, wie ein Tier, das plötzlich bemerkt, daß sein Leben bedroht ist und zugleich weiß, daß es kein Entrinnen gibt. Elena begriff, daß sie in diesem Haus seit langem erwartet wurde.

»Ich bin Elena Vizzini, die Lehrerin, und suche Paolo Buscemi ...«

»Nicht da!«

Elena ging langsam weiter, ohne die Frau einen Moment aus dem Blick zu verlieren. Nach ein paar Schritten hatte sie sich ihre Erscheinung so genau eingeprägt, daß sie sie mit geschlossenen Augen hätte zeichnen können.

»Ich muß ihn unter allen Umständen sprechen. Wann kommt er wieder?«

»Er kommt heute nicht nach Hause.«

»Aber heute abend, heut nacht vielleicht?«

Die Frau antwortete nicht. Ihre Beine waren weiß und fett und endeten in winzigen, schmutzigen Füßen, die in Männerpantoffeln steckten. Die schlaffen Brüste hingen über einem aufgeblähten und unförmigen Bauch, doch auf dem verfallenden Körper einer scheinbar alten Frau erblühte ein Köpfchen mit so feinen Gesichtszügen, daß es einem Kind zu gehören schien. Ihr Haar war völlig grau, und auf der Pupille des einen Auges hatte sie einen großen weißen Fleck. Das andere Auge war schwarz, ausdrucksvoll und fest auf den Eindringling gerichtet. Elena sagte freundlich:

»Du bist seine Frau?«

»Ja!«

»Er kommt heute abend nach Hause, nicht wahr?«

»Ich weiß nicht!«

Elena streichelte das Kind, das sich an seine Mutter drückte, schaute die Frau starr an und sagte schroff:

»Wie heißt du?«

»Margherita.«

»Hör zu, Margherita, du kannst das nicht wissen. In der Nacht, als die zwei Motorradfahrer ermordet wurden, war dein Mann vor der Kirche und hat die Männer gesehen, die auf dem Platz waren!«

»Das ist nicht wahr!«

»Was weißt du darüber?«

»Es ist nicht wahr, nicht wahr!«

»Es ist wahr! Dein Mann hat die Männer gesehen. Die Carabinieri wissen es, und die Männer werden es auch bald wissen. Ich bin hergekommen, um euch zu helfen …«

Während sie redete, durchfuhr sie der Gedanke: ›Ich quäle die Frau! Ich bin zum Kotzen!‹ Trotzdem sprach sie weiter und ballte die Fäuste, um ihren Worten Nachdruck zu verleihen.

»Ich muß wissen, wer diese Männer waren. Verstehst du? Nur so kann ich euch helfen. Du brauchst keine Angst vor mir zu haben …«

Die Miene der Frau war starr, nur das eine Auge schien zu leben. Elena war versucht, sie anzuschreien, damit sie endlich Antwort gab. Statt dessen sprach sie so sanft wie möglich.

»Sag mir, was du haben willst. Ich sorge dafür, daß ihr auswandern könnt. Oder daß dein Mann eine Stellung bekommt. Einen Posten als Amtsdiener oder als Schulpförtner. Ich beschaffe euch eine Gemeindewohnung …«

Der Geruch schlug ihr auf den Magen. Sie setzte sich auf die Bettkante neben die Kinder.

»Ciao … Wie heißt du?«

Keines der Kinder antwortete. Elena ging ein paar Schritte, schaute auch hinter den Paravent, sah ein ungemachtes Bett und ein scheußliches Loch im Boden.

»Hast du gehört, Margherita?«

Sie ging in die Knie und strich über das graue Haar der Frau.

»Hör zu, Margherita, dein Mann braucht Hilfe, und ich bin die einzige, die ihm helfen kann. Ich warte auf ihn heute nacht in der Kirche, wo niemand uns sehen oder hören kann. Sag es ihm, Margherita: heute nacht in der Kirche …«

Plötzlich lächelte die Frau, fast begeistert. Es war unglaublich.

»Paolo hat Angst, aber ich werde ihn überreden …«

»Fein, fein, Margherita!«

Die Frau legte ihre Hand vorsichtig auf Elenas Unterarm.

»Aber ich will einen Auswanderungsschein auch für die Kinder und für den Mann einen Posten als Handlanger …«

»Natürlich, Margherita, alles, was du willst …«

Sie drückte das Gesicht der Frau vorsichtig zu sich herum, damit sie ihr ins Auge sehen konnte. Die Frau zitterte.

»Nicht vergessen … Heute nacht in der Kirche.«

Elena dachte unwillkürlich: ›Sie sind leichter zu verführen als kleine Kinder.‹

Elena ging über die verwahrloste Gasse zum Ort zurück. Ein paar Regentropfen fielen, und sie beschleunigte ihre Schritte. Die Musikkapelle näherte sich wieder. Den ganzen Vormittag über hatte man die Musik gehört, wie einen umherziehenden Bienenschwarm. Als Elena den Corso erreichte, kamen sie von unten herauf: eine große Schar Kinder, die zwei rote, leuchtende Standarten trugen, und dahinter die Kapelle. Die etwa dreißig Musikanten waren weiß gekleidet, marschierten auf Elena zu und überfielen sie mit triumphalem Getöse.

Plötzlich wurde es dunkel, dichte Wolken zogen auf, zwei Windstöße fegten durch die Straßen, und ein Wolkenbruch ging nieder. Sofort brach die Musik ab, und die Kinder, die Standarten und die Kapelle waren verschwunden. Elena flüchtete sich in den Eingang des Rathauses, aber der Regen hörte urplötzlich auf. Die Sonne brach durch die Wolken, der Himmel hellte sich auf, und die Dächer glänzten regennaß.

Elena ging weiter, man hörte wieder die Schreie der Kinder mit den Standarten, auch die Kapelle tauchte erneut auf, dann verschwand die Sonne abermals, und abermals wurde es fast dunkel. Was zum Teufel ging hier vor? Elena rannte die Treppe zur Kirche hinauf, trat ein und lehnte sich gegen eine der riesigen Säulen, um zu verschnaufen. Es war totenstill, und nicht einmal das Geräusch von Wind und Regen war zu hören.

Ihr Blick fiel auf die Reihe der Grabnischen unter den Seitenaltären und erfaßte mit Mühe die Umrisse der Toten hinter den Glaswänden: den Kreuzritter mit dem Federhelm, die zwei Priester mit den bandagierten Köpfen, die Dame in ihrem Bettuch, das einmal weiß gewesen war, mit dem scheußlichen grauen Haar auf dem schwarzen Kopfkissen und zuletzt das leere Grab. Ein Schauer lief ihr den Rücken hinunter, als hätte sie ein elektrischer Schlag getroffen, und ihr kam eine makabre Vorstellung: ›Ich werde ebenfalls umgebracht, die Bevölkerung verehrt mich als Heilige, legt mich in die leere Nische und gibt mir ein Kreuz in die Hände. Die Jahre vergehen, die Kinder in meiner Klasse werden alt, bekommen weiße Haare und erzählen ihren Kindern: »Das war unser Fräulein Lehrerin, das die Stadt vor den Mördern retten wollte.«‹

Ein Schlurfen, etwas Schattenhaftes, wenige Meter von ihr entfernt, ließ sie zusammenschrecken. Sie wußte nicht, von wo das Geräusch gekommen war, und schaute angestrengt in das Mittelschiff. Gleichzeitig schlich sie Richtung Altar, in den dunkleren Teil der Kirche. In dem Augenblick spürte sie etwas hinter ihrem Rücken. Sie drehte sich rasch um. Einen Schritt hinter ihr stand Michele und rührte sich nicht. Sie war so erschrocken, daß sie ihn nicht gleich erkannte. Dann verwandelte ihr Erschrecken sich in den Wunsch, ihn anzuschreien und zu schlagen. Er blieb reglos stehen und sagte nur freundlich:

»Ich habe dich den ganzen Nachmittag gesucht …«

»Du hast mich zu Tode erschreckt.«

»Hast du jetzt etwa Angst vor mir?«

»Wieso? Willst du mir etwas tun?«

Ihre Knie zitterten. Sie wich zurück, als Michele näher kam.

»Wo warst du? Was suchst du hier?«

Elena antwortete nicht, und er versuchte sanft, ihr Haar zu berühren.

»Arme Elena, du bist völlig durchnäßt …«

Sie schob seine Hand beiseite.

»Ja, wo war ich? Was habe ich gesucht? Rate mal, komm, red schon!«

Er lächelte immer noch, und seine Stimme klang seltsam, als er sagte:

»Was es auch sein mag, es interessiert mich nicht …«

»Also weißt du es?«

Er wurde wütend, aber sie begriff den Grund nicht.

»Diese drei Scheißkerle! Ich will nur vermeiden … ich will nur nicht … Du hast den Kopf verloren wegen dieser drei Toten!«

»Vier Tote, Michele! Auch Professor Spadafora ist ermordet worden. Du warst dabei, du mußt es gesehen haben, mit eigenen Augen …«

Er schlug seine Fäuste gegeneinander, als wollte er etwas ausdrücken, das keinen Zweifel zuließ.

»Elena! Du hast nichts damit zu tun! Das sind Dinge, die dich nichts angehen!«

»Ach, die Gerechtigkeit geht mich nichts an?«

»Das sind Wörter ohne jede Bedeutung, verdammt noch mal! Du mischst dich ständig in fremde Angelegenheiten. Gerechtigkeit! Würde! Du sollst nichts weiter tun, als die Schulkinder zu unterrichten und ihnen Lesen und Schreiben beizubringen.«

Er schnaufte und wirkte hektisch. Rasch fügte er hinzu:

»Verschwinde von hier. Verschwinde aus diesem Ort, du bist hier nicht zu Hause! Vergiß, daß es ihn gibt! Vergiß, was du gesehen hast …«

Seine Worte waren wie ein Schlag ins Gesicht.

»Du willst, daß ich für immer fortgehen soll?«

»Ich will, daß du vergißt.«

»Die Morde, die Organisation der Angst … meinst du das, Michele? Soll ich das vergessen?«

Sie spürte, wie sie ihn verachtete, und ging mit geballten Fäusten auf ihn los.

»Jemand versucht diesen Ort kleinzukriegen, verstehst du das nicht? Er bringt die Leute in aller Öffentlichkeit um und präsentiert sie euch wie auf einem Tablett … Er treibt sein Spielchen mit euch!«

Michele versuchte, sie mit einer Geste zu besänftigen, doch Elena stieß ihn mit der Faust zurück.

»Und warum habe ich nichts damit zu tun? Los, red schon! Ist alles vielleicht ein Irrtum? Ein Scherz? ›Diese kleine Lehrerin von auswärts! Komm, wir erschrecken sie ein bißchen. Wir veranstalten vier Morde und verwickeln sie in die Sache. Das wird ein Späßchen! Schauen wir mal, wie sie reagiert!‹ Und ich weiß nicht einmal, warum diese ganze Scheiße stattfindet, das hast du selber gesagt. Ich bin eine Marionette, und zum Schluß beschließen sie, mir die Fäden durchzuschneiden.«

»Du phantasierst, Elena, dir kann nichts passieren ... Ich bitte dich ...«

Wieder versuchte er, ihre Hand zu nehmen, und sie stieß ihn mit noch größerer Heftigkeit zurück.

»Ich will trotzdem wissen, wer dahintersteckt. Ich will ihm ins Gesicht sehen, direkt in die Augen! Ich will seine Stimme hören!«

Er nahm die Brille ab und betrachtete sie mit seinen kurzsichtigen Augen. Seine Pupillen waren infolge der Dunkelheit geweitet.

»Niemand wird dir helfen, Elena ...«

»Du hilfst mir bestimmt nicht.«

»Es hat keinen Zweck! Was du vorhast, hat keinen Zweck!«

»Also los! Los! Erklär mir, was du damit meinst.«

Wiederum stieß sie ihn vor die Brust.

»Dann will ich es dir sagen, Belcore! Seit fünfhundert Jahren laßt ihr alles über euch ergehen, egal was passiert: Erdbeben und Krankheiten, Typhus, Meningitis, Eroberer, die euch ausplündern, und ausländische Soldaten ... Sarazenen oder Amerikaner, je nachdem, wer zuerst kommt. Sie brennen eure Häuser nieder, vergewaltigen eure Frauen und gehen wieder. Fünfhundert Jahre Katastrophen, Epidemien, Massaker, aber ihr laßt alles geschehen und macht weiter wie zuvor. Es gibt ein paar Leute, die euch beherrschen, und ein Heer von Unglücklichen oder besser gesagt von Idioten und Dummköpfen.«

»Du wirst es nicht ändern!«

Elena hätte ihn am liebsten geohrfeigt.

»Weiter, sprich weiter ... Die Armen werden niemals verstehen, was mit ihnen gemacht wird, und werden niemals Gerechtigkeit bekommen. Das willst du doch sagen, oder? Weißt du, wie sie dich nennen, Belcore? ›Philosophie-Michele‹! Weil du immer über alles nachdenken mußt und niemals etwas tun wirst. Himmel! Schlag drauf. Sonst schlagen die armen Leute euch eines Tages in Stücke!«

»Elena, du bist eine Frau!«

»Du sagst ›eine Frau‹, als wäre ich ein Stein oder eine Eidechse. Aber ich bin ein Mensch, genau wie du, Michele Belcore … Oder korrigier mich: Was bist du überhaupt?«

Sie hatte Lust, das Grab des Ritters einzuschlagen und Belcore mit dem Schwert zu verprügeln. »Ich brech' dir das Genick! Ich schlage dir die Zähne ein, du Duckmäuser! Ach was, Schläge und Tritte: Ich enthaupte dich!« Sie haßte ihn für alles, was er gesagt hatte, vor allem aber haßte sie ihn, weil sie sich in ihn verliebt hatte. Das war seine größte Gemeinheit gewesen.

»Elena, komm mit mir.«

Sie verstand nicht, was er sagen wollte. Er stand vor ihr mit diesem herabhängenden Schal, den unordentlichen Haaren, dem sanftmütigen Ausdruck, der immer auf seinem Gesicht erschien, wenn er sich ausgezogen hatte und zu ihr legte. Seine Miene war so komisch, daß sie lachen mußte.

»Und wohin, Michele? Willst du mich mit zu dir nach Hause nehmen und mit mir schlafen? Willst du mich deiner Mutter vorstellen? ›Mama, das ist Elena, würdest du uns das Bett neu beziehen? Elena ist sehr nett und verdient über hunderttausend Lire im Monat‹ …«

Sie wich zwei Schritte zurück, als flößte der bloße Gedanke daran ihr Ekel ein.

»Und dann heiraten wir natürlich. Nicht wahr, Belcore? Wir bauen uns eine gemütliche Höhle mitten im Dorf. Nach einem Jahr hören wir auf, uns zu waschen, und reden nicht einmal mehr Belanglosigkeiten miteinander. Wir haben uns nichts mehr zu sagen. Dafür stecken wir unser Gehalt in eine gemeinsame Kasse und schaffen uns ein Auto und eine Zentralheizung an …«

Sie ließ sich auf dem Kissen des Beichtstuhls nieder.

»Jetzt sag mir die Wahrheit, Belcore. Hab keine Angst. Hier drin gilt das Beichtgeheimnis. Was denkst du wirklich über dich, Belcore? Hast du jemals das Gefühl gehabt zu leben? Und wann? Nicht, wenn wir miteinander im Bett waren! Das weiß ich inzwischen: Das kannst du. Aber meinst du, man könnte leben und nichts weiter machen als diese eine Sache?«

Sie zog den Vorhang zu, bis nur noch ihr Gesicht herausschaute, und lächelte ihn an wie ein Kind.

»Komm her, Belcore, komm schon. Ich gewähre dir eine letzte Gunst. Wir ziehen uns aus und lieben uns hier drin. Vielleicht ist es das letzte Mal. Es ist ein bißchen eng, aber wir werden uns einrichten. Schämst du dich? Glaubst du an Gott? Keine Sorge, Belcore, hier ist kein Gott. Er ist weg. Vertrieben, an Typhus erkrankt, mit Pusteln bedeckt, verhungert. Abgehaun.«

Sie spürte, wie sein schwerer Körper sich zu ihr herabbeugte. Dieses seltsame Lächeln. »Elena, das ist eine Idee! Wir haben schon genug Worte vergeudet ...«

Sie konnte nicht glauben, was geschah, und berührte ihn instinktiv mit den Fingerspitzen. Er neigte sich tiefer zu ihr herab und schob vorsichtig seinen Arm hinter ihren Rücken. Plötzlich spürte sie seine Lippen auf ihrem Mund. Seine warme Zunge versuchte in ihren Mund einzudringen. Sie dachte noch immer, er wolle Spaß machen. Dann fühlte sie seine Hand unter ihrem Rock, das Gewicht seines Körpers, sein Bein, das ihre Schenkel auseinanderzudrücken versuchte.

»Es reicht, Michele! Es reicht! Es reicht!«

Sie wand sich, machte sich frei, rutschte unter ihm durch und lief ein paar Schritte. Er hockte auf dem Fußboden, hielt den Kopf gesenkt, stand langsam auf und ordnete seine Hose. Einen Moment lang schien er zu lauschen, ob irgendwer sie gehört habe, dann richtete er seine Brille und kam ihr entgegen.

»Elena, ich möchte dich heiraten.«

Er streckte die Hand aus und fuhr ihr sanft übers Haar.

»Wirklich, Elena, ich möchte dich heiraten. Denk daran.«

Er sah wieder ins Dunkel des Langhauses, lächelte und ging auf Fußspitzen zum Ausgang. Am Taufbecken blieb er noch einmal stehen, dann war er verschwunden.

Elena hatte das Gefühl, ihr seien alle Glieder eingeschlafen, und verspürte in der Seite ein Brennen, wie von einer Verletzung, die sie sich bei ihrem Gerangel im Beichtstuhl geholt hatte. Sie war verschwitzt und ihr Haar zerwühlt, doch sie fühlte sich nicht gedemütigt. Sie dachte nur: ›Das war also Michele Belcore.‹

Vorsichtig lehnte sie sich gegen eine der Säulen, ordnete ihr Haar, strich ihren Rock glatt und atmete tief durch. Es war totenstill, nur die Scheiben in der Kuppel klirrten leise, vom Wind bewegt. Noch immer hatte sie das Gefühl, daß jemand in der Dunkelheit seine Augen unbeweglich auf sie gerichtet hielt. Sie dachte wütend:

›Leck mich am Arsch, wer immer du sein magst! Deine Stunden sind gezählt. Entweder du bringst mich hier drin um, jetzt gleich, oder gar nicht!‹

Sie fühlte sich stark und lebendig und fieberte danach, den Kampf aufzunehmen, gleichgültig, was noch geschehen mochte, denn sie spürte, daß die Geschichte sich dem Ende zuneigte. Ein letztes Mal versuchte sie, sich zu konzentrieren, um den roten Faden zu finden, der sich durch alle diese verwirrenden Ereignisse hindurchzog.

›Gehen wir die ganze Geschichte noch einmal durch‹, sagte sie zu sich selbst. ›Ich komme also in diesen Ort und kenne keinen, und keiner kennt mich. Das ist sicher. Plötzlich beleidigt mich ein Mann und wird erschossen. Es ist verrückt, aber genauso war es, und die Leute denken, ich hätte ihn umbringen lassen … »Zum Teufel, hinter dieser unscheinbaren Lehrerin stehen Leute, die zu allem fähig sind.« Man lächelt ängstlich, grüßt mich respektvoll. Ich gehe ins Rathaus, bitte um eine Unterstützung für die Calafiores, und man gewährt sie ihnen im Handumdrehen. Gleich anschließend ereignet sich jedoch etwas Entsetzliches: Zwei Männer packen mich, schleifen mich über den Platz, mindestens hundert Personen sehen zu, wie ich fast umgebracht werde, aber nicht ein Schwein kommt, um mir zu helfen. Es vergehen keine achtundvierzig Stunden, und die zwei werden ebenfalls ermordet, mit ihrem eigenen Motorrad auf die Piazza geschoben, damit alle sehen können, daß sie tot sind. Offensichtlich kann ich jeden umbringen lassen, der mich angreift, und es gibt im ganzen Ort keinen, der bereit wäre, etwas anderes zu glauben. Wenn ich vorbeigehe, stehen sie auf und ziehen die Hüte. Selbst die Ärmsten in der Fiumara sind überzeugt, daß ich über Leben und Tod gebiete und daß ich, wenn ich will, sogar eine Revolution auslösen kann …‹

Bis zu diesem Punkt war alles klar. Sie fuhr fort:

›Alle sind also davon überzeugt, daß ich in diesem Ort allmächtig bin: die Armen, der Bürgermeister, der Arzt, der Rektor und bestimmt auch der Ermittlungsrichter und der Wachtmeister. Mit einer Ausnahme natürlich: dem Mörder, der als einziger die Wahrheit kennt. Vielleicht ist er wirklich ein Wahnsinniger, der in mich verliebt ist, mich verfolgt, ausspioniert und auf seine Weise beschützt. Aber eines Tages dreht er durch, steht vor mir und bringt mich ebenfalls um. Vielleicht ist er auch nur einer, der sich einen Jux erlaubt: Er hat zufällig gesehen, wie ich ankam, und hat mich für sein tödliches Spiel ausgesucht, gerade weil niemand mich kennt. Aber was bezweckt er damit, dieser verfluchte Kerl? Etwas Teuflisches, etwas Entsetzliches …‹

Sie wagte kaum zu atmen, aus Angst, den hauchfeinen Faden des Gedankens zu zerreißen, der zu einem Ergebnis führen mußte.

›Immerhin scheint es in diesem Ort einen gegeben zu haben, der den Wahnsinn durchschaut und diesen teuflischen und absurden Plan erraten hatte, weil er selber verrückt war: Professor Spadafora. Aber auch er war sich zunächst nicht sicher und versuchte deshalb, mit mir zu reden. Er läuft hinter mir her und stellt merkwürdige Fragen. Am Abend auf dem Fest ist er betrunken, aber durch das Gespräch mit mir muß er auf die Wahrheit gestoßen sein, denn er wird sofort mit Strychnin vergiftet. Vielleicht hatte der Mörder Angst bekommen.‹

Die Kerzen auf dem Altar waren verloschen, und es schien noch dunkler geworden zu sein. Aus der Höhe der Kuppel hörte man ein Geräusch, das wie Regen klang, der gegen die Fenster klopfte. Ein eisiger Hauch strich durch die Dunkelheit, als hätte jemand eine Tür geöffnet.

Elena versuchte angestrengt, ihren Gedankengang weiterzuverfolgen und sich auf die Personen zu konzentrieren, die an jenem Abend mit Spadafora in Berührung gekommen waren, aber die Figuren in ihrem

Gedächtnis waren in Posen erstarrt, wie auf einer alten Fotografie. Sie bildeten Gruppen, manche saßen zusammengesunken da, andere standen, hatten die Hand in die Hüfte gestemmt, und alle hatten die gleichen runden Augen und das gleiche sonderbare Lächeln wie Michele. Sie dachte:

›Sie waren alle dabei, als Spadafora umgebracht wurde. Der Mörder war einer von denen, die sahen, wie er starb ...‹

Aber es gelang ihr nicht, ihre Gedanken länger als einige Sekunden auf einen von ihnen zu konzentrieren: Doktor Sanguedolce, den Hut in der Hand, verbeugte sich, löste sich sofort auf. Der Bürgermeister trat an seine Stelle, sein weiter Mantel wehte im Wind. Er wurde kleiner, verwandelte sich in den bläßlichen, herausgeputzten Richter, die Finger gelb vom Nikotin, aber auch er verschwamm gleich wieder, wurde noch schmächtiger und graziler, sein Haar färbte sich weiß, und mit kleinen, flinken Schritten und einem rührenden Lächeln trat Rechtsanwalt Bellocampo nach vorne, um rasch von einem weiten, schwarzen Schatten verschluckt zu werden, dem Mantel des Kanonikus. Dann sah sie nur noch die plötzlich menschenleere Piazza, Wind und Regen.

Das Durcheinander in ihrem Kopf machte sie wütend. Sie fühlte, wie sie Lust bekam, selber gewalttätig zu werden, und preßte die Fäuste so fest zusammen, daß die Fingernägel in die Handballen eindrangen.

›Scheiße, egal wer du bist! In diesem Kaff gibt es tausend Männer, die auf einen Wink von mir ein Blutbad anrichten!‹

Oben im Kirchenschiff erklang ein Orgelton, schwebte durch die riesige, dunkle Kirche, zart und doch so klar, daß er fast greifbar schien. Sie hatte diese feierliche und traurige Musik vor Jahren oft gehört, als sie sich auf das Lehrerexamen vorbereitet hatte. Sie saß mit ihren Büchern am Tisch, vor sich eine Tasse Kaffee und die Zigaretten, und auf dem Plattenspieler drehte sich immer die gleiche Schallplatte: Sonate in b-Moll, Opus 35. Sie schaute hinauf zur Orgelbühne und suchte nach der Gestalt des alten Nunzio, aber es war zu dunkel dort oben. Sie dachte: ›Es ist tatsächlich der Trauermarsch von Chopin!‹

Als Elena die Kirche verließ, schlug ihr ein schneidender Wind entgegen. Vom Corso her hörte man die Musikkapelle. Es war fast Abend. Sie ging heim, zog sich aus, wusch sich mit eisigem Wasser, trank einen heißen Kaffee und legte sich mit einer Decke aufs Bett, um eine Zigarette zu rauchen. Sie war hellwach und fühlte sich gut. Als sie aus dem Haus ging, war es dunkel, der Wind war noch heftiger geworden, und auf der Piazza wimmelte es von erregten Menschen. Die Fenster des Rathauses waren erleuchtet.

Auf der großen Treppe erkannte Elena die massige Gestalt des Gefreiten Ferraù. Er stand inmitten eine palavernden Menschenmenge in Habtachtstellung, die runden Äugelchen schauten verwundert. Neben ihm Wachtmeister Orofino, den weiten Mantel bis zum Hals zugeknöpft, weiße Handschuhe, die Zigarette zwischen den Fingern, die Mütze tief ins Gesicht gedrückt. Er versuchte sich geradezuhalten, hatte die eine Hand auf dem Rücken, die andere in Brusthöhe, aber seine Schultern hingen etwas vornüber, und sein Gesicht zeigte, daß er noch immer fieberte.

»Wie geht's, Wachtmeister?«

»Danke der Nachfrage, Signorina.«

»Wo haben Sie Ihren jungen Richter gelassen?«

»Ist heute abend abgereist.«

»Will er unserem Fest nicht die Ehre geben?«

»Ist versetzt worden nach Taranto. Sofortbefehl der Justizbehörde.«

»Der Ärmste. Wie das?«

»Verdiente Beförderung.«

In der Menge erschien Doktor Sanguedolce und zog mit großer, theatralischer Geste den Hut. Seine Augen strahlten, die Stimme war freudig erregt.

»Verehrte Signorina. Kommen Sie zum großen Epilog!«

Fast gleichzeitig erschienen der Bürgermeister, die Stadträte und noch mehr Menschen. Aus dem Innenhof hörte man die Kapelle und brausenden Beifall. Die Türen zum Sitzungssaal wurden aufgerissen, die Menge strömte hinein, und Elena erreichte mit Mühe den Präsidiumstisch. Geschrei von überall her, aber man verstand nicht, ob es Drohrufe oder Begeisterungsschreie waren. Zigarettenrauch hing unter der Decke.

Jetzt überstürzten sich die Ereignisse. Aus Rom traf ein Anruf ein, aber wegen des Lärms verstand man nichts. Dann brach die Leitung zusammen. Die Kapelle begann wieder zu spielen, das Telefon läutete abermals, der Bürgermeister hielt den Telefonhörer in der Hand und gab schon nach wenigen Sekunden einen begeisterten Schrei von sich, der so rauh und laut war, daß ihm die Stimme versagte. Er schien gelähmt zu sein, bekam den ausgestreckten Arm mit der Faust nicht herunter und zitterte von Kopf bis Fuß. Nur eines seiner Worte war verständlich: »Angenommen!« Ein Triumphgeheul antwortete ihm aus allen vier Ecken des Saales, dann begann er unter dem Ansturm der Menschen zu schwanken, die ihn bedrängten, um mehr zu erfahren. Jemand zerrte Elena zum Telefon, weil sie ebenfalls aus Rom verlangt wurde. Mit Mühe verstand sie ein entferntes Stimmchen:

»Wir haben gesiegt! Wir haben gesiegt! Endlich Gerechtigkeit! Das Volk hat gesiegt! Übermitteln Sie bitte den Bürgern …«

Die Stimme wurde schwächer, die restlichen Worte gingen in Tumult und Geschrei unter. Verschiedene Hände versuchten, Elena den Telefonhörer zu entreißen. Der Bürgermeister umarmte sie, dann Rektor Battaglia, dann andere. Wieder wurde sie weggeschoben und begriff in dem Durcheinander nicht einmal, wohin. Alles versuchte, sich der Menschenmenge entgegenzuschieben, die draußen auf der Piazza wartete, und alle waren so ineinander verkeilt, daß sie sich am Portal stauten und nicht hinauskamen.

Fäuste flogen hoch, man schrie, und eine Fahne wurde über den Köpfen von Hand zu Hand gereicht. Schließlich strömte die Menschenmenge nach draußen, und der Lärm drang bis auf den Corso. Die Kapelle spielte einen Tusch nach dem anderen, die zwei Standarten, die wiederaufgetaucht waren, wurden wie wild geschüttelt und Dutzende Fahnen frenetisch geschwenkt.

Der hellerleuchtete Corso, an dem sämtliche Balkontüren geöffnet waren, verwandelte sich binnen weniger Minuten in einen reißenden Strom glücklicher, rufender Menschen, die mit Fahnen, Musik und Standarten einen Umzug veranstalteten. Ohne überhaupt zu wissen, wie die Nachricht gelautet hatte, war die Bevölkerung wie trunken vor Glück. Elena wurde vom Bürgermeister und von Doktor Sanguedolce, die sie untergehakt hatten, regelrecht mitgeschleift. Der einzige Balkon, der geschlossen blieb und hinter dem es dunkel war, gehörte Rechtsanwalt Bellocampo.

Bei S. Michele machte der Demonstrationszug kehrt und kam über den Corso zur Piazza zurück. Eine Reihe von Böllern erschütterte die Häuser, dann schoß die erste Rakete in den dunklen Himmel und entfaltete ihre glitzernde Kaskade, weitere folgten ihr, und blaue und gelbe Blitze durchzuckten den Himmel, während im Portikus der Kathedrale Knallfrösche knatterten.

Elena stieg die Stufen zur Kathedrale hinauf und blickte über die Piazza. Sie war schwarz vor Menschen und durch die bläulichen Rauchschwaden des Feuerwerks in ein seltsames Licht getaucht.

Als erster sprach der Bürgermeister. Seine Rede war kurz, aufgeregt wie seine Augen und wirr wie seine Haare.

»Das Volk hat gesiegt! Unser hartnäckiger Einsatz hat alle Widerstände gebrochen. Endlich haben wir ein Gesetz, das einer uralten Forderung unserer Einwohnerschaft zum Recht verhilft: Ans Meer! Ans Meer! ... Die wahre mittelmeerische Zivilisation ... die großen Häfen ... der Welthandel ... Hier und heute schwingen wir uns auf in die Zukunft! ...«

Jedes Wort löste Ovationen aus. Zum Schluß schien das Glück ihn zu würgen, er ließ sich gegen die Balustrade sinken und nahm kauernd den Beifall der Menge entgegen. Elena verstand gar nichts. Sie begann ihre Rede stockend, mit vor Aufregung zitternder Stimme.

»Was ihr erkämpft habt, gehört euch ... Die Dinge, auf die ihr als Menschen ein Recht habt, gehören ab heute und für alle Zeiten euch und euren Kindern ...«

Sie suchte nach Worten. Die Erregung verwandelte sich in ein befreiendes Lachen. Die Kapelle spielte die Nationalhymne, und alles schrie vor Begeisterung, auch Elena.

Ein Windstoß erfaßte die Fahnen, die Hüte und die Schals, und die weiten Umhänge der Bauern blähten sich wie die Segel eines Schiffes. Gleichzeitig öffnete sich der Himmel, der Wind trieb Regenschauer über den Platz, und in wenigen Sekunden ging ein Wolkenbruch nieder. Mit klatschnassem Gesicht, die Haare vor den Augen, breitete Elena noch einmal die Arme aus und schrie: »Lebt wohl! Lebt wohl!«

Alles flüchtete. Elena lief in den Säulengang, und die Piazza war in wenigen Augenblicken menschenleer. Sie war allein. Der Wind legte sich so schnell, wie er gekommen war, und es hörte auf zu regnen. Stille breitete sich aus. In dieser Stille hörte sie plötzlich eine komische Stimme. Sie trat etwas vor und erblickte auf halber Treppe den Journalisten Agostino Profumo. Er gestikulierte und sprach laut, wie zu einer Menschenmenge:

»Die uralte Forderung unserer Einwohnerschaft: Ans Meer! Ans Meer! ...«

Seine Stimme wurde schrill, und er lachte, wie Elena es soeben getan hatte. Er krümmte sich vor Lachen, pfiff gut gelaunt, richtete sich jedoch gleich wieder auf und wedelte mit den Händen.

»Was ihr erkämpft habt, gehört euch! Für alle Zeiten!«

Er hüpfte umher, die Stufen auf und ab, und spielte die Menschenmenge, die den Rednern Beifall spendete:

»Gut, sehr gut, da capo! Stimmung! Stimmung!«

Auch Elena klatschte Beifall.

»Bravo! Bravo!«

Wie eine Schildkröte zog er ängstlich den Kopf ein, als bemerke er sie jetzt erst, und fragte lauernd:

»Sieh an, Signorina Vizzini ... Was machen Sie noch hier?«

»Ich habe gewartet, daß es aufhört zu regnen. Und Sie?«

»Ich amüsiere mich ... Übe für meinen Artikel ...«

»Und was heißt das: ›Ans Meer! Ans Meer!‹«

»Es heißt, daß jetzt mit dem Bau der Straße ans Meer begonnen werden kann ... Von den Bergen über dem Ort bis zum Meer ...«

Er lachte spöttisch und machte ein fragendes Gesicht.

»Ach, das wissen Sie nicht? Sie haben doch die Petition ans Parlament unterzeichnet.«

»In der Petition war von Projekten für den öffentlichen Wohnungsbau die Rede … eine Wasserleitung, das Krankenhaus …«

»Jawohl, meine Dame! Aber das war nur ein Teil der Projekte! Und da nicht genügend Mittel zur Verfügung standen, ist nur der Bau der Straße bewilligt worden. Hat man Ihnen das nicht gesagt? Die anderen Projekte, wie das Kanalsystem und das Krankenhaus, sind auf später verschoben worden! Aber die waren auch unwichtig. Haben Sie gesehen, wie glücklich sie waren?«

»Wer: sie? Was ist das für ein Blödsinn? Worüber waren sie glücklich?«

»Das ist doch klar: Durch die Straße kann das Ödland über dem Ort endlich bebaut werden …«

Elena ging einige Treppenstufen nach unten. Agostino wich zurück, als hätte er Angst.

»Was zum Teufel reden Sie da? Wer sollte dort bauen? Wer hätte das Geld, um die Wohnungen zu kaufen?«

»Das ist einfach, Signorina Vizzini. Zum Beispiel die Leute, die im Ausland arbeiten …«

Er wich vorsichtig noch ein paar Schritte zurück.

»Es ist ein Geschäft ohne Risiko: Dreitausend Einwohner, die irgendwo im Ausland arbeiten, sparen im Durchschnitt siebzigtausend Lire im Monat für ein neues Heim. Nach zehn Jahren kommen sie zurück und kaufen sich eine Dreizimmerwohnung.«

»Das ist nicht wahr!«

»Was ist nicht wahr? Denken Sie, daß ich lüge?«

Sie starrten sich an. Agostino hatte seine servile und unterwürfige Haltung abgelegt und grinste herausfordernd. Mit seinen dicken Brillengläsern wirkte er wie ein kleines Scheusal, und Elena hatte Lust, ihm ins Gesicht zu spucken.

»Diese dreckigen, stinkenden, beschissenen Geier!«

»Was habe ich damit zu tun?«

»Du hast alles gewußt! Du bist auch ein dreckiger, stinkender Scheißkerl!«

Sie stieß ihn gegen die Brust, so daß er schwankte. Er behielt sein provozierendes Grinsen und richtete sich die Brille. Dann vollführte er eine Art Pirouette, sprang die Treppe, immer zwei Stufen auf einmal nehmend, hinauf, drehte sich noch einmal um und verschwand. Elena stürzte ihm nach, weil sie glaubte, er halte sich hinter einer der Säulen versteckt.

»Du Hurensohn! Ich werfe dich mit Fußtritten die Treppe hinunter!«

Aber der Säulengang war leer, der Corso war leer, die Piazza war leer. Es wehte kein Lüftchen, die Bäume glänzten naß im Schein der Lampen, die still an ihren Kabeln hingen, und alle Haustüren und Balkons waren verrammelt. Sie hatte nur einen verzweifelten Gedanken: ›Und die Gemeindewohnungen, die Wasserleitung, das Krankenhaus? Die Familien in der Fiumara, die Abtrittlöcher im Fußboden ihrer Zimmer, die Ratten, der kleine Sebastiano Calafiore mit seinem Vater im Bett? Haben sie die alle zum Narren gehalten?‹

Es war so absurd, daß sie kurz auflachte, aber sofort erschien wieder der unerträgliche Gedanke: ›Es war alles vergeblich ... Die Kinder in der Schule, die mir die Blumen gebracht haben ... Es werden weiter Kinder sterben.‹

Sie preßte sich die Fäuste vors Gesicht.

›Der Mörder hat alles vorausgesehen, und er wollte, daß sich genau das ereignete. Die ermordeten Männer, das Spielchen mit dieser dummen kleinen Lehrerin, die Anhänglichkeit der armen Leute.‹

Ihr Herz schlug so heftig, daß sie die Zähne zusammenbeißen mußte. Sie hätte schreien mögen:

›Paolo Piturru hat die Mörder gesehen! Er hat sie gesehen!‹

Sie hörte ihre Stimme im Kopf, und die Stimme schrie:

»Paolo Piturru hat die Mörder gesehen!«

Sie riß sich zusammen, strich rasch an der Fassade der Kirche entlang und bog in die Seitengasse ein. Die kleine Nebentür gab nach. Es war stockfinster, nur das Ewige Licht brannte. Sie schien allein zu sein und tastete sich von Säule zu Säule bis zum Taufbecken.

Es war unvernünftig, was sie vorhatte. Vielleicht hatte sie noch genügend Zeit, nach Hause zu laufen, die Türen zu verriegeln und bis morgen zu warten. Statt dessen befühlte sie Stück für die Stück die Wand des Seitenschiffs auf der Suche nach der Tür, durch die man zum Glockenturm kam. Sie fand die kleine Tür, öffnete sie, und sofort schlug ihr ein eisiger Luftzug entgegen.

Die Treppe war eine Wendeltreppe, die um eine Art Schacht herumführte. Das Gefühl, am Rand eines Abgrunds zu gehen, wurde stärker, je höher sie kam. Gegen das schwache Licht in der Höhe sah sie die Umrisse der riesigen Glocken über sich. Als sie oben anlangte und an der Balustrade stand, lag der ganze Ort unter ihr: die leere Piazza, die Reihe der Laternen, die ihr schwaches Licht auf die Häuser am Corso warfen, das Rathaus, die große abschüssige Fläche der Dächer und ein paar dünne Lichterketten, wie Tupfen in der Dunkelheit. Am Rand der verstreuten Lichtlein, dort, wo es dunkel war, mußte das Stadtviertel Fiumara liegen. Das Tal war schwarz, kein Licht in der Landschaft. Es war, als befände sich dort das Meer oder das Nichts.

Elena bibberte vor Müdigkeit und hatte Mühe, sich eine Zigarette anzuzünden, die sie in den hohlen Händen hielt, um sich die Finger zu wärmen. Sie lehnte sich gegen die Balustrade und behielt die Piazza im Auge. Sobald Paolo Piturru auftauchte, mußte sie ihn unweigerlich sehen. Sie war jetzt sicher, wie die Ereignisse zusammenhingen. Nur der Täter fehlte noch. ›Der Mörder hat alles geplant‹, dachte sie. ›Die Morde, den Aufstand der Armen, das Sondergesetz. Er hat die zwei Männer beauftragt, Villarà umzubringen, dann mußten sie mich auf dem Platz überfallen, und anschließend hat er auch sie beide ermorden lassen ... Es ist wahnsinnig!‹

Es war unglaublich, aber schlüssig: ›Er hat die Mörder geschickt, um mich zu überfallen, und sie dann selber ermordet!‹

Ein neuer Zweifel drängte sich dazwischen: ›Und wenn Agostino, dieser Hurensohn, sich mit mir einen Scherz erlaubt hat? Wenn dieser blinde Affe mich belogen hat? Das Gesetz, das sie nur teilweise beschlossen hätten, die neuen Bauplätze da oben? Aber warum dann die Toten?‹

Plötzlich konnte sie nicht weiterdenken. Aus einer Seitengasse am Ende der leeren Piazza war Paolo Piturru aufgetaucht. Sie erkannte ihn sofort an seiner krummen Gestalt. Er ging ein Stück auf dem Bürgersteig und überquerte dann die Piazza bis zu den Stufen vor der Kirche. Sie war so aufgeregt, daß sie leise vor sich hin sprach:

»Komm schon, komm schon, komm …«

Paolo Buscemi ging einige Stufen hinauf und blieb unmittelbar vor den Säulen stehen. Es schien, als hätte er nicht die Kraft, sich noch einen Schritt weiter zu bewegen. Er wich langsam zwei Stufen zurück, ohne sich umzudrehen. Plötzlich schien er in Panik zu geraten, rannte schräg einige Stufen aufwärts, lief dann zur entgegengesetzten Seite der Treppe, stürzte wieder hinunter und rannte schließlich mit schiefem Rücken Richtung Corso. Kurz davor machte er abermals kehrt, lief zur Gasse, aus der er gekommen war, und war weg. Die Piazza war wieder leer.

Elena hatte kaum Zeit nachzudenken, denn schon nach drei oder vier Sekunden tauchte er abermals auf. Er schien nicht mehr der gleiche zu sein, wirkte noch kleiner, und ein Bein wollte nicht mehr so recht. Er kam mühsam näher, stolperte, fiel hin, stand sofort wieder auf und lief weiter, so gut es ging, erst zu einer Seitengasse, dann zur nächsten. Die Piazza war menschenleer, aber wohin Piturru sich auch wandte, er fand keinen Ausweg.

Elena schrie vor Entsetzen. Zum ersten Mal sah sie, wie ein Mensch ermordet wurde. Piturru hatte den Säulengang vor der Kathedrale erreicht, verschwand, und dann hörte sie seinen Schrei. Als er wieder hervorkam, ging er tief gebeugt, die Hände vor den Bauch gepreßt. Er schleppte die Beine hinter sich her, bog auf die Piazza ein, die Unterarme weiter gegen den Unterleib gedrückt, und fiel zu Boden, wo er bewegungslos liegenblieb.

Elena brach in Tränen aus, ihre Zähne klapperten vor Angst. Sie stand gebeugt, die Unterarme in den Leib gepreßt, genau wie Piturru, und hatte das Gefühl, keine Luft mehr zu bekommen.

Sie stürzte die Wendeltreppe hinab, die ins Dunkel führte, und mehrmals war sie in Gefahr, ins Leere zu fallen. Als sie bei Paolo Piturru niederkniete, sah sie, daß Brust und Schultern voller Blut waren. Die Augen waren geöffnet, das kleine Gesicht war grau, die Gesichtszüge verzerrt, so als ob er im Moment des Todes die Angst gehabt hätte, noch einmal getötet zu werden. Elena strich mit der Hand vorsichtig über sein Haar und schloß die Jacke über seiner Brust. Es war still. Die Piazza, die Seitengassen und der Corso waren nach wie vor leer. Alles hatte sich binnen weniger Minuten ereignet.

Sie lief in die Gasse vor der Kathedrale und schlug ihre Fäuste gegen die erstbeste Tür. Sie trommelte mit aller Kraft gegen die zweite und dritte Haustür und schrie:

»Hilfe! Kommt schnell! Sie haben Piturru umgebracht!«

Sie rannte weiter und schrie und schlug gegen Türen, hörte kaum, wie hinter ihr geöffnet wurde, sah verschwommen menschliche Gestalten und Gesichter, die ratlos waren, und lief weiter, Straße für Straße.

»Man hat euch betrogen! Keine Wohnungen, kein Krankenhaus …!«

Sie lief bis in die Fiumara.

»Los! Los! Zündet ihre Häuser an! Sie behandeln euch wie Sklaven, sie lassen eure Kinder sterben …!«

Mehrfach brach sie vor Schwäche fast zusammen, erkannte unscharf ein paar der Leute, die fassungslos aus ihren Haustüren schauten, und lief weiter. Sie bog wieder auf die Piazza ein, die Arme ausgebreitet, die Fäuste erhoben. Ein Schrei kam aus ihrer Kehle: Die Piazza war leer. Der Leichnam von Piturru war nicht mehr da. Wohin sie auch schaute, in die Ecken der Piazza, auf die Treppe vor der Kirche, den Corso hinab – er war weg.

Durch ihr leeres Gehirn zuckte wie ein Blitz eine Erinnerung. Die einzige noch mögliche Entscheidung: die Kiste mit dem Sprengstoff, die Professor Spadafora in seinem Haus versteckt hatte. Damit konnte sie die Kathedrale zum Einsturz bringen. Das ganze Ortszentrum würde mit einem Schlag vernichtet werden, samt allen, die darin wohnten und schliefen. Sie überlegte vage, daß auch Michele getötet würde. Im gleichen Augenblick hörte sie, daß jemand hinter ihr stand, spürte einen Schlag in den Rücken, einen heftigen Schmerz, der ihr den Atem nahm, und fiel auf die Knie.

Sie begriff nicht, was ihr geschah, versuchte mühsam aufzustehen, wurde abermals getroffen, diesmal an der Schläfe, und fiel zu Boden. Einen Moment lang erkannte sie einen mächtigen, hageren Mann mit einem kleinen, grauhaarigen Kopf und dachte, daß sie ihn schon einmal gesehen hatte. Aber sie besaß keine Kraft mehr, blieb am Boden und legte den Kopf auf die Arme. Sie hatte das Gefühl zu sterben und war dermaßen erschöpft, einsam und enttäuscht, daß sie den Tod ohne Bedauern erwartete.

Sie erwachte mit einer unerträglichen Kälte in sämtlichen Gliedern und hatte den Kopf noch immer auf den Armen liegen. Es hatte wieder zu regnen begonnen. Die Piazza war immer noch leer, und das Wasser stürzte wie eine kompakte Masse vom schwarzen Himmel über dem Glockenturm und peitschte die Bäume; Welle für Welle. Es war das einzige, was zu hören war.

Ein klarer Morgen war angebrochen, der wolkenlose Himmel glänzte wie Kristall, und weiße Nebelschwaden lagen über dem Tal. Der Ort, die grauen Häuser am Corso, die stillen Oleander der Piazza und die weiße Kathedrale schienen, noch triefend vor Nässe, aus dem Tal wie aus einem riesigen Flußbett aufzusteigen.

Elena überquerte die Piazza und versuchte, trotz ihres schweren Koffers aufrecht zu gehen. In einer Seitengasse hörte man langsames Hufgeklapper. Die ersten Bauern ritten aufs Feld. Dann wieder Stille. Elena setzte sich auf ihren Koffer, um auszuruhen. Sie stellte sich vor, wie hinter den verschlossenen Fenstern und den abweisenden Fassaden ein paar hundert Leute unter Bergen von Zudecken lagen und schliefen. Ein paarmal im Laufe dieser Nacht hatten sie ihre Nasen aus den Decken gestreckt und waren dann schnell wieder eingeschlafen. Es schlief Rechtsanwalt Bellocampo, es schlief Michele Belcore, und es schliefen auch Elenas Schüler Calafiore Sebastiano und die anderen Kinder in der Fiumara. Der Schlaf war das einzige, was sie gemeinsam hatten.

Sie schaute sich um. Die große Unruhe war vorüber, aber noch immer spürte sie ein verwirrendes Durcheinander von Gedanken und Gefühlen. Sie war im Begriff, alle diese Dinge zu verlassen, aber sie waren noch da: die herrliche und zugleich abweisende Kathedrale, die wie eine große Theaterkulisse wirkte, die entsetzlichen Hütten in der Fiumara, die Ehrenmänner, die in einer Reihe vor dem Kulturverein saßen, gleichzeitig aufstanden und ihre Hüte zogen, wenn sie vorbeiging, der nackte Körper Micheles, der über ihr kniete, und sein heißes Glied, das sanft in sie eindrang, die drei Barbiere, die nachts Mandoline spielten, und der kleine Sebastiano, der ein Mann werden wollte, der von niemandem Hilfe brauchte.

Die Sonne sandte ihre ersten Strahlen über die Berge im Osten und tauchte die Spitzen der Kathedrale in weißliches Licht. Wieder hörte sie Hufgeklapper, das sich langsam entfernte. Elena dachte: ›Sie müssen mich alle gehört haben heute nacht, aber keiner hatte den Mut, mitzukommen und zumindest einen Stein zu werfen …‹

Sie stellte sich vor, daß die Leute in ihren Häusern nicht schliefen, sondern allesamt wach wären: Belcore mit seinen vom Schlaf zerzausten Haaren, der Kanonikus Leone, der durch eine der Ritzen im Glockenturm schaute, der Bürgermeister, Doktor Sanguedolce, Wachtmeister Orofino mit seinen 39 Grad Fieber. Jeder spähte durch seine verschlossene Balkontür … Auch Rechtsanwalt Bellocampo mit seinem schönen weißen Kopf stand hinter den Fenstern, und sogar der kleine Sebastiano Calafiore hatte sich in einem Winkel der Piazza versteckt. Alle warteten darauf, wie Elena sich entscheiden würde …

Vom Turm der Annunziata schlug die Glocke. In wenigen Minuten sollte der Bus nach Palermo fahren. Elena nahm ihren Koffer und stieg langsam die Treppe hinauf, die zur Anhöhe hinter der Kathedrale und von dort zur Nationalstraße führte. Als sie den letzten Treppenabsatz erreicht hatte, erstarrte sie in der Bewegung, so daß ein Bein in der Luft hängenblieb. Direkt vor ihr saß auf einem Stuhl mitten auf der Straße ein hagerer, großer Mann. Er saß sehr aufrecht, die Hände auf den Beinen. Sein kleiner, grauhaariger Kopf war bleich wie Wachs, und in der Stirn hatte er ein winziges Loch, aus dem Blut lief. Im Mund hatte er ein Blümchen.

Elena ging auf ihn zu, ohne den Koffer abzustellen, und sah ihm ins Gesicht.

»Dummkopf! Das hättest du dir denken können!«

Sie trat noch näher heran, so daß sie den großen Körper fast berührte, und hatte den absurden Wunsch, ihm die Blume aus dem Mund zu nehmen. Er wirkte so schön und eindrucksvoll wie vor ein paar Tagen, als sie ihn zum ersten Mal gesehen hatte, und erregte keinen Schrecken in ihr. Gerührt sagte sie: »Du hast auch nichts begriffen!«

Sie hörte die Hupe des Überlandbusses, der langsam die Gerade heraufkam, und dachte an die letzten Worte der *Malavoglia:*

›Jetzt wäre es Zeit zu gehen, bevor jemand kommt. Doch als erster von allen hat der Mörder sein Tagwerk begonnen.‹

Sie hatte noch zwanzig Sekunden Zeit, sich zu entscheiden …

Giuseppe Fava

Giuseppe Fava wurde am 15. September 1925 in Palazzolo Acreide (Sirakus) geboren. Nachdem er 1947 sein Jurastudium abgeschlossen hatte, wandte er sich schon bald dem Schreiben zu und war ab 1952 hauptberuflich als Journalist tätig. Bekannt wurde er jedoch vor allem als Autor von Theaterstücken, Romanen und Sachbüchern. Sowohl als Journalist wie auch als Schriftsteller setzte er sich mit der mafiosen Gesellschaft seiner Heimat auseinander; sein 1975 erschienener Roman *Ehrenwerte Leute* war sein größter, auch internationaler Erfolg. 1983 gründete er mit einigen jungen Leuten die Monatszeitschrift *I Siciliani,* die sehr einflußreich war für die damals gerade in Enstehung begriffene italienische Antimafiabewegung und die bis 1996 erschien. Am 5. Januar 1984 wurde Giuseppe Fava ermordet, vor dem von ihm gegründeten Theater, in dem sein Anti-Mafia-Stück *L'ultima violenza* aufgeführt wurde. Der Prozeß gegen seine Mörder wurde behindert und verschleppt, die Schuldigen konnten erst Jahre später verurteilt werden.

Bibliographie

Romane und Theaterstücke in Buchform: *Pagine* (1969); *Gente di rispetto* (1975, dt. *Ehrenwerte Leute,* 1990); *Prima che vi uccidano* (1976, dt. *Bevor sie Euch töten,* 1992); *Passione di Michele* (1980); *Teatro* (1988).

Sachbücher: *Processo alla Sicilia* (1967); *I Siciliani* (1980); *Mafia. Da Giuliano a Dalla Chiesa* (1983).

Uraufführungen seiner Theaterstücke: *Vortice – Le vie della gloria* (Palazzolo Acreide 1947); *La qualcosa* (Catania 1960); *Cronaca di un uomo* (Catania 1967); *La violenza* (Catania 1970); *Il proboviro* (Catania 1972); *Bello bellissimo* (Catania 1974); *Opera buffa* (Taormina 1977); *Delirio* (Catania 1979);

Foemina ridens (Catania 1984); *L'ultima violenza* (Catania 1983); *Mafia – Parole e suoni* (Catania 1984); *Sinfonie d'amore* (Catania 1987).

Verfilmungen

La violenza: quinto potere (Italien, 1972; Regie: Florestano Vancini); *Gente di rispetto* (Italien, 1975; Regie: Luigi Zampa).

Der Übersetzer

Peter O. Chotjewitz, geboren 1934 in Berlin, ursprünglich Jurist, veröffentlichte Romane und Erzählungen, schrieb zahlreiche Hörspiele und arbeitet für verschiedene Zeitungen. 2001 wurde er mit dem Literaturpreis der Stadt Stuttgart ausgezeichent.